Commencements

Du même auteur

Jaume Plensa. Le Silence du scribe, Galerie Lelong & Co, 2022.

Aimer Lawrence, Flammarion, 2017.

Avec Bernard Dufour, *L'Œil du désir*, La Différence, 2015.

Une enfance de rêve, Flammarion, 2014 ; J'ai lu, 2015.

D'art press à Catherine M. Entretiens avec Richard Leydier, Gallimard, 2011.

Le Corps exposé, Éditions Cécile Defaut, 2011.

Jour de souffrance, Flammarion, 2008 ; Points, 2009.

L'Art contemporain : histoire et géographie, Champs Flammarion, 2006, 2009.

Dalí et moi, Gallimard, 2005.

Riquet à la houppe, Millet à la loupe, Stock, 2003 ; Livre de poche, 2005.

La Vie sexuelle de Catherine M., Seuil, 2001 ; nouvelle édition, 2014 ; Points, 2002, 2009.

Conversations avec Denise René, Adam Biro, 2001.

François Arnal : monographie de l'œuvre, Cercle d'art, 1998.

L'Art contemporain, Flammarion, 1997.

Le critique d'art s'expose, J. Chambon, 1995.

De l'objet à l'œuvre, les espaces utopiques de l'art, art press, 1994.

Roger Tallon, designer, Éditions du centre Pompidou, 1993.

L'Art contemporain en France, Flammarion, 1987 ; réédition augmentée, 2005 ; nouvelle éditions, Champs Flammarion, 2015.

Yves Klein, art press-Flammarion, 1983 ; *art press*, 2006.

Textes sur l'art conceptuel, Daniel Templon, 1972.

Catherine Millet

Commencements

Flammarion

ISBN : 978-2-0814-8621-8

Amours et poésie

Quatre garçons

Les quatre garçons s'étaient connus au lycée Paul-Lapie, à la fin des années cinquante. En sixième déjà, Daniel et Jean se trouvaient dans la même classe, mais il avait fallu l'arrivée en cours d'année d'un troisième, le charismatique Patrick, pour qu'ils deviennent amis, entraînés par ce dernier dans le projet de créer un journal de classe. L'amitié avait perduré bien au-delà de l'unique numéro de la gazette, au point que deux ans plus tard, celui que dans les lycées et les collèges on appelait alors le censeur – terme qui pour être explicite n'en était pas moins trouble –, et qui était en charge à la fois de la discipline et de l'orientation des élèves, avait cru bon de « casser » ce qu'il avait appelé le « clan » de ces intellectuels en herbe. Il les soupçonnait d'exercer une influence qui ne lui plaisait pas sur les autres élèves et il les avait envoyés l'année suivante dans des sections différentes. Cela n'avait évidemment pas empêché qu'ils continuent de se voir ni même qu'un quatrième se joigne au groupe. Daniel, que j'appellerai provisoirement Daniel A., avait sympathisé avec un autre Daniel, Daniel T., au hasard d'un voisinage de table en cours d'allemand (à moins que ce ne fût en salle d'étude, sur ce point, leurs souvenirs ne concordent pas). Et puis, à la fin des années de lycée, en classe de philo, il s'était passé quelque chose de décisif qui allait les réunir dans une même singulière entreprise, et par voie de conséquence les engager (et m'engager moi, alors que je ne les connaissais pas encore !) sur un chemin qu'il aurait été bien difficile de prédire, où ils allaient continuer tout au long de leur vie de se côtoyer professionnellement, sans plus jamais, toutefois, s'associer aussi étroitement. Disons que le destin leur avait adressé un même signe auquel ils obéirent tous en chœur, puis que chacun l'interpréta à sa façon, sans rien demander aux autres. Maintenant que les années ont passé, nombreuses, c'est une curiosité que de considérer comment leurs vies sont restées dans ce voisinage qui était le leur lorsqu'ils habitaient dans la même banlieue tranquille, à quelques rues les uns des autres, et que dans le moment où s'opérait en eux le subtil passage de l'adolescence à l'âge adulte, qui les avait vus mener à bien, ensemble, leur toute première réalisation en tant qu'homme, malgré cela, tout en conservant de bonnes relations, ils ne partagèrent plus jamais l'intimité d'une œuvre commune.

Mais restons en 1962-1963. Les quatre en sont encore à préparer le bac. Tous ont pour professeur de philosophie un certain Pierre Morhange. Pierre

Morhange, poète farouche, rencontre avec ces adolescents une poignée d'auditeurs qui sauront tirer profit de son enseignement peu orthodoxe.

Sauf à être passionné de poésie, on ne sait plus guère qui est Pierre Morhange, ce qui devrait être réparé un jour. À l'époque déjà, ceux qui appréciaient son verbe bref, brutal parfois, déploraient qu'il fût si peu reconnu. Auteur d'une poésie sociale empreinte à la fois de compassion et de causticité, et marqué par la guerre et la Shoah – juif, Morhange était entré tôt dans la clandestinité et, membre du Front National de Résistance, s'était employé à sauver des enfants juifs –, il avait publié dès les années 1930, protégé par Malraux, un recueil chez Gallimard, puis d'autres, dans les années 1950, chez Seghers, et chez cet éditeur, dans la collection « Poètes d'aujourd'hui », Franck Venaille lui a consacré un essai paru en 1992. Au début des années 1960, il était depuis toujours en guerre avec les Surréalistes et ses rapports avec le Parti communiste avaient suscité bien des démêlés, laissant des blessures jamais refermées, jusqu'à ce qu'il le quitte définitivement en 1953, à la suite de l'affaire des blouses blanches. Il s'était mis à l'écart, et il n'y avait plus beaucoup de visiteurs pour venir le dimanche goûter les spécialités juives de Mme Morhange, mais ces visiteurs fidèles s'appelaient Tristan Tzara, Jean Wahl, Jean Cassou ; le professeur Étienne Boltanski et sa famille étaient aussi des habitués. Il avait donc aux yeux de ceux parmi ses élèves qu'il subjuguait (parce qu'il y en avait qu'il agaçait horriblement et il était arrivé que ses provocations lui vaillent quelques plaintes de parents) l'aura du « poète maudit ». D'une certaine façon, il savait y faire. Ce petit homme mince, que l'on n'aurait pas vu arriver sans chapeau, qui avait l'élégance dans sa tenue de ne singer ni la bohème, ni ces petites gens qu'il observait avec tellement d'empathie et décrivait avec crudité, entrait en classe en affichant certains jours un air douloureux, souffreteux ; il parlait bas, monologuait longuement en se tenant la poitrine, puis passait tout à coup à un régime exalté, et apostrophait la classe déconcertée en ironisant sur la morale et en réclamant qu'on s'inquiète plutôt de la misère du monde. Comme Jean s'intéressait déjà à la politique, presque autant qu'à la poésie (c'était lui, par exemple, qui avait réussi à faire venir au lycée, pour une conférence, celui qui venait tout juste d'être nommé à la tête du MRAP, à savoir Pierre Paraf), il était sensible à l'humanité profonde du personnage et de son œuvre, de même que Patrick, mais qui l'abordait peut-être plus à travers un sens du tragique romantique. Daniel A., lui, n'en revenait pas que son professeur pût lui parler de Max Jacob comme d'un ami proche, cela lui donnait l'impression d'approcher lui-même un poète qu'il avait commencé à lire et qu'il admirait énormément. Quant à Daniel T., ce qui tout à la fois le faisait rire et le fascinait, c'étaient les formules à l'emporte-pièce qui émaillaient les cours et avec lesquelles le professeur cherchait à écraser les petites pousses de conformisme qu'il voyait poindre dans les jeunes cervelles. T., qui était moins que les autres versé dans la littérature et la poésie (il était en « math élém » quand les autres suivaient une filière « classique »), devait toutefois en garder le goût de la parole libre, voire des pieds dans le plat.

Ils passèrent le bac. À la suite de quoi Patrick s'inscrivit en médecine, Daniel A. à la Sorbonne où il ne mit pratiquement jamais les pieds, Jean à la faculté d'Assas. Daniel T., qui décidément n'avait pas de penchant pour les études et en avait peut-être un peu trop pour les filles, et qui venait de rater l'examen pour la seconde fois, rejoignit le lycée Albert-Camus pour s'y préparer à nouveau.

Albert-Camus n'avait pas la réputation de Paul-Lapie. « PaulLap » avait été fondé à Courbevoie avant la guerre, prenant le nom d'un recteur de l'Académie de Paris, philosophe qui avait été dreyfusard et l'un des bâtisseurs de l'école laïque ; la personne était oubliée, mais ce patronage mystérieux semblait d'autant plus un gage de sérieux (je veux dire que ne pas savoir qui il était vous faisait accepter votre condition d'humble ignorant). Tandis que tout le monde savait qui était Albert Camus, mort brutalement peu d'années auparavant, et le lycée qui portait son nom à Bois-Colombes était tout neuf, d'abord annexe du lycée Chaptal de Paris. Mais attention ! Albert Camus était un lycée « expérimental ». Ce qui signifiait principalement que la plupart des cours avaient lieu les matins et que les après-midi étaient réservées aux activités physiques – en réalité, presque uniquement de la gymnastique, et en fait de gymnastique, et pour échapper à une salle pas toujours appropriée en entresol, une simple course, un cross on appelait ça, dans les terrains vagues cabossés des alentours. Enfin, preuve absolue de sa modernité, garçons et filles y étaient mêlés, ce qui n'était pas le cas à PaulLap. D'ailleurs, Albert-Camus s'était d'abord appelé lycée mixte de Bois-Colombes, il avait fallu préciser. J'y avais été inscrite en sixième, mais comme j'avais trois ans de moins que T., je ne l'y ai jamais croisé. Nous étions plus de deux mille baby-boomers à nous y bousculer dans des salles de classe dont quelques-unes étaient encore disséminées dans des préfabriqués.

Au tout début des années 1960, la longue rue Pierre-Joigneaux, dans le segment qui allait de l'ancien et champêtre passage à niveau jusqu'à la longue barre du lycée Albert-Camus, était bordée des deux côtés par de hauts platanes. Au printemps, parce qu'il y avait peu de circulation, l'ombre pâle de leur frondaison accueillait les élèves à l'heure de la sortie avec plus d'agrément que la cour de récréation, qui n'était pas une cour, mais une étendue bitumée et sèche. On s'attardait dans leur lumière filtrée autant sur la chaussée que sur les trottoirs. Pour les plus âgés, la question était de savoir s'ils avaient le temps de pousser quelques pas plus loin, pour traîner encore à L'Oasis, le café qui se trouvait sur la place de la gare des Vallées. Le billet de cinq francs nouveaux que je recevais chaque semaine comme argent de poche me permettait de payer mon Coca-Cola et mes parents me laissaient relativement libre. Juste en face, une passerelle franchissait la voie ferrée que j'empruntais parfois pour rentrer chez moi, en suivant avec un sentiment d'aventure un autre chemin que le chemin habituel.

C'est dans ce café que, pour la première fois, j'aperçus le groupe. Quand je dis « aperçus », le mot est trop fort, car c'est à peine si j'ai le souvenir des corps qui m'apparurent dans un halo de lumière jaune. J'étais assise dans une partie relativement sombre du café, eux se trouvaient plus loin dans une salle éclairée. N'est-ce pas une merveille des triturations de la mémoire que d'avoir inscrit en moi, sous cette forme qui est presque celle d'un dispositif cinématographique, ce moment où ma vie s'approcha de la leur, sans s'approcher de trop près néanmoins ? Un périmètre réservé émanait de leurs bustes penchés les uns vers les autres. J'ai gardé en tête cette vision, pas grand-chose d'autre, en tout cas pas l'impression qu'elle me fit dans l'instant. J'avais posé mes yeux sur eux. Quelqu'un près de moi l'ayant remarqué me les désigna, c'était eux. Je me souviens bien en revanche qu'il y avait de la moquerie dans la voix de mon informateur. Les mots qu'il employa se sont effacés de ma mémoire mais je ne crois pas qu'ils aient soulevé en moi plus qu'une vague interrogation sur ce qui justifiait le ton plaisantin, si bien que rien ne me permet de remplir ce vide entre mon regard tourné vers eux et ce que je compris de leur occupation. D'autres images, ou d'autres fantasmes – difficile de savoir –, viennent se substituer à la première. Ils sont à l'autre bout de la banquette où je suis moi-même assise, ils sont dans la même attitude de conciliabule. L'image est prégnante, alors que le motif de ma curiosité est enfoui, écrasé par l'image. Ils se retrouvaient donc là, occupés par quelque chose de spécial. Voici de quoi il s'agissait.

Frais bachelier, Patrick était parti en vacances et sur une plage, il avait sympathisé avec une jeune femme qui écrivait des poèmes. La poétesse avait des amis poètes désireux de créer une revue. L'entreprenant Patrick avait pris les choses en main, il en avait parlé à la rentrée à ses anciens condisciples de Paul-Lapie et ce projet était devenu le leur. C'est ainsi que le premier numéro de *Strophes* parut à la fin de l'année 1963 : quarante-quatre pages ronéotées sur des feuilles de papier standard, pliées et agrafées chez Jean parce que là, ils ne dérangeaient personne ; les parents du jeune homme, amenés à s'absenter souvent, le laissaient volontiers seul. Sur la couverture jaune était reproduite une photographie pâlotte de Pierre Morhange. Celui-ci apparaissait en veston à carreaux, le regard dans le vague et les lèvres fermées de celui qui a tout juste consenti à poser. On devinait les bras croisés sur la poitrine. La publication s'ouvrait sur un hommage dans lequel ses anciens élèves le présentaient, dans un texte que modestement ils n'avaient pas signé, comme « un journaliste des sentiments », un « Pascal qui ne croit pas », un « pourchassé "au visage étrange" que la nature accueille sans amitié ». Suivait un choix de ses poèmes. On trouvait ensuite d'autres poèmes d'autres auteurs, Jean et Patrick avaient glissé les leurs. Ils avaient rédigé de petites présentations pour les uns et pour les autres, les uns sur les autres. À Daniel A. avait incombé la tâche ingrate de dactylographier les textes et d'en corriger les fautes. Par la suite, il fut en charge de trouver un imprimeur et ainsi commença-t-il à aimer fréquenter les imprimeries.

Car ils s'étaient si bien débrouillés qu'avec la vente du premier numéro ils avaient réuni l'argent nécessaire pour que les suivants fussent imprimés et reliés. L'un d'entre eux connaissait un présentateur de radio qui avait leur âge et qui débutait. Il s'appelait Jean-Bernard Hebey et présentait *Salut les Copains* sur Europe n° 1. L'émission était au summum de son audience, et il leur avait fait un peu de pub. Ces numéros parurent presque coup sur coup pendant le premier trimestre de 1964 : le numéro 2, hommage à Tristan Tzara qui venait de mourir, et pour lequel Michel Leiris, Jean Wahl, Michel Sanouillet leur avaient confié des textes ; le numéro 3, qui attira l'attention car, sur une couverture que Daniel A. s'était appliqué à dessiner sur le modèle d'un faire-part, ils annonçaient le décès, tout symbolique celui-là, « du surréalisme et de son chef André Breton ». Cette fois, Jean et Patrick avaient signé : ils reprochaient au surréalisme d'avoir surtout favorisé des « procédés de fabrication » et constataient que les meilleurs poètes étaient ceux qui s'en étaient détachés. Quant à son chef de file, il avait manqué d'engagement, avait choisi l'exil pendant la guerre quand d'autres avaient décidé de se battre, et ils relevaient à quel point il avait été décalé de la réalité lorsqu'il était rentré en France en 1946. D'autres griefs étaient exprimés : son œuvre était « dénuée de sensations » ; insensible à la musique, il était insensible tout court. Enfermé dans sa théorie, Breton avait perdu le contact avec le monde et s'était égaré dans l'occultisme… La critique était audacieuse, mais après tout ce n'était pas si mal vu pour des pamphlétaires de dix-huit ans, même si on se dit que Morhange était dans les parages.

Le premier numéro de *Strophes* que j'ai tenu entre mes mains a été ce numéro 3, j'avais seize ans, et moi qui aimais tant lire, qui désirais tellement mener à bien l'écriture d'une de ces histoires que j'amorçais à la hâte, d'une écriture aux boucles et aux jambages exagérés, à chaque fois sur des cahiers neufs, et que je laissais toujours en plan au bout de quelques pages, je fus pénétrée d'une inquiétude diffuse, mêlée d'expectative. J'attendais de comprendre. Pourquoi ces jeunes poètes s'attaquaient-ils à un autre poète dont je devinais tout juste qu'il était important ? Toutefois, je n'avais pas posé de question, je savais depuis longtemps qu'il valait mieux, plutôt que les réponses évasives ou énigmatiques des adultes, trouver par l'observation, voire en faisant semblant d'être au courant pour rester dans le cercle, les vraies réponses. Bref, se débrouiller par soi-même. J'ai donc ressenti sans me l'expliquer l'effet produit par la couverture au sinistre cadre noir, tandis que je les voyais, eux, s'en amuser, jubiler des réactions à leur bon coup. J'éprouvais ma première appréhension devant la réalité d'une vie qui jusqu'alors n'avait été qu'un collage d'images : ainsi des écrivains pouvaient être détestés et même exécutés avec des mots, et je découvrais que ceux dont j'attendais au fond de moi qu'ils m'acceptent parmi eux faisaient preuve de cruauté. Cela, exercer la cruauté et peut-être la subir, me fit peur. C'était tellement éloigné des représentations que je m'étais faites jusqu'alors de l'homme inspiré, travaillant à la lumière d'une lampe unique posée sur sa table de travail, ou se promenant dans un grand parc ombragé, ou le long d'une côte sauvage, toujours par temps d'automne. Mais là encore, j'anticipe, ce qu'était exactement *Strophes*, qui étaient Morhange et Breton et même ces garçons qui avaient lancé l'attaque, je ne l'apprendrais que plus tard. Quand je les regardais de loin dans le café, je ne savais rien de tout ça. Je n'éprouvais même pas le désir de savoir, seule s'est inscrite l'image du groupe complice, à quelques mètres de moi. J'étais encore dans la solitude profonde de l'enfance.

Brigitte

J'observais et je subissais encore l'enfouissement quotidien des sensations qui se produit dans les premières années de la vie, quand elles sont si nombreuses ces sensations à être nouvelles qu'elles restent inexprimées et qu'elles étouffent la mémoire. C'est à peine si fugitivement elles affleurent à la pleine conscience. Je n'avais pas encore franchi la barrière invisible qui me séparait de cette vie où les « vieux », les adultes, les gens qui travaillaient et même ceux qui n'étaient encore que des étudiants, apparaissaient si concentrés dans leur activité plus ou moins énigmatique. On pourrait dire qu'eux avaient fait le tri, ils avaient l'air de savoir ce qu'ils aimaient et ce qu'ils n'aimaient pas, ce dont ils attendaient que ça les touche et ce qui ne méritait pas, mais alors vraiment pas, qu'ils s'y attardent. Ils se seraient même moqués de moi si j'avais montré de la curiosité pour ce qu'ils méprisaient ! Ils allaient et venaient, faisaient des choses ensemble et restaient entre eux, tandis que moi je ne disposais que de l'espace limité qu'on voulait bien me laisser (au lycée, on connaissait cela, les grands ne se mélangeaient pas avec les petits et le dédain des premiers pour les seconds rebondissait de classe d'âge en classe d'âge, ainsi, je n'aurais jamais osé m'adresser à un élève d'une classe supérieure). Mon horizon le plus vaste était celui de l'espace intérieur, celui de mes lectures au petit bonheur, des idées que j'échafaudais à partir de ces lectures sans pouvoir les vérifier auprès de qui que ce fût, et encore moins par l'expérience, espace des rêveries dans lesquelles je m'engageais sans qu'aucun aléa de la vie ne vînt les entraver. J'aurais pu dériver ainsi à l'infini et pourtant j'étais dans une prison, celle de mes seules pensées.

Il était inimaginable que je me confie à mes parents : je m'étais forgé la conviction que j'étais « quelqu'un de différent » en grande partie au spectacle de leurs disputes et de leurs douleurs trop grandes pour le trois-pièces que nous habitions rue Philippe-de-Metz. Disputes et douleurs que je ne pouvais pas comprendre vraiment et dans lesquelles j'étais peut-être moins impliquée, moins fréquemment en tout cas, que les autres, les duos infernaux étant surtout ceux de ma mère avec mon père, de ma mère avec sa mère, de ma mère avec mon frère. Ma mère, courageuse, batailleuse obstinée, éperdue. Pendant l'enfance, mais de moins en moins au fur et à mesure que nous grandissions, je n'avais guère eu que mon frère pour partenaire belliqueux, si bien que je m'étais sentie le plus souvent spectatrice impuissante, jusqu'à ce que, bientôt, forte de ma conscience raisonneuse d'adolescente, je ne les sermonne comme je sermonnais quelques-uns de mes camarades de classe. En effet, les rares fois où j'assisterais plus tard à une réunion de *Strophes*, je resterais silencieuse dans mon coin, complexée par mon ignorance, en revanche, j'adressais déjà à des amis de mon âge de longues lettres dans lesquelles je leur expliquais leurs propres inquiétudes et les conseillais pour leur avenir.

J'affichai cette prétention en regard d'un certain Michel, pour qui j'en pinçais, que sa taille et sa corpulence faisaient paraître plus âgé qu'il n'était et avec qui j'avais amorcé un flirt. Jusqu'à ce qu'en cour de récréation, avec les grimaces de bambin penaud que font les costauds quand ils expriment un sentiment en contradiction avec leur corps, il ne m'annonce que pendant le week-end, dans une surprise-partie où je n'étais pas allée, il était « sorti » avec Brigitte. Brigitte était la fille avec qui j'avais les conversations les plus sérieuses. Par ailleurs, je ne pensais pas qu'elle fût attirée par les garçons puisqu'il lui était arrivé de me lancer à la figure qu'elle était « gouine ».

L'aveu de Michel m'avait sidérée, mais j'avais encaissé sobrement, orgueilleusement. C'était un gentil qui affectait une attitude de désabusé, prétendait se consacrer à l'oisiveté, comme on en avait vu dans le film *Les Tricheurs*. À quelque temps de là, je trouvais l'occasion de lui adresser des pages serrées qui s'apparentaient plus à une dissertation qu'à une lettre. Je prétendais lui exposer l'origine de sa « maladie », celle de sa génération, et lui proposer des remèdes. Je diagnostiquais qu'il lui manquait un idéal (« idéal » était souligné). Ma démonstration me faisait remonter à l'Ancien Régime, je poursuivais avec la Révolution, la montée de la bourgeoisie et les héritiers de celle-ci désormais trop bien nantis. Certes, notre époque avait bien un horizon scientifique, mais ses réalisations étaient aussi lointaines que la probabilité d'une nouvelle révolution. Donc, comme je ne décelais pas en lui de vocation pour contribuer à accélérer un bouleversement de la société, pas plus que pour l'art, et encore moins de vocation religieuse, et qu'il était ce que j'appelais un « homme moyen », je lui conseillais en fin de compte de devenir un bon père de famille ! J'écrivais : « Tu peux te consoler en songeant à tes enfants et à tes petits enfants qui partiront avec une expédition dans la Lune, enseigneront l'art javanais aux Congolais, ou prendront le pouvoir au nom de l'égalité sociale et raciale. »

Toute ma science politique venait des cours d'histoire qui me passionnaient et qui portaient cette année-là sur la Révolution française, ainsi que de mes discussions avec la blonde Brigitte aux tendres bajoues et aux petites lunettes assorties à son air sérieux. Nous avions réuni nos solitudes intellectuelles, si je puis dire. Elle m'avait confié comment elle avait essayé de partager « le grand feu qui la brûlait » et sa soif de justice. Elle n'avait suscité que des haussements d'épaules et n'avait finalement trouvé des échos à ses pensées que dans les livres. Moi, je l'écoutais, accroupie sur le tapis de sa chambre, ou bien en l'observant tandis qu'elle commençait à préparer le dîner pour ses parents qui rentraient tard. Peut-être m'intéressais-je surtout à pénétrer l'intimité du trio étroit qu'ils formaient, muette devant la façon méticuleuse dont elle découpait les tomates selon le goût de chacun, en rondelles pour l'un, en quartiers pour l'autre, en quartiers plus petits pour le troisième, dévoilement d'un rituel familial qui était à mes yeux une image tout à la fois indécente et fascinante.

Elle se disait marxiste, mais critique, citait Henri Lefebvre, se méfiait de tous les partis, voulait aider ceux à qui le minimum de dignité était refusé, reconnaissait ne pas savoir comment s'y prendre. Ce n'était pas que j'étais dénuée de générosité, mais je n'avais pas lu les mêmes livres qu'elle. L'une comme l'autre nous élevions la sincérité au sommet de nos valeurs, ce qui avait pour conséquence des jugements péremptoires et des conseils réciproques assénés surtout par voie postale, pendant les vacances. L'éloignement nous aidait simultanément dans les effusions de tendresse et les règlements de comptes. Elle me reprochait mon égocentrisme et les jugements hâtifs que je portais sur elle. Elle prétendait voir dans mon regard qu'elle ne me plaisait pas physiquement et même que je me rassurais sur mon propre compte en me jugeant « mieux qu'elle ». « Mais je m'en fiche », affirmait-elle.

De mon côté, je la traitais de Don Quichotte quand elle m'exposait avec lyrisme son engagement politique, et je la reprenais beaucoup sur son style : « la Révolution dans laquelle je laisserai ma peau », ça ne passait pas avec moi. Alors elle se défendait : elle était maladroite parce qu'elle savait trop bien que j'allais juger, disséquer la moindre de ses phrases. Tout ça n'empêchait pas que je lui demande si elle m'aimait. Dans le moment où nous ne souhaitions qu'une chose, nous échapper de la famille, la sienne qu'elle jugeait trop bourgeoise, la mienne dont je souffrais qu'elle ne le fût pas assez, nous jouions à tour de rôle, l'une envers l'autre, le rôle de l'émancipée, de la grande personne qui raisonne et tempère en s'emportant contre les emportements de l'autre. Mais au fond, moi, ce que je voulais en cherchant une position d'autorité avec elle plus encore qu'avec Michel, c'était pouvoir continuer à me sentir « à part » en compagnie de cette amie intelligente qui lisait, réfléchissait, avec qui j'étais de plain-pied. Je disposais auprès d'elle du tout premier public pour mes tentatives d'écriture, tout en trouvant le moyen de me dérober : je n'avais pas pu m'empêcher de lui donner à lire mes premiers poèmes, mais, soi-disant, surtout pas pour en attendre un avis ! Je la rabrouai quand elle me dit les trouver beaux et lui rétorquai que, moi, je les reniais au fur et à mesure que je les écrivais !

J'étais dans l'enfance prolongée, j'étais une adolescente. Les adolescents ont hâte de disposer de la même autonomie que les adultes, mais ils ne sont pas pour autant pressés de quitter la prison intérieure de l'enfance, surtout si elle est une enclave, comme c'était mon cas, au sein d'une société d'adultes chaotique et angoissante. L'adolescence, c'est la période où l'on hésite à sortir de l'enfance, je n'avais pas envie de perdre le privilège d'être celle qui se contente de regarder et qu'on tient à l'écart sous prétexte qu'elle ne peut pas comprendre. C'était déjà trop que mon père et ma mère nous prennent à témoin, mon frère et moi, de leurs disputes et du drame de leur vie. Mes fabulations sur ma vie à venir à moi me permettaient de m'y soustraire et me dissimulaient ce que l'atmosphère familiale augurait de la vie réelle.

Mais je n'avais pas trop à m'en faire, j'allais avoir de la chance, car les circonstances de la vie, de la vie réelle, me conduisaient sans que j'aie à les chercher vers ces rencontres miraculeuses que j'attendais depuis que j'avais commencé à lire des romans.

Patrick

J'avais une autre amie pour laquelle j'éprouvais beaucoup d'affection, Martine, fille délicate d'un an plus jeune que moi, plus petite, menue, avec de longs cheveux fins qu'elle laissait tomber à la manière de Françoise Hardy. Elle était la benjamine de trois sœurs et je m'ajoutais inconsciemment à la famille en la regardant comme ma propre cadette. Le pavillon aux pièces claires qu'elle habitait rue Pierre-Joigneaux se trouvait sur mon chemin entre le lycée et la rue Philippe-de-Metz et je m'y attardais souvent à la sortie des cours parce que je m'y sentais bien. Dans sa chambre au premier étage, nous nous livrions à des gamineries. Nous nous occupions entre autres des derniers joujoux auxquels ont droit les filles, des collections de sujets miniatures, des petites poupées folkloriques dénichées dans des boutiques de souvenirs, des petites peluches, tout ce que nous avions pu dégoter que nous trouvions « chouton ». « Chouton » dérivait de « chouchou ». « Chouchou » avait été mis à la mode par l'émission de *Salut les copains* pour désigner la chanson vedette de la semaine. Nous nous donnions du « chouton » entre nous aussi. Martine me montrait ses nouvelles acquisitions, j'avais glissé une des miennes dans mon cartable. Nous leur donnions des prénoms qui nous plaisaient parce qu'ils étaient rares ou exotiques, nous leur inventions de courtes histoires qui étaient la traîne des affabulations de notre premier âge révolu.

Dans le courant de l'année qui préparait au BEPC, il devint manifeste que nous étions l'une comme l'autre bien trop mauvaises en maths et qu'il serait nécessaire pour nous aider à préparer l'examen que nous suivions des cours particuliers. La mère de Martine, qui était la tante de Jean, s'adressa à celui-ci : serait-il intéressé à gagner de cette façon un peu d'argent ? Jean déclina, mais il avait un ami à qui cela rendrait certainement service, Patrick.

Plusieurs fois par semaine, Patrick venait, en fin d'après-midi, chez Martine. Dans l'atmosphère calfeutrée de la chambre, au lieu de traîner et de divaguer avec nos grigris, nous nous appliquions sous sa conduite à comprendre le théorème de Thalès et la trigonométrie. Patrick était très séduisant. Il n'était pas très grand, avait des cheveux noirs qui bouclaient, de beaux sourcils, sa peau semblait douce et il avait juste ce qu'il fallait de mollesse dans les traits pour donner envie de l'embrasser sans qu'il y perde de sa virilité. En présence de ses deux élèves du moins, c'était un taciturne, mais avec la faculté d'allumer brusquement le regard et d'afficher un sourire qui semblait tout livrer de lui-même, ne rien laisser de l'ombre suggérée la seconde d'avant, puis qui s'effaçait aussi brutalement. Cela me déconcertait. Il était consciencieux, mais de temps en temps, il parlait tout de même de littérature et de la revue de poésie qu'il venait de créer avec des amis. J'étais attentive, mais sans rien dire de mon propre désir d'écrire, je me contentais de lui montrer des classeurs où étaient rangées des feuilles sur lesquelles je recopiais des phrases qui m'avaient frappée au cours de mes lectures, beaucoup de Balzac, Stendhal, des vers de Nerval… Et puis le soir du dernier cours, ainsi que je l'ai raconté dans un autre livre, j'avais pris la première vraie décision de ma vie, celle qui avait percé la bulle des rêves.

Le brouillard d'émotions à travers lequel j'ai regardé Patrick s'éloigner dans le jardin était ce qui restait de cet écran qui pendant mes premières années avait fait paraître ma vie à venir si lointaine, comme si l'avenir ne devait jamais arriver, continent dont me séparait l'océan de mon ignorance de la vie, c'est-à-dire de la manière féroce dont elle s'organise. Devenir adulte est pendant le temps si démesurément long de l'enfance et de l'adolescence une sorte d'utopie. Cet océan, je le franchis en quelques foulées. J'avais hélé et rattrapé Patrick au moment où il parvenait à la grille et je lui avais demandé, le souffle court, s'il voudrait bien lire quelques pages que j'avais écrites, et avec un visage inexpressif, mais qui semblait dire qu'il ne pouvait pas repousser une démarche à laquelle il s'attendait – et cela, l'océan étant franchi, je l'avais parfaitement perçu –, gentiment, il avait dit oui.

Nous étions au printemps. À plusieurs reprises, je le retrouvai à la terrasse de L'Oasis. Je n'ai pas le souvenir qu'il ait manqué un rendez-vous, mais il m'arriva de l'attendre et dans un état d'angoisse exagéré qu'accentua l'impression d'être ridicule aux yeux des autres consommateurs. Il me semblait que de toutes les tables alentour on m'observait, spéculant sur l'idée que j'étais la fille à qui son petit ami avait posé un lapin, et bien sûr, *ça n'était pas ça*. Maintenant que se réveille ce souvenir, je réalise que je ne me suis jamais défaite d'une hantise, celle que la personne avec laquelle je suis convenue d'un rendez-vous dans un café puisse ne pas venir. La crainte refait surface presque chaque fois, quelle que soit l'importance que j'accorde à la personne et à l'objet du rendez-vous. C'est au point que je peux m'arranger pour laisser le temps à cette personne d'arriver avant moi, et l'appréhension est si forte que souvent en effet je ne la vois pas si elle est déjà là, assise ; « Évidemment, elle n'est pas là », me dis-je en regardant d'un regard aveugle. La présence de Patrick, pour moi, à L'Oasis, a été l'unique et fragile fil grâce auquel je fus accrochée, petit poisson brillant tout juste ferré, à ce que je peux bien appeler enfin le destin, puisqu'il n'y a conscience d'un destin que rétrospectivement. Ce que j'ai fait de ma vie, pour employer une expression que j'aime bien, est parti de ces rendez-vous, les premiers, du reste, que j'avais avec un garçon qui n'était pas un copain de classe. Mais ils étaient si improbables ! À Albert-Camus, je n'avais pas de professeur qui aurait été poète et qui m'aurait encouragée de façon plus conforme à l'idée qu'on se fait de l'adulte qui met le jeune sur sa voie ! Et mon mouvement vers mon professeur de maths particulier aurait-il été aussi vif si celui-ci n'avait pas eu les yeux si noirs et le sourire aussi imprévisible ? Quel chemin aurais-je emprunté s'il n'avait pas accepté de s'embarrasser de celle qu'il regardait sans doute comme une gamine ? Je n'avais jamais douté que j'échapperais à l'étroitesse de la rue Philippe-de-Metz et à la somnolence de Bois-Colombes grâce à une rencontre de pur hasard, un événement tombé du ciel. Qu'aurais-je pu concevoir d'autre ? Mes rêves m'avaient déjà transportée trop loin pour que je me contente d'espérer réussir mon bac, faire des études, et ainsi de suite…

Et le coup de baguette magique s'était produit. Aussi, la bulle des rêves à peine crevée pouvait-elle se reformer et se refermer sur moi et m'envelopper. Bien sûr, plus tard, la vie a passé et la bulle n'a pas toujours suffi à me protéger, quelquefois elle a laissé passer de mauvais coups, cependant, il me semble jusqu'au jour d'aujourd'hui qu'elle continue de flotter quelque part au-dessus de ma tête, transparente et molle, étirable, sur le modèle de ces bulles de savon que je soufflais enfant, si bien qu'il me reste dans la vie quotidienne cette peur : qu'elle n'éclate et que tout n'ait été en effet qu'un rêve, et que l'acquis depuis tout ce temps fût à rejouer, comme si tout ce qui s'était passé pouvait ne pas avoir eu lieu.

Les vacances arrivèrent, Patrick partit au bord de la mer, à Saint-Palais, près de Royan, je restai à

Bois-Colombes. Étaient-ce les conversations avec lui ? J'avais pris de l'assurance et je prétendais mettre à profit ce moment pour écrire, dessiner, « réfléchir », disais-je. Je me montais la tête, tout en désespérant d'arriver à quelque chose. J'adressai une lettre à Patrick pour me lamenter de ce que, à peine avais-je rédigé quelques pages, je découvrais que cela ressemblait trop à un roman que je venais de lire. Ou encore, alors que j'étais plutôt douée pour le dessin, je déplorais d'être complètement dépourvue d'imagination, tout juste bonne à recopier des images qui m'avaient plu. En effet, sans trop de discernement, je prenais pour modèle aussi bien une illustration dans un de ces livres d'aventures que je lisais encore que des tableaux dont j'avais acheté la reproduction en carte postale, un autoportrait de Goya, un portrait de femme dans le style d'Ingres. Patrick me répondit sur le ton d'un grand frère, mais avec toute la candeur qui était celle de ses dix-huit ans : « Que tu écrives ou dessines des œuvres déjà faites n'a aucune importance, me rassurait-il, nous sommes encore à l'école. On ne trouve son style propre, sa puissance verbale ou picturale qu'aux environs d'une vingtaine d'années. Il faut avoir beaucoup écrit (et tant pis si l'on écorche la langue française), beaucoup lu, et surtout beaucoup vécu. »

À la rentrée, pour lui, « le cirque recommença ». Au retour des vacances, il s'était trouvé un petit boulot au rayon chaussures du magasin Brummell ; son temps libre, il le consacrait à *Strophes* et à l'écriture d'un roman auquel il s'essayait, et il attendait dans l'angoisse les résultats du concours qui lui permettrait ou non de poursuivre sa médecine. À la différence de ses camarades qui appartenaient à la classe moyenne – le père de Jean était acheteur pour une grande chaîne de magasins, les deux Daniel étaient fils de fonctionnaires –, Patrick était d'une famille modeste, avec un père qui se passionnait surtout pour les courses de chevaux et, à la maison, le fardeau d'un frère handicapé mental. S'il avait besoin de travailler, ce n'était pas seulement pour financer ses études et accessoirement les numéros de *Strophes* dont le numéro 4 était en route, mais simplement pour s'acheter un pantalon convenable. Les jobs pour étudiants ne suffisaient pas, il lui fallut prendre un véritable emploi et ce fut un poste d'instituteur dans une école de Nanterre. Nos rendez-vous à L'Oasis s'espacèrent. J'inventais de l'emmener voir une exposition ou une pièce de théâtre, mais il décommandait ; il était toujours gentil, parfois affectueux, mais il n'avait jamais le temps. À la fin du mois de décembre, je reçus un mot dans lequel il s'excusait une nouvelle fois. Il terminait : « À part cela, je collectionne en ce moment les ennuis de toutes sortes, mais je ne sais par quel mystère le moral à ce jour s'est maintenu assez bon. »

J'écrivais de plus en plus, surtout des poèmes en vers libres, sous l'influence de mes lectures de *Strophes* – dont il faut dire que le titre n'avait pas été si bien choisi par ses fondateurs néophytes (qui allaient rectifier l'orientation avec un gros numéro 5 consacré au poème en prose) –, mais aussi quelques brouillons de nouvelles. La voix, toujours, de quelqu'un qui marchait, sous un ciel jaune de préférence, on ne savait jamais trop vers quoi ni pourquoi. Des idées de fatigue de la vie, de mort, de suicide alternaient avec des passages exaltés, panthéistes et charnels, et définitifs : « S'enfuir vers des pays où le soleil est le plus près et le plus lent... attendre qu'il me brûle et confonde mes cendres à la terre. » « Avoir assez de pores pour toute la poussière du monde. » Je m'adressais à moi-même, à mon « âme » : « Pourquoi veux-tu déterrer les morts, et surtout déterrer les vivants/Pourquoi te perdre dans leurs cœurs difformes, toi qui n'as même pas encore de forme ? » La page suivante repoussait l'idée de la mort, pour parler de « besoin de vie, pour écrire tous les poèmes et tous les romans que j'ai envie d'écrire, pour aimer et pour combattre et gagner la bataille du bonheur », etc. Patrick les lisait et me les rendait avec des commentaires dans les marges, tracés d'une écriture fine, comme s'il s'était agi pour lui de corriger des copies d'élèves. Les pages que je lui confiais étaient soit calligraphiées avec soin, soit dactylographiées, les lignes des poèmes souvent distribuées dans le blanc selon mes impulsions ou, plus ambitieusement, pour marquer une scansion particulière – une disposition mallarméenne, si j'ose dire. Il la critiquait, il trouvait ça gratuit.

L'être humain n'est jamais aussi buté que dans les années au cours desquelles sa conscience commence à se révéler à elle-même. La conscience se construit, elle maçonne, trop occupée à faire tenir le mur à l'aide d'un mortier trop maigre pour vraiment prendre en compte les conseils qu'on lui donne, mais qu'elle va chercher et qu'elle écoute néanmoins ! Mais plus le mur s'élève et plus il l'isole ; le maçon est à l'intérieur de la maison. Arrive le moment où les voix extérieures ne sont plus audibles ; il faudra du temps ensuite avant que la maison ne s'ouvre. Ce n'était donc pas faute d'avoir espéré et attendu les commentaires de Patrick dont je ne me cachais pas que j'étais amoureuse, et à qui j'avais donc terriblement envie de plaire et que j'écoutais, seulement retenue de discuter par ma timidité, mais je continuais de disposer mes mots dans la page en ne suivant que mon caprice.

J'élargissais mon cercle de lecteurs. Outre Brigitte, j'envoyais aussi quelques poèmes à un garçon que j'avais rencontré pendant des vacances de Noël à Berlin et avec qui j'avais commencé à entretenir une correspondance soutenue. Lutz avait l'âge de Patrick et il était étudiant. Lui était mon vrai public, il commentait mes poèmes en jeune homme cultivé qui me parlait de Heinrich Böll et de Dürrenmatt tout en reconnaissant ne pas être un « littéraire actif » comme mon ami Patrick et moi. Il discutait les dissertations auxquelles je me laissais aller sur des sujets politiques, sous l'influence de Brigitte, des cours d'histoire, et beaucoup pour me conformer à l'idée que je me faisais d'un poète, forcément sensible aux idées sociales. Lutz tempérait. Même si lui n'y faisait pas allusion, je dois préciser ici qu'il habitait à quelques rues du mur et de la saignée que celui-ci avait creusée cinq ans auparavant au milieu de sa ville. Il m'invitait par ailleurs à être plus compréhensive avec ma mère car je ne cessais alors de me disputer avec elle.

J'ai tellement eu le sentiment tout au long de ma vie d'adulte d'aimer sincèrement mes parents, en dépit de la vie familiale tourmentée que j'avais connue pendant l'enfance et l'adolescence, qu'il m'est difficile, parce que douloureux, de me rappeler les conflits violents qui nous opposèrent et la détestation que je leur vouais les deux dernières années environ avant de leur échapper. J'étais comme un prisonnier rendu fou par un geôlier pervers qui lui aurait ouvert la porte tout en l'enchaînant au mur de sa cellule. Car on ne me refusait jamais le droit de sortie, je recevais mes amis comme je le voulais, on m'offrait mes premiers voyages à l'étranger, mais ce n'était pas suffisant. Plus que d'aspirer à l'indépendance totale, c'était leur autorité que je refusais de reconnaître. Aussi comptés qu'ils aient été, mes rendez-vous avec Patrick avaient entrouvert une porte : être sur ce seuil était une réalité au-delà de tout ce que j'avais pu espérer, et cette réalité me faisait entrevoir un avenir dont la part d'inconnu était forcément plus vaste et plus grisante que les constructions imaginaires de mon enfance. À seize ans, je ne doutais pas d'appartenir à une autre catégorie d'êtres humains que mes parents. Mes amis les plus proches me disaient, et c'était de leur part une sorte de compliment, que j'étais « folle ». Ils s'autorisaient de ce constat, plus sans doute que des pages que je leur donnais à lire, pour me conforter : oui, j'étais bien quelqu'un de spécial, un « poète ». Mais je n'étais toutefois pas folle au point de ne pas entendre le murmure de raison au fond de moi qui désignait mon arrogance. Si bien que l'attraction de l'inconnu n'était pas suffisante pour me faire passer le seuil et qu'il fallut une baliste pour m'y projeter : ce fut le comportement de mes parents, ou plutôt la façon dont j'interprétais leur comportement. J'utilisais tous les clichés à portée de raisonnement d'une adolescente : je leur reprochais de s'être plus occupés d'eux que de moi pendant mon enfance, de ne pas comprendre mes hautes aspirations, je les accusais, les malheureux, d'être enfermés dans une morale bourgeoise, la dernière chose, vraiment, dont on pouvait les soupçonner ! Lutz, qui vivait au sein d'une famille très unie, tout à la fois s'intéressait à ce qu'il appelait mes « luttes » et me mettait le nez dans mes contradictions : est-ce que cet « orgueil de poète » que j'affichais et cette façon de me croire « supérieure » étaient bien compatibles avec les idées de Sartre dont je l'abreuvais ? Nous n'étions pas encore suffisamment des individus, m'expliquait-il, ni intellectuellement, ni moralement, pour pouvoir revendiquer notre liberté.

À l'école de Nanterre, Patrick avait retrouvé Daniel T. qui avait enfin obtenu son bac et qui du jour au lendemain était passé du statut d'élève à celui de maître, lui aussi instituteur. Le père de Daniel, droit, mince, le nez fin et de beaux cheveux blancs qui lui donnaient de faux airs de Louis Aragon version Comité central (bien qu'il votât certainement à droite) était arrivé à Bois-Colombes de sa Bretagne natale où son propre père était agriculteur, occasionnellement jardinier de l'abbaye voisine et organiste le dimanche à la messe. François Templon avait gravi les échelons de l'administration municipale, qui étaient ceux de l'ascension sociale, jusqu'à la fonction de secrétaire général de la mairie. Il n'était pas question que ses enfants s'écartent de la vertu maîtresse du travail ; tous les matins, Daniel et Jacques, son frère de quelques années plus jeune, avaient été réveillés à 7 heures par leur père qui leur faisait répéter leurs leçons avant le départ pour l'école. Sa scolarité achevée, l'aîné s'était dépêché de se soustraire à cette autorité créancière, il avait loué un studio et il s'était offert une 4CV avec un premier petit salaire. Il n'avait pas d'idée arrêtée sur ce qu'il avait envie de faire de sa vie. Les études ne le tentaient pas. *Strophes* lui procura opportunément une occupation qui avait l'avantage de ne ressembler à rien de ce qu'il aurait pu imaginer, et il était aventureux. Il accepta de prendre en charge la diffusion de la revue, ce pour quoi les autres n'avaient ni le temps, ni peut-être de disposition. De plus, la 4CV lui permettait de faire le tour des librairies du Quartier latin pour livrer les exemplaires et recueillir l'argent dû sur les exemplaires vendus des précédents numéros.

Il arriva que Patrick le chargeât d'une autre mission. Celui-ci avait à me retourner des textes que je lui avais soumis. Sans doute parce qu'il commençait à me trouver collante, et parce qu'il était désormais dans une situation nouvelle que j'ignorais encore, il demanda à Daniel de lui rendre ce service : aller à sa place rapporter les feuilles à cette fille « qui lui courait après ». Voilà pourquoi j'ouvris un beau jour la porte à ce garçon qui, bien raide dans son rôle, presque cérémonieux, le buste légèrement en arrière pour donner plus de perspective à son regard droit filtrant de ses yeux fendus, se présenta : « Vous ne me connaissez pas, je suis un ami de Patrick qui a un empêchement… »

Je ne sais plus si ce fut lui, ou bien Martine, ou la rumeur, qui me mit au courant de l'événement qui venait de se produire dans la vie de Patrick. Au cours de l'année, il avait fait la connaissance d'une jeune fille, étudiante comme lui en médecine, il en était tombé amoureux et, comme on disait, il l'avait mise enceinte. Ce qu'on racontait, c'est que la fille avait un père rigide et qu'il n'y avait pas eu d'autres solutions que le mariage. Ainsi, ses études à peine entamées, Patrick allait-il se retrouver brutalement époux et père. Si je ne me souviens pas des circonstances dans lesquelles j'appris la nouvelle, je ne me souviens pas plus que celle-ci ait affecté ma relation avec lui. Je continuais de « courir » après ce jeune homme qui était mon confident, bien qu'il fût désormais pris par ses obligations familiales et la nécessité de gagner sa vie. Sens du devoir ? Plus tenté par l'action que par de longues études ? Patrick décida en effet d'abandonner la médecine pour permettre à sa femme de la poursuivre. Au salaire d'instituteur, il lui fallut ajouter celui de petits boulots supplémentaires. En dehors de ça, il le constata amèrement : « Littérature, néant. » Je reçus le faire-part de son mariage qui eut lieu en février, un mois à peine avant son dix-neuvième anniversaire. Il s'installa avec sa femme et son bébé dans un petit appartement rue Championnet, dans le 18e ; j'allais y dîner en compagnie de Daniel. Jean, Daniel A., et un autre garçon, à peine plus âgé qu'eux, Philippe, qui avait rejoint la rédaction de *Strophes*, étaient là. Il était évidemment beaucoup question de la revue, mais pas seulement. Je continuais de les regarder avec presque la même distance que lorsque je les avais aperçus au café, je les écoutais en plus, toujours dans le même sentiment d'appréhension. Philippe me faisait un peu peur. Il avait l'air si sûr de lui, à la fois moqueur et péremptoire. Je l'entendis déclarer, au cours d'une conversation qui ne portait pas sur la poésie, qu'il avait rompu avec une femme après avoir découvert, alors qu'il faisait l'amour avec elle, qu'elle avait un grain de beauté au creux de l'oreille. Cela l'avait rendu incapable de poursuivre. J'avais moi-même pas mal de grains de beauté semés sur le corps et le visage. Les hommes trouvaient-ils cela dégoûtant ?

Les difficultés qui assaillaient Patrick lui procurèrent une sorte d'aura. L'écart apparaissait si grand entre celles-ci et le rayonnement de ce garçon si jeune auprès de tous ceux qui le connaissaient, parce que c'était lui qui prenait les initiatives et qu'il avait ce charme si doux et si tranquille qui entraînait les autres dans l'aventure, qu'on pouvait y lire comme une vengeance du sort contre celui qui réunit trop de talents, exerce trop de séduction. De plus, il ne s'était pas dérobé, il faisait face à l'adversité, et des qualités morales ainsi qu'une *expérience de la vie* acquise en avance sur ses camarades venaient rehausser le portrait. Mais les mêmes qui pensaient cela, et j'en faisais partie, ne s'empêchaient pas de répéter que c'était quand même un beau gâchis – un garçon si beau et si doué ! – et qu'il était idiot de s'être laissé attacher un fil à la patte.

Il m'était arrivé de confier à Patrick que je sentais naître en moi des « désirs de femme ». Aurais-je osé lui parler ainsi si je n'avais pas été parfaitement innocente ? J'ai expliqué ailleurs que j'étais restée très tard dans une relative ignorance du fait sexuel, flirtant sans trop savoir à quoi cela pouvait aboutir. Avant le surgissement des pensées libertaires, de la culture pop et de mai 68, cela n'arrivait pas d'aborder de façon ouverte la question de la sexualité, et dans les conversations avec les filles de mon entourage, les rapports sexuels n'étaient pas mieux évoqués qu'au cinéma par les dérapages de la caméra. Le commentaire de Patrick avait été qu'il s'en était bien rendu compte, mais il m'avait reprise : je n'étais pas une femme, mais une jeune fille à laquelle il souhaitait d'être « vivante », « un peu folle » et surtout d'« éviter à tout prix la vie conventionnelle et routinière ».

J'étais la fille d'un père et d'une mère dont le lien amoureux s'était rompu trop tôt. Au sein de la génération et de la classe laborieuse auxquelles ils appartenaient, celle des hommes qui, après avoir fait la guerre tandis que leurs femmes s'étaient mises au travail, travaillaient beaucoup sans pouvoir épargner à leur femme de continuer à travailler, chacun filant de son côté son propre écheveau d'intérêts et de distractions, d'amitiés et d'amours, ils avaient pratiqué l'adultère plus ou moins explicite. La divergence de leurs cheminements sentimentaux et sexuels n'était pas cachée à leur entourage le plus proche, mais par une sorte d'atavisme social, ils n'avaient jamais envisagé de se séparer physiquement. Les arrangements valaient peut-être, cahin-caha, pour la vie affective, ils étaient un désastre pour la vie pratique. Rien ne s'accordait dans la gestion de l'économie domestique, ni dans l'occupation de l'espace d'habitation, ni dans l'attention consacrée à telle ou telle décision, ni dans les dépenses à engager, et ces questions devenaient le terrain substitutif d'une guerre sans trêve. Cette ambiance m'avait éclairée très jeune sur la réalité de la vie conjugale, et la vie que je rêvais pour moi, parmi des écrivains forcément détachés de toutes ces considérations matérielles, échapperait bien entendu à cette réalité. Je n'en pouvais plus de l'exiguïté de l'appartement ni des drames qui convulsaient ses locataires, ni surtout d'une surveillance dont je commençais à faire l'objet en raison de mes fréquentations bizarres et à laquelle j'avais de bonnes raisons de n'accorder aucune légitimité. Quand Daniel me proposa de partir avec lui au bord de la mer le temps d'un week-end, j'acceptai sans réfléchir. Je pris le large, pas plus loin toutefois que le bout du quai du port de Dieppe.

J'ai eu mes premiers rapports sexuels sur un terrain de camping coincé entre la falaise de Dieppe et la mer, dans l'atmosphère étouffante d'une tente du type « canadienne » ou « tente de scout », celle qui ressemble à une petite maison avec un toit en pente. Celui qui s'évade se fiche pas mal de là où il va s'échouer, il ne pense qu'à ce qu'il fuit. Je suis partie avec Daniel sans me préoccuper de ce que celui-ci pouvait avoir en tête, ni de ce qu'il pouvait imaginer de mes propres intentions ; en ce qui me concerne je n'en avais qu'une : partir.

J'étais tellement empêtrée dans mes propres désirs que je n'avais jamais trop pris le temps de m'interroger sur ceux des garçons que je fréquentais. J'avais envie d'être aimée, c'était l'essentiel, et je pouvais rester aveugle aux témoignages d'amour ; il n'est pas rare de rencontrer ce paradoxe. Quand on m'avait appris, par exemple, que l'un d'entre eux s'était rendu vraiment malade après m'avoir vue danser et flirter avec un autre, j'étais tombée des nues. Ce n'était pas que je n'avais pas d'amitié pour ce garçon, ni que je ne m'étais pas préoccupée pour lui en d'autres occasions car il avait une santé fragile, non, c'était par pur égocentrisme, comme m'en aurait accusée Brigitte. Un enfant, chez qui la curiosité pour les mystères du monde prédomine encore sur les leçons apprises, peut avoir des intuitions ; un adolescent, dans l'urgence à prendre sa place dans ce monde comme s'il lui avait été révélé, n'a que des a priori. C'était mon cas. Sans me chercher d'excuse, je dirais que je me projetais dans une vie future tellement idéalisée, forcément peuplée d'êtres de fiction, de marionnettes pliées aux lois de mes scénarios infaillibles, que tout ce qui m'entourait dans la vie de tous les jours et qui ne m'apparaissait pas susceptible de se conformer à cet idéal, c'est-à-dire presque tout, au pire m'était insupportable, au mieux indifférent. L'exception était Patrick, et encore !

Pour l'épisode de Dieppe, le détail se trouve dans le premier livre autobiographique que j'ai écrit, *La Vie sexuelle de Catherine M.* Dans ce que j'en disais, je faisais allusion à la demande que j'adressai à Daniel avant qu'il ne pénètre en moi, avant qu'un homme pour la première fois ne pénètre en moi : je lui avais demandé de prononcer mon prénom. D'où venait le besoin de ce sésame ? M'ouvrir à l'appel de mon prénom, comme pour un second baptême ? M'ancrer dans la réalité du moment en vérifiant que j'y étais bien formellement assignée ? Nous sommes sortis de dessous la tente vaguement groggy pour aller déjeuner à une terrasse. Daniel me regardait manger des coquillages. Nous n'avons pas beaucoup parlé (nous ne parlerons jamais beaucoup !). La situation était si nouvelle pour moi : être au bord de la mer sans y être en vacances avec ma mère et mon frère, faire couple avec Daniel aux yeux de la serveuse, être venue jusque dans cette ville austère, sans véritable but. Je me suis sentie dans un état que je compare aujourd'hui à celui que je connaîtrai plus tard, lorsque, à la suite d'un choc, la mort d'un proche, notre conscience se protège en déréalisant le réel. On est « comme dans un rêve », dit-on (de fait, on dit « un rêve » et non pas « un cauchemar », on dit aussi « comme dans du coton »). La perte est ressentie, mais seulement elle, sans préfiguration de son écho dans le futur, ni de la souffrance qu'elle va déployer, tout cela encore relégué dans un arrière-fond opaque. Certes, je n'avais perdu que ma virginité, mais dans la langue de l'époque, cela s'appelait encore « perdre son innocence ». J'avais perdu la faculté de rêver ma vie sans conséquence, je veux dire que la vie imprimait mon corps. J'avais perdu mon innocence, et je ne disposais d'aucun savoir à la place. Je n'avais pas de pensée.

Aux charges qui pèsent sur l'adolescente irréfléchie que je fus, il faut ajouter la lettre que j'avais laissée à mes parents. Je ne la relis pas après tant et tant d'années sans que la stupeur ne me prenne devant sa cruauté, ainsi qu'une culpabilité qui ne sert évidemment plus à rien. Elle était adressée « à ma mère, à mon père ». Eux dont les sentiments ne s'étaient plus confondus depuis si longtemps, dont la « vie commune » n'était même pas d'apparence, mais de pure formalité, eux qui depuis longtemps ne faisaient plus l'effort d'emmener ensemble leurs enfants en promenade ou au cinéma, voilà que je les réunissais devant le tribunal d'une morale bien plus « bourgeoise » que la « morale bourgeoise » dont je les accusais ! Non seulement je prétendais que, trop occupés par leurs affaires personnelles, ils ne m'avaient pas élevée – accusation tout à fait injuste –, mais surtout je déballais ces petites monstruosités de la vie familiale dont toute la famille s'était plus ou moins accommodée à condition qu'elles ne soient reconnues que d'un côté ou de l'autre du mur qu'ils avaient érigé entre eux : l'entourage de ma mère qui qualifiait mon père de salaud, mon père désertant la maison en périodes de fêtes, l'amant de ma mère occupant la place pendant son absence… Donc, en plus, je mouchardais. Le pire était la morgue avec laquelle je m'adressais à eux sous le prétexte de mon « hypersensibilité de poète », depuis les hauteurs d'un langage auquel, prétendais-je, leurs âmes n'avaient pas accès, tout cela pour justifier que je ne voulais plus me soumettre à leur autorité. Pendant les si longues années de l'enfance, la petite fille pieuse que j'avais été avait prié pour que ses parents cessent de se faire du mal, et les prières avaient échoué sans que soit entamée sa foi en Dieu. L'adolescente maintenant ne croyait plus en Dieu, alors elle se défaisait du poids qu'avait été cette responsabilité impuissante.

Comme l'annonçait la lettre, je rentrai à la fin du week-end. Mes parents avaient eu le temps de déclarer ma disparition au commissariat. Quelque temps auparavant, à une ou deux reprises, mon père, qui ne m'avait jamais frappée lorsque j'étais une enfant, et qui n'avait plus d'affrontement physique avec ma mère, m'avait corrigée de façon particulièrement violente. Cette fois encore, je payai durement ma fugue et l'en méprisai davantage. Mais les parents aimants adoptent la versatilité de leurs enfants. Trois semaines plus tard, s'apprêtant à me lâcher dans la nature, il me conduisait à Orly où j'allais pour la première fois de ma vie prendre l'avion. En compagnie de Martine et d'une de ses sœurs, nous partions à Londres pour des vacances linguistiques. Nous étions arrivés à l'aéroport quand je m'aperçus que j'avais oublié mon passeport. Il ne dit rien, serra les dents, me déposa, reprit la voiture et revint à temps pour que je puisse embarquer. C'était un remarquable conducteur qui en avait fait son métier en ouvrant une auto-école.

Je ne manquai pas de raconter mon aventure dieppoise à Brigitte, à Lutz, à Patrick, à d'autres. Brigitte n'appréciait pas beaucoup Daniel, elle trouvait les chemises à carreaux qu'il portait de mauvais goût et lui reprochait de vouloir « s'amuser avec les petites filles ». Il en trouverait d'autres, prédisait-elle, et me laisserait tomber. Lutz était plus conciliant, sans cesser de me donner des conseils raisonnables : personne n'avait le droit de me condamner parce que j'avais couché avec un garçon. Il fallait dépasser la morale convenue ! Le seul reproche valable était celui que je pouvais m'adresser à moi-même, si, ayant suivi Daniel sur un coup de tête alors que je disais aimer Patrick, j'estimais avoir fait une bêtise.

Lui-même était amoureux d'une fille nettement plus âgée que lui et il constatait que les filles étaient beaucoup plus impulsives que les garçons, plusieurs qu'il connaissait avaient ainsi brusquement quitté leur famille, et pas toujours pour suivre un garçon. Il concluait : « Tu as préféré ta liberté à cet amour. »

Patrick parut ne parler que pour lui-même, les yeux dans le vague : il ne pourrait pas aimer une fille, assurait-il, qui n'aurait pas attendu d'être amoureuse pour faire l'amour. Je l'écoutai sans broncher. La remarque me laissa interdite. Jamais je ne m'étais posé la question de savoir si une jeune fille devait ou non préserver sa virginité – la morale familiale était défaillante sur ce point ! –, si bien que je n'avais rien à répondre, mais n'en éprouvais pas moins une légère déception. Après tout, j'étais amoureuse de Patrick, et au-delà, si je puis dire, je le consultais sans cesse sur toutes sortes de sujets. Mais il en fut de ma conduite sexuelle comme de la disposition de mes vers dans la page, je ne changeai rien à ma façon de faire. Lutz à qui décidément je racontais tout décréta que Patrick était mal venu de me faire la morale.

Je fis preuve non pas tant dans ma relation avec Patrick que dans ma perception de sa personne d'une puissance de résistance au réel absolument extraordinaire. La présence d'une femme à ses côtés et ses obligations de père non seulement ne changèrent pas grand-chose à nos échanges, sinon qu'il avait encore moins de temps qu'auparavant, mais, sincèrement, je n'ai pas le souvenir d'avoir spéculé le moins du monde sur une manière de les faire évoluer. Jamais je n'ai entrepris sciemment de le séduire, jamais rêvassé qu'il abandonnerait sa femme. Depuis le début, je le sollicitais sans rien projeter au-delà, mon imagination se limitait à l'attente du prochain rendez-vous. J'exaltais en moi un sentiment amoureux dont l'objet, en dépit du fait qu'il s'incarnait dans un joli visage et un corps mâle de moins de vingt ans, était sans consistance. Le Patrick après lequel je « courais » était une silhouette esquissée sur un écran transparent à travers lequel je croyais apercevoir la vie que je voulais mener, mon regard passait à travers. Je fus choquée quand ma mère, qui désormais m'emberlificotait dans des soupçons, m'accusa de vouloir détruire le ménage de Patrick. Je la trouvai déplacée.

À Londres, je tins une sorte de journal qui avait la forme de lettres passionnées que j'adressais à l'objet de mon amour – sans les envoyer toutefois. Je logeais chez un couple sympathique qui s'amusait, me sembla-t-il, de mes gentilles extravagances. Tous les jours, je rejoignais mes copines pour visiter la ville, le soir, nous sortions beaucoup, je flirtais, je me perdais avec plaisir dans le métro, je rentrais tard et, avant de m'endormir, j'adressais à Patrick des déclarations d'amour émaillées d'anecdotes de la journée ou de l'évocation de morceaux de musique que je venais d'écouter. Je lui posais des questions, lui prêtais des réactions, m'excusais si j'étais restée quelques jours sans lui écrire. Je n'ai jamais songé à lui faire parvenir le cahier où ces pseudo-lettres avaient été jetées alors que j'étais dans la griserie de ma seule liberté (car je n'ai jamais touché ni à l'alcool ni à quoi que ce fût d'autre), tout ensommeillée. Simultanément, j'envoyais des lettres, des vraies celles-là, à Daniel. Je le tenais au courant de mes sorties, fière, non sans provocation, de lui annoncer que deux ou trois fois je n'avais pas cédé, j'avais refusé de coucher. Quand on n'a pas de principes, on peut en jouer ; je ne m'en privais pas, sans même prendre le temps d'en mesurer les effets. Lui-même m'avait montré l'exemple lorsqu'il m'avait entretenu de ses petites amies : Françoise qui avait de gros seins, Michelle qui avait la classe d'une bourgeoise, toutes choses qui m'avaient moins rendue jalouse qu'elles ne m'avaient inquiétée à propos de ce qu'il fallait posséder pour plaire aux garçons. Dans ses réponses, Daniel insistait pour qu'à mon retour en France je passe quelques jours de vacances avec lui, mais avec lui aussi je me dérobais, avançant l'excuse que ma grand-mère serait seule et que je devrais rester près d'elle. Il répondit : « Balance la grand-mère. » Je lui demandai des nouvelles de Patrick.

Le charme de celui-ci décidément opérait sur les plages. Cet été-là, il fit la connaissance d'un homme qui possédait un magasin d'antiquités rue Bonaparte, dans le 6e arrondissement de Paris, au 58. Ce magasin avait une cave qui ne servait pas et l'idée naquit de l'utiliser pour des activités qui feraient écho à

Strophes. Une cave à Saint-Germain-des-Prés, cela s'inscrivait dans une mythologie bohème qui avait encore cours. Le rythme de parution s'était ralenti, mais la cinquième livraison était en préparation et les fondateurs se faisaient de nouveaux amis. Philippe était, de l'avis même des autres, un flamboyant, magnétique, un peu paresseux et menant une vie bien moins rangée que la leur. Est-ce qu'il n'avait pas fait irruption un beau matin chez Daniel A., qui vivait encore chez ses parents, pour aller droit au canapé s'échouer, succombant à la fatigue d'une nuit blanche, sans doute arrosée, ou « speedée ». Mais son activisme politique les aiguillonnait. De son côté, Jean fréquentait maintenant des poètes espagnols que le franquisme avait conduits à l'exil, Rafael Alberti, Carlos Alvarez Cruz – dont le père avait été fusillé par les nationalistes et qui lui-même avait été emprisonné –, et il avait des contacts avec la revue *Europe*, tandis que Patrick, lui, améliorait son ordinaire en faisant des heures au secrétariat de rédaction d'*Études*, où il nouait des relations avec un autre genre de personnes, des membres de la Compagnie de Jésus : le philosophe Michel de Certeau et le poète Jean Mambrino, ami de Roberto Rossellini, de François Truffaut. Guidé par une passion qu'il s'était découverte pour l'édition d'art, Daniel A., lui, commençait à fréquenter les galeries et les ateliers d'artistes, si bien que *Strophes* s'enrichissait désormais d'illustrations dues à Bertholle, Survage, Mathieu, Soulages, Dubuffet, Tàpies, Tinguely, Tutundjian… Il réussit à convaincre ses camarades de dédoubler la revue en « éditions Strophes » pour publier des ouvrages de bibliophilie. Voilà pourquoi un soir, en compagnie de Daniel T., j'allai assister à l'hommage que la revue organisa pour Pierre Albert-Birot dans une salle du Collège de philosophie, place Saint-Germain-des-Prés. Je peux dire que ce fut mon premier contact avec « l'avant-garde », une soirée donnée en l'honneur d'un poète né… en 1876 ! Les éditions *Strophes* publiaient le livre III, chapitre II de *Grabinoulor*, accompagné, pour l'édition de tête, d'une gravure de Zadkine. La joie égarée de ce très vieux monsieur, l'affairement autour de lui et surtout ces pages sans aucun point ni aucune virgule nous avaient réjouis, Daniel et moi. Je mentirais si je disais que nous aurions su en expliquer la raison.

Quelques conflits violents surgirent au sein du groupe pour décider de l'usage des recettes sur les ventes de la revue : serviraient-elles à produire un nouveau numéro ou bien une belle édition illustrée, ainsi que Daniel A. y poussait ? Il y eut aussi débat sur l'utilisation de la cave. Daniel A., encore lui, était partisan d'y ouvrir une galerie d'art. Patrick et Philippe avaient plutôt l'idée d'y accueillir le public pour des lectures de poésie. Finalement, c'est le projet de galerie qui fut retenu, en partie parce que Daniel T. était le seul suffisamment disponible pour s'en occuper et qu'en quelque sorte il était devenu le « commercial » du groupe. Il était le plus libre, il n'habitait plus chez ses parents, il n'avait aucune idée préconçue à propos de son avenir et il était prêt à s'intéresser à n'importe quoi qui rendrait sa vie plus intéressante que celle qu'il avait connue dans sa famille. Jusqu'alors, sa passion avait été la musique de jazz, il s'essayait même à jouer du saxophone ténor. Mais il ne connaissait rien du tout en peinture, si ce n'était un tableau de Jackson Pollock, *White Light* (mais avait-il seulement prêté attention au nom du peintre et au titre de l'œuvre ?), reproduit sur la pochette de *Free Jazz* d'Ornette Coleman (album culte aujourd'hui !). L'image l'avait à ce point frappé qu'il s'était exercé à produire quelque chose d'équivalent, d'abord sur une grande feuille de papier, puis sur une vraie toile pour artiste peintre. Il n'avait aucune idée de la façon dont le peintre s'y était pris pour dessiner ses lacets de couleur, lui s'était servi d'allumettes trempées dans des petits pots de peinture pour modèle réduit ; c'est amusant quand on pense que Pollock lui-même utilisa du Duco, c'est-à-dire une peinture inventée pour l'industrie automobile. Il possédait aussi quelques reproductions en cartes postales de tableaux de Miró, achetées alors qu'il livrait des exemplaires de *Strophes* à La Joie de lire, la librairie de François Maspero.

Les amateurs d'art moderne savent à quel point la couleur, quand elle n'est plus enfermée dans une forme, et le trait, quand il n'a pas pour finalité de représenter une figure ou un objet, ont donné accès à une liberté fabuleuse, liberté qui a produit des œuvres que l'on croit souvent, trop facilement, l'expression d'une pure exaltation, voire d'une exultation. Or, les premiers peintres qui lancèrent ainsi leurs gestes dans un espace qui voulait ignorer le point de fuite de l'ancienne perspective, sur la surface d'une toile qu'ils ne destinaient pas à être encadrée, et avec eux les premiers spectateurs qui les ont admirés savaient que cet affranchissement n'avait pas été obtenu sans lutte. Pour se frayer leur chemin, les gestes audacieux avaient dû briser l'épaisse sédimentation de la tradition et se révéler plus forts que les doutes, plus forts que les critiques et les railleries qui les avaient visés. Ils savaient que la liberté était relative. Tandis que pour nous, nous qui la découvrions dans les années 1960, cette liberté paraissait absolue. Nous ne savions pas grand-chose, alors, des obstacles rencontrés par les pionniers, et nous n'étions pas capables de les mesurer en regard d'une histoire dont nous ignorions presque tout ; nous étions des néophytes et la littérature sur l'art moderne n'était de toute façon pas encore très fournie. De là, l'incapacité qui fut la nôtre d'envisager que cette liberté puisse être à nouveau, dans le futur, réduite.

Pendant que Daniel découvrait Pollock, moi, à Londres, visitant la Tate Gallery, j'avais été intriguée par une toile nue, simplement traversée en son milieu par une estafilade impeccable (il s'agissait d'un *Concept Spatial* de Fontana que le musée venait tout juste d'acquérir). Non sans la volonté de snober le scepticisme de mes amies et des parents de Martine, venus nous rejoindre, qui m'accompagnaient, j'avais regardé l'objet avec sérieux. Qu'est-ce qui avait poussé quelqu'un à ce geste ? Comment se faisait-il qu'un grand musée l'exposait ? J'affichais peut-être un air supérieur, mais dans un état d'esprit finalement plus modeste que ceux qui se moquaient : il y avait quelque part des gens qui détenaient mieux que nous l'explication de ce tableau fendu, c'était vers eux qu'il fallait aller. Pour Daniel, pour moi, pour beaucoup d'autres de notre âge, l'avenir n'était que l'essor de cette liberté dont quelques-uns montraient la voie. De leur lutte nous ne connaissions que le triomphe. Nous ne voulions que profiter de ce triomphe.

Lutz

Je n'ai pas suivi de près les préparatifs de la galerie rue Bonaparte car, pendant une période qui alla de la mi-octobre jusqu'au début du mois de mars, je ne traînais plus à la sortie du lycée, je voyais moins Patrick, moins Daniel. Je me dépêchais de rentrer chez moi pour trouver une longue lettre qui m'attendait – parfois deux d'un coup si la poste avait été capricieuse, ou si mon correspondant n'avait pas su attendre le lendemain pour un post-scriptum –, lettre à laquelle je devais répondre tout aussi longuement, sans attendre. Pendant ces quatre mois et demi, la correspondance avec Lutz le Berlinois devint enragée : des pages et des pages effervescentes où s'emmêlaient des sentences issues de nos lectures, l'expression de sentiments tout à la fois profonds et totalement stéréotypés, trempés dans ce bassin de volupté suffocante où nous étions plongés, moi depuis quelques mois à peine, lui depuis guère plus longtemps. Tout cela, augmenté chez moi de la toujours même fureur obstinée que celle de l'oiseau qui se cogne à la vitre d'une fenêtre.

Lutz était venu à la rentrée passer trois semaines à Bois-Colombes. Une partie de sa famille était d'origine française et il rendait visite à des parents tout en profitant de conditions de voyage offertes aux étudiants ; il logeait dans une auberge de jeunesse. Nous nous vîmes tous les jours dans un continuum de discussions que nous voulions sérieuses et réfléchies et de baisers et de caresses, les unes et les autres formant la chaîne et la trame d'un même tissu soyeux. Quand je faisais l'amour avec Daniel, pour ne pas réveiller chez mes parents le souvenir de ma fugue avec lui, c'était de façon cachée, et quand je rentrais chez moi, j'étais prise d'un léger tremblement, j'avais été dépossédée de mon corps ordinaire et il me fallait, devant ma mère, devant ma grand-mère, le réinvestir. La sensation était que j'en retrouvais difficilement les contours. Je n'ai pas fait l'amour avec Lutz pendant ces trois semaines, mais nos étreintes me procuraient un plaisir si puissant que son écho en moi me maintenait dans un confort voluptueux permanent, que j'aie été ou non à ses côtés. Les très jeunes adultes ne doutent pas plus du puits sans fond de la jouissance qu'ils ne doutent de l'infinitude de leur vie. Nous avions l'âge où l'on aborde la rive de ce continent sans horizon.

Lutz était aussi blond que Patrick était brun, aussi grand que Daniel était petit, il avait leur âge mais son visage était plus juvénile à cause de la fossette sur le menton et des yeux qui ne cachaient rien ; je trouvais qu'il ressemblait vaguement, en plus mince, à Philippe, mon frère. Ses ambitions étaient conditionnées par des études et des examens ; je l'amenais à la maison, où je n'avais jamais amené Patrick et dont Daniel n'avait jamais franchi la porte. Je faisais montre devant lui d'une assurance intellectuelle que je n'avais pas en présence des autres. Il avait lu plus de livres que moi, mais moi, j'étais au courant de ce qui se publiait de plus nouveau ! L'attention qu'il portait à mes aspirations confuses fit qu'il m'offrit une traduction de *Tonio Kröger* dont je soulignais beaucoup de phrases dans les premiers chapitres, ceux qui racontent l'enfance du personnage : « Oui, il avait quelque chose de singulier en lui sous tous les rapports, qu'il le voulût ou non, et il était seul et exclu du milieu des gens comme il faut et habituels. » « Dans ce temps-là son cœur vivait ; il contenait de douloureuses aspirations, une mélancolique envie, un petit peu de dédain et une très chaste félicité. » Cette dernière phrase, après un chapitre en effet plein de mélancolie et de nostalgie, Thomas Mann la répète en conclusion de tout le roman. Je me permettais des commentaires en marge avant de les enfouir quelquefois sous des ratures qui manquaient de déchirer la page. Mes réactions à la lecture se bousculaient au point que je pouvais les renier d'un jour à l'autre.

En revanche, en regard de la remarque : « Si quelque chose est capable de faire d'un homme de lettres un poète, c'est bien cet amour bourgeois que je ressens pour ce qui est humain, vivant, habituel », je laissais apparent le nom de « Patrick ».

Avec moins de subtilité et toujours le même narcissisme, je voulus que Lutz lise *Nadja*. Car je savais maintenant qui était André Breton. Plus exactement, j'avais lu *Nadja* et pour tout dire je me prenais un peu pour Nadja. Jusqu'alors, mes passions littéraires m'avaient plutôt conduite à m'identifier aux auteurs eux-mêmes, particulièrement aux romantiques, à Chateaubriand, à Lamartine. J'adorais me laisser porter par la houle de leurs phrases, beaucoup moins attentive à leur signification qu'au plaisir pur de leur berceuse qui m'arrachait à mon remue-ménage mental, suspendait un moment les impulsions contradictoires qui s'y heurtaient. C'est-à-dire que je prenais la poésie exactement pour ce que Lamartine dit qu'elle n'est pas, « un vain assemblage de sons » ! Lire et relire ces phrases fut ma première approche de la beauté en tant que sortie de soi. La beauté de cette langue qui semble n'avoir pas plus demandé d'effort à ceux qui l'ont inventée qu'elle n'en demande à celui qu'elle incite à lire à haute voix était l'épiphanie de la vie que je leur imaginais d'après les gravures où ils étaient représentés, la figure inspirée, les boucles dans le vent et la cravate chiffonnée, vie à la fois mondaine et aventureuse, brillante et douloureuse, et qui faisait d'eux les vrais héros.

Pourquoi Nadja ? Il m'est tellement difficile aujourd'hui de le comprendre ! En haut d'une page du livre de poche que j'avais acheté, j'avais écrit : « Je n'aime pas Nadja, elle trompe sous l'apparence de la sincérité. Elle est décevante, le personnage qu'elle a créé est incomplet. » Quelques pages auparavant, j'avais entouré d'un trait rouge le mot « simplicité », et à la page suivante écrit en vert, « c'est pour ça qu'elle est incomplète », en marge d'une phrase dans laquelle Breton explique que, lassé du récit des aventures « lamentables » qu'elle ne lui épargne pas, il attendait qu'« elle voulût bien passer à d'autres exercices, car il n'était bien sûr pas question qu'elle devint *naturelle* ». Phrase que j'avais peut-être mal interprétée (aucune interrogation de ma part sur ce que pouvaient être ces « aventures lamentables »). Est-ce que je voulais être une Nadja « complète », c'est-à-dire sincère et, mieux que sincère, « naturelle » ? Et de quel poète aurais-je été la Nadja ? De moi-même ! Je suppose que mon comportement que je voulais singulier, les avis décalés qu'il m'arrivait de donner lorsque j'avais un public pour les écouter, ou encore la manifestation d'un goût bizarre par un détail dans l'habillement étaient les moyens que j'avais trouvés pour ne pas me confondre avec le reste de l'humanité, en attendant que les poèmes et les petits récits que j'écrivais fussent suffisamment valables pour, de fait, me mettre à une place distincte. Plus tard dans la vie, j'ai souvent regardé avec scepticisme les femmes extravagantes en raison de leurs vêtements et de leur attitude, celles qui ne s'habillent qu'en noir, celles qui portent de grands chapeaux en toutes circonstances ou qui sont curieusement fardées, les exhibitionnistes qui simultanément cultivent le mystère, ou celles encore dont on dit qu'elles sont des « personnages », parce que je soupçonne dans ce comportement une ambition artistique inaboutie : ne se fabriquent-elles pas un personnage dans la vie parce qu'elles ne sauraient en faire vivre un dans une œuvre d'imagination, ou parce qu'elles ne parviennent pas à être celle que le public regarde comme une personne à part, l'écrivain lui-même, l'artiste ? On connaît le cas extrême des muses persuadées d'être les auteurs des ouvrages qu'elles ont ou croient avoir inspirés. Mais moi ! Moi, qu'est-ce que je fais d'autre depuis des années sinon faire de moi-même un personnage de livre ? Au moins son modèle dans la vie a-t-il abandonné depuis longtemps les conduites voyantes et son éventuelle visibilité sociale est-elle une conséquence des livres. Il reste que, pour celle qui écrit en ce moment précis ces lignes, son modèle d'il y a plus de cinquante ans, ici, demeure bien plus impénétrable qu'un personnage de roman, Nadja comprise !

J'étais plus fantasque dans mes déclarations que dans mes actes. L'attraction qu'exerça le personnage de Nadja, qui dura quelques mois, devait me servir surtout à justifier les poèmes bizarres que j'écrivais, voire les notes que je jetais sur des bouts de papier pour moi seule (façon de parler ; écrit-on jamais uniquement pour soi, y compris à dix-sept ans ?) sans les comprendre ni d'ailleurs chercher à les comprendre, enchantée par mon propre mystère. Daniel décréta « démentiel » un message que je lui avais adressé, où il était question du sentiment que j'éprouvais qu'on fermait les portes derrière moi (j'étais à ce point perturbée que ce n'était pas seulement une métaphore), et que je ne pouvais plus retourner avec les autres. L'« influence » de Nadja sur moi se manifesta dans des dessins et des découpages où l'on pouvait voir un serpent et un profil de femme sortir d'un pot de fleurs, un poisson en forme d'œil dans un bocal (je mettais des yeux partout), un oiseau avec des cils et une longue queue qui se terminait en volutes. Lutz m'écrivit : « Tu veux t'identifier à Nadja. Tu ne lui ressembles pas. Tu es CATHERINE ! Nadja est devenue folle tu ne le seras pas. » Et plus loin : « Grandis, deviens mûre, calme. Breton est parfois comme moi : il s'adapte aux données de la vie. Il le faut. »

La teneur de nos lettres était pareille à notre relation lorsque nous avions été l'un près de l'autre, entremêlement de discussions sérieuses et d'effusions amoureuses et érotiques ; Lutz s'amusait de nos dérives « pornographiques ». À cela s'ajoutait l'obsession des conditions nécessaires pour se revoir. Il eut le projet de venir à Paris en novembre. Raté. On planifia ma venue à Berlin pour les fêtes de fin d'année. Après de nombreuses hésitations, différentes solutions envisagées, il fut arrêté que je serais hébergée par sa grand-mère à condition de bien me tenir. Inévitablement, dans l'éloignement, se faufilaient les déclarations de principe au sujet de la fidélité, les promesses, les petites vérifications. Je l'assure de la mienne, mais il me demande si Patrick est toujours dans les parages ; toutefois, il m'autorise à flirter, il affirme même qu'il ne me demandera jamais de lui être fidèle ; je lui apprends que j'ai parlé à Patrick de notre amour et ça le réjouit ; il a craqué, il a embrassé une fille dans une surprise-partie ; je lui adresse des reproches violents qui le blessent ; trois semaines plus tard, il se surprend lui-même : « Depuis combien de temps n'ai-je plus touché une femme ! » ; je le provoque en lui parlant de Patrick et de Daniel ; je commence à apprendre l'allemand ; il me pose la question : « Alain [un garçon rencontré à Londres et avec qui j'entretenais également une correspondance] m'aime-t-il ? » ; je lui parle de mes migraines ; le 3 décembre, il a l'impression que je l'ai trompé ; le 7, je lui demande si je dois mettre deux robes dans ma valise pour sortir le soir à Berlin.

Ma mère m'en avait confectionné une dans un tissu satiné orange, un fourreau, autrement dit une robe de femme. Je la portais pour une soirée à la Philharmonie au cours de laquelle Lutz dut supporter ma mauvaise humeur, la robe ne tombait pas bien. Mais à lui, elle lui plaisait parce qu'elle avait des poches profondes où il pouvait glisser ses mains et toucher mon ventre. Il habitait chez ses parents, j'habitais chez la grand-mère, cela ne facilitait pas la consommation de l'amour physique. Il y eut des étreintes frénétiques dans le hall de l'immeuble où résidait la grand-mère, moi retroussée et assise sur un radiateur, en plein jour, et des fellations dans la soupente obscure d'un grenier où il recevait ses amis pour écouter de la musique et danser. J'avais appris le geste avec Daniel, non sans m'être demandé s'il appartenait à une sexualité normale ou pas. Désormais, j'étais fière avec Lutz de démontrer mon savoir-faire.

Rentrée à Paris, j'appris que sa famille m'avait trouvée moins excentrique qu'elle ne le craignait. La correspondance quasi quotidienne reprit. J'entrai dans une période de grande agitation morale. Bien sûr, le désir que le séjour à Berlin avait surchauffé se retrouvait à nouveau brutalement béant, mais d'autres facteurs intervenaient. J'avais entrevu chez Lutz une vie de famille bourgeoise paisible qui contrastait avec l'hystérie régnant rue Philippe-de-Metz. Nous étions notamment, mon frère et moi, en tant que spectateurs omniprésents des disputes de nos parents, engagés comme seconds rôles du drame, et cette implication nous faisait souffrir plus encore que les cris maternels et les disparitions paternelles. Par contraste, la perspective de la tranquillité bourgeoise exerçait son attraction, mais elle entrait simultanément en conflit, sans que j'aie la capacité de me l'avouer, avec mes rêves de bohème. Un projet de roman que je conçus sans en écrire plus que les premières pages, dont l'héroïne se réfugiait dans un mariage campagnard et conventionnel, après des années de succès intellectuels et de frasques mondaines et amoureuses, et puis qui se suicidait par pure et simple lassitude de la vie, doit dater de cette époque.

C'était bien une paix bourgeoise que j'allais chercher, en même temps que l'insouciance enfantine, dans la chambre de Martine. Chez Brigitte, je m'initiais aux grandes idées. Parmi mes meilleures amies, je comptais encore Betty. Betty était ma complice dans les fous rires, mais aussi dans les agitations que soulevait l'échange de nos confidences d'apprenties séductrices. Betty habitait un curieux petit pavillon tout en longueur dont ses parents, l'un et l'autre décorateurs, avaient su faire une quintessence de maison, une maison de poupée. Décorateurs, cela voulait dire qu'ils étaient presque des artistes, son père avait l'air plus jeune que sa mère, ils la surveillaient peu, elle était très dégourdie. J'éprouvai de la jalousie lorsqu'on lui offrit une opération de chirurgie esthétique pour raccourcir son nez ; je trouvais que le mien était aussi bien long. Et quand elle me raconta avoir été draguée par un ami de ses parents qui travaillait dans le cinéma et qui lui avait fait je ne sais quelle promesse, je voulus croire à sa naïveté, moins par lucidité que par une vengeance secrète de la chance qu'après tout elle avait peut-être et que j'aurais bien aimé avoir à sa place.

Betty avait elle aussi passé une partie de l'été en Angleterre, mais à son retour, au lieu de retrouver tout de suite Bois-Colombes, elle était partie avec sa famille pour le village des Restanques, à côté de Saint-Tropez. Là, elle avait passé tout son temps avec un « type sensationnel », « beaucoup plus âgé » – il avait vingt-cinq ans –, qui l'invitait au restaurant, la sortait en boîte tous les soirs – ils fréquentaient entre autres le Papagayo dont elle n'arrêtait pas de me parler –, ce qui ne l'empêchait pas de la réveiller tous les matins aux aurores pour l'emmener faire de longues promenades à cheval ; l'une de ces promenades s'était d'ailleurs soldée par une chute. Michel n'était pas très beau, mais « mignon » et « dragueur accompli ». Elle m'expliqua qu'ils s'étaient bien organisés, elle lui draguait des minettes, il lui draguait des minets, jusqu'au jour où ils s'étaient aperçus qu'ils n'étaient jamais aussi bien que tous les deux ensemble, seuls. Ils avaient même « adopté » une petite gamine de sept ans qui leur « racontait des histoires cochonnes à en faire pipi de rire ». En conclusion, elle rentrait avec un poignet fêlé qui la faisait horriblement souffrir et la hâte de revoir Michel qui habitait Lyon et qui lui avait promis de venir la voir dès que son travail le lui permettrait. En attendant, elle connut comme moi l'attente de la lettre quotidienne, le cafard quand celle-ci n'arrivait pas, la volupté déboussolée du plaisir physique épistolaire.

Dans le courant du mois de février, le hasard voulut qu'à peu près simultanément l'une et l'autre nous restâmes brusquement sans nouvelles. Betty se montra inquiète, soupçonneuse, j'étais en perdition. Un ami me compara à Catherine Earnshaw désespérant de voir revenir Heathcliff, parce que mon état lui évoquait les transes de cette Catherine-là dans le roman d'Emily Brontë. Lutz devait m'apporter le calme, me disait-il, pas me faire sombrer dans de trop grandes passions. Je me racontais beaucoup, je n'écoutais pas.

Près de trois semaines passèrent. Comme elle en avait pris l'habitude en raison du besoin que nous avions de nous réconforter l'une l'autre, Betty vint m'attendre au bas de l'escalier de mon immeuble pour que nous fassions ensemble le chemin vers le lycée. Du haut du dernier palier, je l'aperçus et lui dis que j'avais reçu une lettre. Elle s'écria, joyeuse : « Moi aussi ! », je pleurai. Dans la lettre que j'avais lue quelques instants plus tôt, Lutz s'excusait de ne pas avoir répondu à celles, nombreuses, que je lui avais adressées les jours précédents, mais il disait aussi que le jour était arrivé où nous devions nous faire du mal. Il était au bout de ses forces. Notre amour à distance était très beau, mais il avait atteint son point culminant et il n'y avait pas de solution. Nous ne pouvions pas nous marier parce qu'il n'avait pas encore les moyens de nous faire vivre et surtout, il ne se sentait pas mûr pour cela. La lettre était tendre, il m'appelait « ma chérie », « mon plus grand amour », mais il disait qu'il avait beaucoup de mal à se borner à n'aimer qu'une seule fille. « Je les aime toutes », écrivait-il. Il y avait deux pages de recommandations : je ne devais pas réagir brutalement, je ne devais pas augmenter sa peine par mon désespoir, je devais tirer de notre histoire de la force pour écrire. Enfin, il me savait entre de bonnes mains : « Daniel et Patrick t'aiment beaucoup et tu les aimes, tu es près d'eux. » Dans l'émotion, Lutz avait daté sa lettre du 8 mars 1964, alors que nous étions en 1966, mais nous nous étions connus, en effet, deux ans auparavant. Moi-même, je n'ai vu l'erreur que lorsque tout récemment j'ai relu cette lettre…

Daniel

Pour l'heure, ni Daniel T. ni Patrick ne se préoccupaient de me consoler. Ils en étaient à badigeonner de blanc les murs en pierre de la cave du 58, rue Bonaparte, et à faire poser des spots tout autour des deux petites salles. L'antiquaire prêta une banquette recouverte de velours parce que Daniel pensait que c'était mieux de s'asseoir pour regarder des tableaux. Il acheta pour lui un bureau d'écolier en métal laqué blanc qui tenait tout juste au bas de l'escalier, et quel escalier ! Le premier article qui paraîtrait sur la galerie en signalerait le caractère périlleux : des marches faites de planches en bois scellées dans le mur et qu'on pratiquait en se tenant aux rampes, l'une en bois qui ne reposait plus que sur des moignons vermoulus, l'autre faite d'une corde passée dans des anneaux.

Le projet de la galerie était devenu leur affaire et ils n'avaient pas envie que Daniel A. s'en mêle en dépit des relations que celui-ci avait commencé à nouer dans le milieu artistique. Pour être conseillés, ils avaient préféré prendre contact avec un critique qu'ils connaissaient aux *Lettres Françaises*. Deux journaux comptaient alors dans la vie culturelle en

France, tous les deux hebdomadaires, imprimés dans des formats de quotidiens, riches, denses, qui n'ont aucun équivalent aujourd'hui. *Arts* était la continuation d'une revue qu'avait créée dans les années 1920 le marchand Georges Wildenstein. Le rédacteur en chef en était André Parinaud, qui avait succédé à ce poste à Louis Pauwels, et qui avait véritablement inventé un « journalisme d'art », avec en une des manchettes qui ressemblaient à celles de la presse à sensation : « La France, ton génie f... le camp ! », « Y a-t-il encore une avant-garde ? », « La "Porno", y a-t-il une haute et une basse pornographie ? », « À bas la censure ! *Arts* lance une pétition nationale »... *Arts* avait défendu les jeunes écrivains qu'on appelait les Hussards, ce qui le marquait à droite, et comptait parmi ses collaborateurs des représentants de la Nouvelle Vague ; François Truffaut y avait publié des brûlots. Et il y avait *Les Lettres Françaises*, plus traditionnelles dans leur style, plus prestigieuses, que Jacques Decour et Jean Paulhan avaient fondées clandestinement pendant l'Occupation, que dirigeait Louis Aragon, et qui étaient soutenues par le Parti communiste. Donc ce fut l'un des critiques littéraires des *Lettres*, René Lacôte, qui orienta les jeunes gens vers son collègue responsable des pages arts plastiques, Georges Boudaille, qui lui-même trouva plus judicieux de les adresser à un collaborateur à peine plus âgé qu'eux, Marc Albert-Lévin, et Marc, vif et chaleureux, leur dressa aussitôt une liste d'une douzaine d'artistes qui pour la plupart avaient autour de la trentaine. C'est également lui qui suggéra le nom de la galerie : Cimaise Bonaparte. J'ai été longue à comprendre ce que ce mot de « cimaise » signifiait. Je me le faisais expliquer et réexpliquer sans parvenir à comprendre exactement. En fait, dans la galerie Cimaise Bonaparte, il n'y avait pas de cimaises. Elles auraient été difficiles à poser sur ses murs, si bien que, pour accrocher les tableaux, il fallait planter des clous dans les joints entre les pierres. Pas facile de les aligner dans ces conditions !

Je ne suivais rien de ces préparatifs et même je m'en fichais. Je possédais bien quelques livres d'art et j'aimais lire la vie de peintres dont je n'avais jamais vu les œuvres qu'en reproductions ; j'étais douée pour le dessin et j'en étais fière ; et même, après avoir visité le musée de Castres pendant des vacances, premier musée où j'avais mis les pieds, je m'étais prise de passion pour Goya. Malgré tout, ce n'était pas vers l'art que se tournaient mes aspirations. Je n'étais jamais allée au Louvre et la toile balafrée de la Tate Gallery était sortie de ma tête. En ce début d'année 1966, je n'avais qu'une obsession, être auprès de Lutz.

À la suite de la lettre de rupture, il fut admis que je faisais une dépression nerveuse. Personne ne savait trop ce que ça voulait dire, mais c'était l'expression qui venait à l'esprit pour désigner la détresse extrême d'une personne qui pleurait continuellement, qui s'enfermait dans une attente impossible à satisfaire. Le motif était suffisant pour être dispensée d'aller au lycée et pour se faire plaindre par les camarades, c'est-à-dire pour continuer de retenir l'attention, et si ce n'était plus celle de Lutz, du moins la leur. J'étais l'héroïne malheureuse d'une histoire d'amour. Pour être exact, je dirais que je n'étais pas dépressive, j'étais sonnée, rendue idiote.

La mémoire la plus fidèle ne réveillera jamais ce trop-plein de bonheur, premier, brutal, dont m'avait frappée l'avalanche des lettres d'amour reçues pendant quatre mois. Les premiers mots d'amour qui nous sont adressés ne sont-ils pas ce qui nous met vraiment au monde ? Certes, la plupart d'entre nous ont été aimés auparavant, par nos parents d'abord – et le désamour entre les miens n'avait pas empêché qu'ils aiment leurs enfants –, mais cet amour est le plus souvent muet, ou discret, et quelquefois sévère, tandis que les mots d'amour que réserve à notre intention une personne qui, reconnaissons-le, nous est encore presque étrangère, et qui vient vers nous en se détachant de cette confusion du monde que nous commençons à peine à débrouiller, nous apportent la vraie preuve de notre existence. De ces mots que l'échange épistolaire avait matérialisés et multipliés, j'avais été abreuvée des jours durant, et la perspective d'en être privée me fit basculer d'un coup d'une innocence comblée à l'état hébété d'un ivrogne qui dessaoule. Aucun événement, pas même la plus petite dispute, n'avait laissé présager le changement d'attitude de Lutz et c'était jusqu'au ton sur lequel il présentait son nouvel état d'esprit qui était le même que celui de toutes ses lettres précédentes que je relisais. Mes parents s'inquiétèrent. Sans me le dire, mon père téléphona à Lutz et lui offrit le voyage à Paris afin qu'il vienne m'expliquer une décision que je n'arrivais pas à croire. Oui, j'aurais voulu le voir, mais il refusa. Alors, j'appelai Daniel à l'aide.

Ceux qui « se regardent vivre », comme ma mère et ma grand-mère me le reprochaient pour m'inciter à sortir de mon désespoir, souffrent sincèrement, il ne faut pas en douter, mais il est vrai qu'ils trouvent dans leur comportement le moyen d'apaiser leur souffrance, et ce moyen, ils le trouvent en eux-mêmes, par eux-mêmes. On les croit faibles, ils ont une force. Ce n'est pas en priorité le regard apitoyé des autres qu'ils quêtent, c'est, comme le dit bien l'expression, le minimum de recul nécessaire à l'observation de soi. Car pour se regarder souffrir, il faut extérioriser sa souffrance, c'est-à-dire l'exhiber, en détacher de soi des lambeaux que l'on agite et qui deviennent alors des signaux. On subit moins, on interprète ; on inverse le paradoxe du comédien : quand l'acteur sur scène garde une distance pour mieux faire croire aux émotions de son personnage, le comédien dans la vie adoucit de vraies et douloureuses émotions en y introduisant un peu de jeu. Ma « dépression nerveuse » et des messages fous que je fis passer à Daniel, où les phrases étaient jetées en tous sens sur le papier, ce qu'elles disaient partant aussi dans tous les sens, où je me servais d'images « poétiques » pour passer de la détresse à l'euphorie, voire à la provocation sexuelle, participaient de cette stratégie inconsciente. Quand l'autre devient impénétrable, c'est soi-même qui se trouve mis en cage. Ma « comédie » était une échappatoire.

Croire qu'une « explication » vous libérera en est une autre : il fallait que je parle avec Lutz, et je persuadai Daniel de m'emmener à Berlin. Brigitte me mit en garde : ce serait ma seconde fugue et mes parents pourraient dénoncer Daniel pour détournement de mineure. Je ne suis pas certaine d'en avoir averti celui-ci qui, de toute façon, n'hésita pas.

Il conduisait bien et sut se débrouiller en allemand quand nous nous arrêtions pour prendre de l'essence et manger quelque chose. L'autoroute était une ligne droite continue, presque vide, bordée sur des kilomètres par des forêts sombres et serrées. Daniel avait remplacé sa 4CV par une 4L de couleur orange où l'on était assis plus en hauteur, c'était mieux pour regarder le paysage dont j'admirais l'austérité et la géométrie ; l'ampleur de la vision littéralement m'enchantait. Je faisais là mon premier long voyage par la route dans un pays étranger. Le but du voyage s'estompait, j'aurais voulu ne jamais arriver et toujours regarder. Nous avons roulé jusqu'au check-point d'Helmstedt, à 200 kilomètres de Berlin, goulot de passage entre l'Allemagne de l'Ouest et l'Allemagne de l'Est.

L'endroit était une sorte d'immense parking où stationnaient entre des bâtiments éparpillés des voitures, des camions, et des gens affairés allaient et venaient d'un baraquement à l'autre ou faisaient la queue devant certains. En vain nous avons cherché à nous diriger et avec une invraisemblable naïveté nous avons espéré ruser, car il faut dire que j'étais partie sans même m'inquiéter d'avoir un passeport sur moi ! Il faisait un temps magnifique, mon angoisse était tempérée par cet abandon de soi aux circonstances que procure la fatigue et par une audace, peut-être, qui tenait autant au fait d'être près du but qu'à l'atmosphère fébrile qui nous entourait, celle d'une kermesse grave. En observant, nous avons cru comprendre qu'un certain ticket permettait d'obtenir un certain papier, quelque chose comme un visa, et avec la même légèreté que si j'avais joué au Monopoly, j'en ai ramassé un que quelqu'un avait laissé tomber à terre, qui était propre, qui semblait ne pas avoir servi, et je suis allée prendre mon tour devant un guichet. J'ai soutenu de toute la force de mon inconscience le regard las du bonhomme affaissé derrière la vitre, qui secouait la tête sans hostilité et même avec une certaine patience, en écoutant l'imploration timidement baragouinée de cette candidate au passage d'Ouest en Est, dont il n'avait pas dû voir souvent de spécimen aussi bête.

La seule chose qui me restait à faire était d'appeler chez Lutz et ce fut comme si j'entendais l'affolement se propager d'une pièce à l'autre dans l'appartement ; sa mère ou sa sœur m'avait répondu, puis lui vint à l'appareil pour me dire qu'il me rejoindrait au poste frontière. Ce fut le lendemain. Je vis enfin l'incarnation approximative de l'image ancrée au fond de mon désir. Nous nous sommes assis dans un café au décor rudimentaire, presque vide, qui se trouvait sur le site. Je n'avais pas choisi n'importe quelle tenue pour cette rencontre. Une autre aurait peut-être porté une jolie robe. J'étais habillée en garçon. Peu de temps auparavant, je m'étais fait offrir un « costume pantalon » chez Armand Thiery, grand magasin de prêt-à-porter qui proposait un « sur-mesure de série » bon marché. Le vêtement le plus chic dont je disposais. J'adorais ce costume que je complétais par une casquette, genre casquette de jockey. Daniel s'était moqué de moi, jugeant que ce n'était pas une tenue appropriée. Je ne quittai pourtant ni la casquette ni la veste pendant tout le temps de ma conversation avec Lutz bien qu'il fît chaud près des vitres qui recevaient le soleil. Je voulais paraître impeccable, tirée à quatre épingles. Lutz était toujours aussi gentil et je l'ai écouté répéter ce qu'il avait mis dans sa dernière lettre. Il ajoutait qu'il n'avait pas pris sa décision sous l'influence de sa famille ainsi que je l'en avais soupçonné.

J'avais trop attendu ce moment pour le vivre. J'étais dans mon beau costume, pas vraiment dans le corps qui faisait face à celui de Lutz. Ce moment s'est inscrit dans ma mémoire dans une sorte de nudité, il est devenu une abstraction : il n'y a rien sur les murs en bois du café, la table entre nous est vide et tel que je me représente le visage du jeune homme, je ne le reconnais pas tout à fait, comme si le sculpteur qui l'avait façonné n'avait pas eu le temps d'en creuser les détails. Pas de parole saillante de sa part ni de la mienne. J'étais calme, je ne pleurais pas. Je devais même afficher une sorte d'assurance qui n'était pas affectée, qui était le résultat de la décision puissante d'entreprendre ce voyage. Dans la distance franchie, la monotonie du paysage que j'avais traversé pour me rapprocher de lui, qui m'avait fait pénétrer neuve dans un autre espace – ainsi que je me sens toujours lors de tout déplacement, aussi bref soit-il, pourvu qu'il s'écarte du chemin habituel –, dans ce no man's land d'Helmstedt, et finalement, au creux de l'intimité partagée avec Daniel dans les jours qui avaient précédé, le sentiment inouï, dur et poli comme le petit galet ramassé sur la plage qu'on serre au fond de sa poche, ce sentiment qui m'avait accaparée pendant quatre mois s'était effrité.

Mes parents contents de me récupérer sans drame, et apaisée, je pus rassurer Daniel qui ne risquait rien d'autre avec eux qu'une bonne engueulade, qui en fait n'arriva pas. Je lui demandai pardon de l'avoir entraîné dans cette aventure qui avait tourné court, en espérant qu'il ne m'en voudrait pas trop. Je ne me préoccupais pas qu'il était à huit jours de l'ouverture de la galerie et lui-même ne m'en parlait pas.

L'inauguration de la galerie Cimaise Bonaparte eut lieu le 21 avril. Les œuvres de sept peintres et d'un sculpteur constituaient un ensemble éclectique dans le goût dominant aux *Lettres françaises*, allant de l'abstraction lyrique ou gestuelle à une géométrie adoucie, un brin décorative. Faute de mieux, l'exposition s'intitulait *Printemps à Paris*. Les artistes avaient invité leurs copains, trois d'entre eux surtout avaient pas mal de relations, Djoka Ivackovic et Michel Tyszblat qui avaient commencé à exposer à droite et à gauche et qui étaient liés au milieu de la musique de jazz, et Ado, dont le père, Key Sato, était lui-même un peintre reconnu. Il paraît qu'il y eut du monde. En ce qui me concerne, j'étais interdite de sortie après 20 heures, j'écrivis à Daniel : « Ça va pas durer longtemps cette vie-là. »

Avec la belle inconséquence dont savent faire preuve les parents, les miens acceptèrent, quelques semaines plus tard, alors que l'année scolaire tirait à sa fin, que je prenne de l'avance sur les vacances en allant passer quelques jours à Lyon, chez ce camarade que j'avais rencontré pendant mon séjour à Londres l'année précédente, qui m'invitait, et qu'ils ne connaissaient pas. Pendant tout le temps de mes échanges épistolaires avec Lutz, je n'avais pas cessé d'avoir une correspondance presque aussi intense avec Alain qui avait pu suivre ainsi toutes les affres de mes amours. Alain se moquait des sentiments définitifs que j'exprimais, me jugeait « monstrueusement égocentrique et excentrique », et il me renvoyait à mes contradictions : si Lutz m'avait laissé tomber, je n'avais qu'à m'en prendre à moi-même, je ne me donnais que pour sentir qu'on m'aimait et me refléter dans le miroir qu'on me tendait… S'il me traitait de « collégienne déséquilibrée », c'était, prétendait-il, parce qu'il m'aimait bien. Il avait le même âge que Lutz, de la même façon il travaillait beaucoup et l'appréhension des examens le taraudait. Début juin, fatigué, inquiet, cafardeux, et s'y sentant manifestement autorisé, il avait fini par m'écrire : « Viens, j'ai besoin de ta flamme, de tes passions… »

Michel, l'amoureux de Betty, était venu rendre visite à celle-ci, il habitait à Lyon, il fut donc convenu que je profiterais de sa voiture quand il repartirait et qu'il me déposerait dans la famille d'Alain. À l'arrivée, je suis restée avec Michel et nous nous sommes installés chez des amis à lui, sur les hauteurs de la ville. J'ai fait le récit dans *La Vie sexuelle de Catherine M.* de la première fois où en sa compagnie et celle de ses amis j'ai fait l'amour à plusieurs, comme si depuis la nuit des temps il n'y avait pas eu d'autre façon de faire l'amour. J'ai gardé de ce séjour le souvenir d'une osmose parfaite de mon être avec tout ce qui m'entourait, de cette sorte d'absolu contentement que l'on doit éprouver lorsqu'on est un tout petit enfant dans l'indifférenciation de soi et du monde, et dont on garde la nostalgie sa vie durant. J'ai été là, entre Sathonay et Lyon, une petite flaque d'eau qui stagne dans un sillon de sable quand la mer s'est retirée et que la marée montante bientôt reprend. Car il n'y avait guère que pendant les après-midi que je passais dans la chambre d'Alain qu'il m'arrivait de m'ennuyer ; Alain n'était pas un bon amant, il avait sans doute moins d'expérience que je n'en avais déjà, mais nous avions maintenant en tête à tête les mêmes affrontements intellectuels que nous avions eus à travers nos lettres pendant presque un an. Il détestait l'art moderne, exprimait son scepticisme au sujet de la poésie contemporaine et me répliquait avec *Le Vase brisé* de Sully Prudhomme et des conseils en musique classique. J'aimais discuter, j'aimais surtout montrer que j'avais des convictions. En fin d'après-midi, Michel et ses copains venaient m'attendre à quelques pas de chez lui. Je les apercevais de loin, appuyés sur le parapet au-dessus de la Saône, qui agitaient leurs bras en riant, je courais vers eux comme une gamine à la sortie de l'école. Le soir, après le dîner que nous prenions dans le jardin, il était tellement délicieux de me déshabiller d'un geste, pour ne plus sentir entre mon corps et les autres corps que l'air doux que nous respirions.

Daniel s'impatienta, il voulut que je rentre à Bois-Colombes. Je répondis que je tenais à ma liberté. J'avais beau lui dire à quel point j'étais attachée à lui, qu'il était mon « régulier » et qu'il me manquait, ça ne compensait certainement pas les provocations que je continuais de lui adresser, promettant de lui raconter mes nouvelles expériences sexuelles. Qu'on me croie : je ne me comportais ainsi qu'avec lui ; l'initiée voulait peut-être en remontrer à son initiateur. Je l'appelai au téléphone, il me raccrocha au nez. Au bout d'une quinzaine de jours, la 4L vint me cueillir dans mon paradis d'indolence voluptueuse. Je remontai vers Paris avec Daniel.

Le retour se compliqua d'une chaude-pisse que je rapportais de ces toutes premières partouzes et que ma mère découvrit en décachetant la lettre par laquelle Michel m'en avertissait. Elle en informa la mère de Betty et mon inquiétude porta sur ce que serait la réaction de cette dernière en apprenant mon aventure avec son copain. Mais Betty n'avait pas plus de principes que moi, d'abord elle s'en était doutée, ensuite j'étais son amie, jamais elle ne pourrait me détester pour ça, je pouvais compter sur son affection.

Je viens de faire à nouveau allusion à *La Vie sexuelle de Catherine M.* Après sa publication, des lecteurs comme des journalistes m'ont souvent demandé pourquoi, si jeune, je n'avais pas rencontré d'interdit. Comment se faisait-il qu'à « l'âge auquel les jeunes filles sont censées rêver du grand amour » (je mets des guillemets parce que la plupart de mes interlocuteurs ne devaient pas croire plus que moi à ce cliché), je m'étais livrée sans arrière-pensée à des pratiques sexuelles que beaucoup jugeaient sinon taboues, du moins transgressives et qu'ils ne sauraient pas partager. Je n'avais pas de réponse. J'improvisais : j'avais vingt ans en 1968, l'ère de la libération sexuelle s'ouvrait ; j'avais grandi en comprenant que mon père et ma mère n'avaient certainement pas respecté la promesse de fidélité au sein du mariage. Mais bien sûr ni l'époque ni le milieu familial n'expliquent complètement la personne. Il m'arrive de penser que la pratique de la masturbation en toute conscience, dès le plus jeune âge, m'avait en quelque sorte accoutumée au plaisir en dehors du binôme et indépendamment de toute relation amoureuse. De plus, pour alimenter cette pratique de la masturbation, j'avais développé très tôt des fantasmes dont les partouzes n'ont été qu'un prolongement dans la vie réelle, fantasmes construits à partir de ces premières révélations qu'apportent à la curiosité sexuelle infantile des mots volés à une conversation entre adultes ou encore une compréhension instinctive de certaines allusions, par exemple dans un article de journal sur un fait divers. J'avais onze ans quand éclata le scandale des ballets roses et je fis semblant d'en savoir plus que les autres quand j'en parlais avec des camarades de classe, quinze ans au moment de l'affaire Profumo et je me souviens de la sympathie que j'éprouvais pour la belle Christine Keller. En revanche, je ne saurais dire pourquoi ces fantasmes ne furent jamais ni réprimés ni refoulés. Je n'ai pas eu plus d'a priori devant la déclinaison du plaisir sexuel que je n'en ai eu plus tard devant des œuvres d'art qui ne correspondaient pas à l'idée admise de l'art. Dans un cas comme dans l'autre, j'ai eu la vertu des autodidactes. Immergée par hasard dans un milieu où non pas seulement deux, mais plusieurs corps échangent des caresses, je n'ai eu qu'à y poursuivre les rêves éveillés de mes masturbations enfantines.

Alain et Brigitte étaient mes amis raisonnables. Ils me prenaient comme j'étais mais me mettaient en garde. Alain n'aurait pas voulu que « certaines appellations » me soient appliquées et Brigitte me rapporta que quelqu'un, au lycée, lui avait parlé de moi, me qualifiant de « nana lamentable ». Lutz lui-même, avec qui la correspondance se poursuivit plusieurs mois après notre rupture, m'écrivit à quel point il lui paraissait « étrange » que j'aie pu avoir des rapports sexuels avec d'autres garçons pendant le temps de notre relation. Il ne me le reprochait pas parce qu'il reconnaissait ne s'être jamais senti autant aimé que par moi, mais pour lui, faire l'amour n'était pas un acte équivalent à celui de « manger ou de boire ». Pour moi non plus, mais j'aurais été bien en peine de lui expliquer pourquoi. Il me semble, avec le grand recul, que cet acte était alors pour moi, avant tout, l'accomplissement le plus facile, le plus léger de la liberté. Ces remarques ne laissaient aucune trace. J'avais rencontré d'autres personnes que j'estimais autant et qui n'avaient pas plus de préjugés que moi. Dans les années qui ont suivi, lorsque j'ai commencé à réfléchir sur le sujet, j'ai été convaincue que de ne pas avoir le même comportement sexuel que le plus grand nombre allait de pair avec le fait d'écrire des poèmes qui, pour la plupart, n'étaient pas dans les règles de ce qu'ils estimaient être de la poésie, ou de défendre un art qui pour eux n'en était pas un. C'était l'avant-garde, dans le futur tout le monde jugerait et baiserait pareil, de même que les artistes que je défendais seraient admirés de tous dans les musées où ils auraient rejoint les classiques.

Je m'étonne toujours que la mémoire préserve des détails anodins très anciens de lieux vite traversés, de paroles qui ne nous concernaient pas, d'événements furtifs, mais dont l'herméneutique introspective la plus systématique ne relâchera pourtant jamais les serres qu'ils ont plantées dans les lobes de notre cerveau, tandis que des événements majeurs pour le déroulement de notre vie demeurent, en dépit de nos efforts, impossibles à repêcher dans une matière grise désespérément spongieuse. Ainsi, alors qu'entre seize et dix-huit ans j'étais aux aguets du moment où je pourrais m'échapper de chez mes parents, j'ai d'abord cherché en vain le souvenir de celui où je les avais quittés pour de bon, définitivement. J'avais l'idée que l'évocation de ce moment serait même le commencement de ce livre, peut-être – je l'analyse maintenant – parce que j'avais l'intuition que là se situaient « mes débuts dans la vie », puisque j'avais certainement passé ce seuil sans me retourner. Allez savoir si mon entreprise autobiographique n'est pas portée par ce qui est plus qu'une intuition, une conviction, qu'une fois propulsée dans le temps hors de l'orbite familiale, j'ai à plusieurs reprises reconduit cet état où j'étais précisément *sans réflexion*, entre avenir opaque et passé immédiatement englouti ! Hors du temps, autrement dit. Si bien que, lorsque je me suis demandé si j'avais franchi le seuil de l'appartement de la rue Philippe-de-Metz en me disant : « Voici la dernière fois que je le quitte en tant qu'habitante », et si mon acte était concerté ou au contraire improvisé comme l'avaient été mes fugues, je me suis trouvée devant une lacune de la mémoire.

Je déjeune avec Daniel dans l'espoir qu'il m'aide à la combler. Il m'a emmenée dans un petit restaurant où il a ses habitudes, à deux pas des deux grandes galeries qu'il possède dans le quartier de Beaubourg. Entre mes questions, il spécule gaiement avec la patronne au sujet du prochain remaniement du gouvernement. Se souvient-il, lui, des circonstances dans lesquelles j'ai quitté mes parents pour venir vivre avec lui ? Il répond, sans lever le nez de son assiette. « Bah, on s'est battus.

— Comment ça, on s'est battus ?

— Oui, ton père et moi, on s'est battus. »

Tout à coup, je suis étrangère à ma vie, il semble que j'ai manqué un épisode du feuilleton. La micro-amnésie n'est pas que désagréable, elle agit comme la ville inconnue qui engloutit le voyageur, ou comme cette part mystérieuse qui se découvre soudainement chez celui que l'on croit connaître et dont je sais, l'une et l'autre circonstance par l'expérience, que la sensation de vertige qu'elles provoquent est aussi angoissante, ou douloureuse, que voluptueuse. Moi qui reprends sans cesse le récit de ma vie, voilà que la pelote m'échappe des mains.

Daniel continue de raconter et une image délavée finit par émerger : les deux silhouettes confondues près de la grille du jardin, pas grand-chose de plus. Nous sommes peu de temps après l'escapade à Lyon, c'est l'été, les parents de Daniel sont partis en vacances et bien qu'il ait son studio à lui, il en profite pour réoccuper sa chambre d'enfant, plus confortable, dans le pavillon qu'ils habitent rue

Charles-Chefson. J'ai passé la nuit avec lui. Mon père est venu me chercher et je ne veux pas le suivre. En m'apercevant dans l'encadrement de la porte, il s'engage dans le jardin et Daniel l'arrête. Selon celui-ci, ils se sont assez rudement bousculés. Je regarde de loin leur gesticulation. Je ne sais pas quels sentiments j'ai éprouvés alors ou si toutes mes facultés ont été absorbées par la frayeur devant la violence, confondue avec la crainte de ce qui m'attendait si je rentrais avec mon père. Celui-ci est reparti seul. C'est maintenant, plus de cinquante ans après, que se forme une image que je n'ai pas vue, celle du dos de mon père remontant la longue rue Charles-Chefson. Désormais, quand je pense à cet épisode, c'est cette image inventée qui s'impose, avant le souvenir de la scène de bagarre, de toute façon si pauvre. Combien de temps faut-il pour retourner du 94, rue Charles-Chefson, qui est la dernière maison de la rue, au 3, rue Philippe-de-Metz ? Dix bonnes minutes peut-être. Pendant ces minutes, comment se sont bousculées dans sa tête et dans sa poitrine son inquiétude, sa colère et son humiliation ?

Dans les mois qui ont suivi, quand je revenais rue Philippe-de-Metz – et je revenais souvent pour des raisons pratiques –, c'était toujours en cachette de lui.

De la Grande Boucle à la Rive gauche

Banlieues

Le studio que louait Daniel se trouvait boulevard Edgar-Quinet à Colombes, au premier d'un petit immeuble de trois étages en brique grise, avec en façade les mêmes motifs décoratifs que ceux des grands immeubles que je venais de quitter rue Philippe-de-Metz, typiques du style Art déco sommaire dont on agrémenta, dans la première moitié du XXe siècle, ces constructions destinées aux classes populaires. Les motifs étaient dessinés en brique rouge, mais le rouge avait pâli et la peinture sur le linteau de la porte d'entrée s'écaillait. La rue était disparate, il n'y avait pas deux façades alignées, quelques pavillons étaient pris au piège entre les pâtés d'immeubles, et, ici et là, une étroite allée perpendiculaire conduisait vers une illusion de campagne, mauvais raccord dans le décor. L'aspect était conforme à l'idée que la bois-colombienne que j'étais se faisait de Colombes, banlieue plus plébéienne que celle d'où elle venait. Car ma rue Philippe-de-Metz était moins triste qu'elle n'était austère, délimitée par ses deux rangées d'immeubles identiques bien entretenus, forteresses dominant de leurs sept étages les rues pavillonnaires alentour, bien gardées, elles, par une armée serrée de grilles de jardin noires aux pointes ouvragées.

Dans la chambre du boulevard Edgar-Quinet, un grand matelas était posé sur le sol, contre un mur que Daniel, inspiré par ce qu'il avait vu dans *La Chinoise* de Godard, avait peint en noir. Les autres murs étaient jaune, rouge et vert foncé. C'est le dos appuyé contre le mur noir que j'ai lu *La Maison de rendez-vous* d'Alain Robbe-Grillet. J'ai lu, avec une réticence que je ne m'avouais qu'à moitié, et donc avec volontarisme. Ce roman, Daniel l'avait acheté parce que nous avions acquis le réflexe de ne rien laisser passer qui se présentait comme nouveau, signalé d'avant-garde. Pour autant, je ne pouvais pas me défaire d'un malaise dû au caractère nocturne et labyrinthique du récit, mais aussi – honnêtement – aux scènes érotiques. Un éventail d'images qui m'habitait depuis l'enfance, et dont mes premières rencontres sexuelles avaient favorisé le déploiement, trouvait tout à coup des prolongements dans les pages d'un roman qui toutefois les surpassait de loin dans le fantastique et la cruauté ! Ce n'était pas la première fois, et ce ne serait pas la dernière, que j'éprouverais ce sentiment inavouable de dépossession lorsque je lirais des livres dont le contenu me semblerait en partie rencontrer mes propres fantasmes : j'aurais du mal à accepter, non pas de les reconnaître, mais que l'auteur, en les livrant au public, les galvaude.

La cuisine contenait deux chaises ainsi qu'une grande bobine en bois rustique, de celles qu'on voit le long des darses et qui servent à enrouler les cordages des bateaux. J'étais trop sonnée par ma brutale transplantation dans ce lieu pour avoir jamais demandé à Daniel d'où il avait rapporté l'objet, d'autant plus saugrenu que les extrémités de la bobine n'étaient pas des disques, mais deux simples planches croisées sur lesquelles nous devions, pour les repas, poser nos assiettes en équilibre, gardant nos couverts en main ou les posant avec précaution dans les assiettes. C'était là la preuve de la plaisante improvisation et des arrangements originaux et malcommodes, propres à la vie nouvelle qui m'attendait. Il y avait aussi, dénichée je ne sais où, une lessiveuse dont ma grand-mère m'avait expliqué le fascinant mécanisme du « champignon ». J'appartiens à la dernière génération qui éprouva la force de ses bras et de ses reins à soulever l'ustensile rempli d'eau et de linge.

Nous avions pour voisins de palier un couple plus âgé que nous de quelques années, Annie et Michel, tous deux professeurs d'éducation physique dans le lycée où Daniel était devenu lui-même « prof de gym » à mi-temps. Il avait quitté son poste d'instituteur afin d'être présent à la galerie tous les après-midi. Nous les rejoignions de temps à autre pour dîner, puis, selon une de ces lois plus implacables que celles rappelées par la voix qui prononce un verdict, et je dirais plus mystérieuses que celles imposées par un dieu païen, et qui régissent la vie sexuelle singulière de chaque couple, y compris de ceux qui transgressent les règles ordinaires de l'amour en couple, je restais baiser avec Michel, tandis que Daniel regagnait notre studio en compagnie d'Annie. Ainsi pratiquions-nous de part et d'autre du mur mitoyen une forme d'échangisme pudique, que je ne m'explique que par le regard d'Annie que je surpris alors que j'étais en train de faire une fellation à Michel. Celui-ci avait pris l'initiative, l'œil creux de circonstance, et sans un mot, comme il se doit, d'amener doucement ma tête à hauteur de son sexe. Je trouvais Michel sympathique, il n'était pas compliqué, ce n'était pas du tout un intellectuel. Comme je reprenais ma respiration, j'avais entraperçu du coin de l'œil son regard à elle qui se tenait debout, immobile à quelques mètres, les yeux posés sur nous, grands ouverts, et auxquels la stupéfaction donnait une expression d'avidité. J'avais pensé que c'était peut-être la première fois qu'elle assistait à une scène de ce genre. Elle avait du tempérament, elle n'avait pas bronché.

Nous nous entendions bien en dépit du caractère d'Annie qui était fière et dure quelquefois, ce qui plaisait à Daniel et qui, sans qu'elle l'ait cherché, me renvoyait à mes embarras d'apprentie adulte. Elle était l'exemple de la jeune femme sûre d'elle qui ne manque jamais l'occasion de s'afficher ainsi devant les hommes, ce que je n'aurais jamais su faire. Quand plus tard elle se trouva enceinte, sa conduite dans la vie s'imposa à son corps et c'est à peine si son ventre mince révéla un léger renflement. Elle se vantait de cette minceur préservée, manière de traiter avec négligence cette grossesse, ruse inconsciente qui prouvait que celle-ci n'entravait pas sa liberté. Elle avait un beau visage lisse aux pommettes hautes de Slave, que j'admirais, moi qui ne manquais pas de complexes, embarrassée que j'étais d'un nez qui s'interposait toujours entre moi et mes interlocuteurs, et trahie par des mollets qui, grandis très vite pendant l'enfance, refusèrent de s'allonger plus quand j'eus atteint douze ou treize ans. Ce qui nous réunissait tous les quatre était que nous n'avions pas envie de vivre « la vie de tout le monde ». Annie et Michel n'avaient certainement pas d'autre ambition que de ne pas en avoir, afin de ne pas compliquer cette vie, tandis que notre propre ambition, pour l'heure, était simplement d'échapper au règne végétal qui veut qu'une plante pousse là où elle a été plantée. S'il fallait gagner de l'argent, c'était juste de quoi pouvoir vivre ailleurs, convenablement, sans avoir à s'en soucier. Eux avaient choisi d'être salariés de l'Éducation nationale, ce qui était connu pour laisser du temps libre et offrir de longues vacances. Plus travailleurs, ils auraient pu être brocanteurs ou bien ouvrir un chenil ; plus intellectuels, devenir libraires d'occasion. Daniel, lui, avait envie que la galerie marche. Il avait pris goût aux visites dans les ateliers. Je pense qu'il était fasciné par l'audace affichée des artistes et qu'il y attachait son propre besoin de liberté. Quant à moi, je devais encore passer le bac.

Pendant les vacances, nous avons rejoint nos voisins de Colombes au Guilvinec, en Bretagne, où ils tenaient le Club Mickey sur la plage et où il était convenu que Daniel leur donnerait un coup de main en tant que moniteur. Ils possédaient une agréable petite maison traditionnelle, à l'arrière de laquelle, sur un bout de terrain attenant, nous nous étions installés, Daniel et moi, dans une caravane qui se trouvait là. J'étais désœuvrée, n'ayant rien emporté des livres ni des babioles qui m'entouraient dans ma chambre chez mes parents. Je ne reconnaissais pas dans cette plage qui s'émiettait en bordure de route dans une herbe broussailleuse la Bretagne à laquelle m'avaient habituée les grandes vacances de mon enfance, celle de la longue et large plage blanche de Quiberon, avec son serpentin de cabines en toile rayée, et du boulevard qui la longeait, souligné du blanc lumineux de la balustrade, et où l'on se promenait en admirant les grandes villas à hauts pignons. Le Guilvinec était une Bretagne du désenchantement.

Un soir, Michel s'étant absenté, Annie et Daniel exprimèrent l'envie d'aller dîner au restaurant et, morose, voilà que je refusai de les accompagner. J'avais gardé de l'enfance, je garde toujours une inclination pour une solitude dont je jouis encore mieux lorsque je peux l'éprouver comme une exclusion du plaisir de la compagnie. J'y ai trouvé très tôt une façon élémentaire, fruste, de revendiquer ma différence. Plus tard, je lui ai donné des justifications ou trouvé des excuses. Trop de travail, par exemple, ou bien des maux de tête violents qui exigent que je m'isole, dans ce cas complètement, si possible dans l'obscurité et le silence. J'ai ainsi acquis un grand pouvoir de concentration sur une tâche, assise sans bouger à ma table de travail pendant des heures, ou appris à me morfondre, le crâne battu de l'intérieur, tandis que j'entendais ou imaginais les autres au loin aller et venir, parler, manger, rire, mener une vie ordinaire et plaisante. Dans cette solitude qui demande que soit sensible la séparation pour qu'un plaisir la nourrisse – car il faut bien, pour accepter les servitudes du travail comme pour supporter une douleur vive et récurrente, y avoir aménagé ne serait-ce qu'une étroite marge de plaisir –, il semble que je me retourne en moi-même, que je me coule profondément dans un espace intérieur, vase vide plus sombre encore que la chambre aux rideaux tirés, et que je m'y recroqueville, adoptant mentalement la position du fœtus, et que les bruits que font les autres et qui me parviennent assourdis, à l'exception parfois d'une voix claire, d'un mot ou d'une simple syllabe qui abolit l'éloignement et tout à coup résonne comme l'écho dans une grotte, sont les mêmes que ceux que perçoit un enfant à travers la membrane du ventre de sa mère, dans son être aveugle et seul, avant d'être jeté dans le bruit et la lumière.

La soirée était avancée et j'ai éprouvé le besoin de sortir de l'habitacle sans commodités de la caravane pour aller m'accroupir dans l'herbe haute, sans chercher à me cacher car il n'y avait que la nuit tout autour ; je n'avais pas fini d'éclabousser la terre de mon jet, quand la petite voiture de sport que conduisait Annie braqua sur moi les deux gros yeux jaunes de ses phares. Je me redressai d'un coup, misérable et honteuse. Quelle solitude est plus poignante que celle de l'humiliation ? J'attendis sans bouger que Daniel et Annie viennent jusqu'à moi et quand ils furent à ma hauteur, j'éclatai en sanglots. Annie me prit affectueusement par les épaules et entreprit de me rassurer. « Que tu es bête, disait-elle, ne pleure pas. Daniel et moi, nous n'avons rien fait ! Je te promets. » Je la laissai dire. Sa méprise me délivrait, je préférais qu'elle me croie jalouse, je me rassurais en pensant que peut-être ils ne m'avaient pas vue dans l'attitude du chien qui succombe à son besoin là où il est, ou que peut-être ils n'y accordaient pas d'importance, parce que c'étaient des personnes à l'esprit libre qui ne voyaient rien de dégradant dans cet acte naturel, et qu'en quelque sorte leur regard avait glissé. J'étais une fille de dix-huit ans qui venait de quitter sa famille comme elle aurait tourné au coin de la rue, je n'avais pas d'argent et à peine conscience que ce fût un problème, et j'avais pour compagnon un garçon avec qui je n'avais pas connu la même agitation sentimentale et romantique qu'avec les autres, ni échangé de grandes déclarations, ni aucun de ces mots qui exaspèrent l'esprit dans des surenchères d'interprétation, mais avec qui au contraire les choses allaient de soi sans qu'on ait à s'expliquer, c'est-à-dire sans avoir à briser sa solitude.

Nous avons quitté Colombes, nous sommes partis pour Asnières. J'écris « nous », je devrais plutôt écrire : Daniel avait trouvé à louer un meublé, pas beaucoup plus grand, mais plus confortable que le studio de Colombes, au rez-de-chaussée d'un gros pavillon découpé en appartements. Par moi-même, tout juste aurais-je été capable d'éplucher des petites annonces, ne serait-ce que parce que la lecture de leurs lignes pleines de mots abrégés fournit les petites briques d'un jeu de Lego qu'il est amusant d'assembler pour libérer l'image de lieux idylliques, en revanche, j'aurais été bien trop empotée pour téléphoner à une agence et prendre rendez-vous avec un propriétaire. La moindre initiative m'aurait tétanisée. Je me laissais donc guider. Nous occupions la moitié de ce rez-de-chaussée, séparé des autres locataires par un couloir qui traversait la maison et au bout duquel se trouvaient les toilettes dont nous partagions l'usage avec nos voisins. Alentour, le quartier était plus résidentiel. Je me suis plu dans cet endroit, nettement plus clair que le précédent, avec de hautes fenêtres, même si ma mémoire a conservé le souvenir d'une lumière filtrée par les volets en partie tirés pour se protéger des regards. J'y avais une table où poser un cahier.

Tous les midis, je retournais rue Philippe-de-Metz. Ma grand-mère préparait le déjeuner ; Philippe était là. Tout le temps de notre enfance, mon frère, de trois ans mon cadet, m'avait terrorisée par ses colères apoplectiques, les coups de pied et de poings qu'il envoyait en l'air comme si l'air même que nous respirions l'assiégeait. Il battait parce qu'il se débattait. Et puis, quand nous avions eu l'âge de mieux comprendre les raisons des cris de Simone et du mutisme de Louis, du jour au lendemain, nous avions fait corps. Rien n'a plus jamais égalé alors pour moi l'absolu abandon à notre relation apaisée, la vérité de notre fraternité, sans qu'aucune explication eût été nécessaire car nous n'étions bavards ni l'un ni l'autre. Il nous suffisait d'être ensemble. Ce n'était pas que nous avions cessé de souffrir à partir de ce moment, mais du moins mettre cette souffrance en commun nous permettait d'accéder à sa pleine conscience, de ne plus être, lui, un animal en cage qu'on jette hagard dans l'arène, moi, la petite fille pieuse qui a le lourd devoir de réparer le monde en commençant par réparer sa famille. Je gardais le souvenir du jeune adolescent qu'il était lorsque, à la suite d'un conflit avec notre père, il s'était laissé aller à pleurer sans savoir peut-être s'il pleurait parce que son père l'avait violemment et injustement admonesté, ou si cette injustice ne réveillait pas au fond de sa poitrine le doute que sa mère dans un emportement avait jeté, sans jamais y revenir, sur la paternité de cet homme qui l'élevait pourtant et prenait soin de lui. Pendant toute cette période, aucun sentiment ne m'étreignit jamais aussi fort que la compassion que j'avais éprouvée soudainement devant les larmes de mon frère, qui étaient des larmes de souffrance quand nous n'avions guère connu que les larmes de rage.

L'amour que je lui portais était primitif et aérien. Je m'émerveillais de l'adulte qu'il était en train de devenir. J'aimais ses yeux clairs légèrement bridés, sa grande bouche fendue, les belles épaules de celui qui s'était lancé dans des championnats universitaires d'athlétisme, et la manière tranquille, fataliste, dont il abordait désormais tout ce qui pouvait arriver. Il était une agréable personne nouvelle dans mon intimité, un délicieux inconnu pourtant fait de la même chair et en qui je pouvais mettre toute ma confiance pour toute la vie. J'ai rarement connu une joie plus entière que celle éprouvée de concert avec ma grand-mère lorsque, de l'autre bout du couloir, nous entendions son rire sonore devant une bouffonnerie à la télévision. Philippe était doué d'une formidable et très pure curiosité. Il m'écoutait parler de ma nouvelle vie, de l'art moderne ; par exemple, je ne voulais pas qu'il confonde la bande dessinée avec le pop art : *Barbarella*, ça n'était pas pareil que les *Marilyn* de Warhol. Je lui expliquais ce que je venais d'apprendre.

Je restais travailler l'après-midi, installée sur la table de la salle-à-manger, ma mère ayant déjà transformé le coin de chambre que j'avais occupé. Elle et Daniel pensaient que c'était important que je passe le bac et je m'étais inscrite aux cours par correspondance pour le préparer. J'étudiais mollement. Il se trouva qu'un des professeurs qui corrigeait ces cours habitait tout à côté et qu'il proposa de me rendre visite. Ma grand-mère le reçut comme s'il avait été le ministre de l'Éducation nationale. En dépit de la courtoisie et de la sollicitude de cet homme, la conversation me fut pénible. Je devais jouer la comédie de la lycéenne « normale », inventer une maladie qui m'obligeait à rester à la maison ; la « dépression nerveuse » servit à nouveau. Il me donna des conseils pour que, jeune comme je l'étais, je retrouve confiance en moi et dans la vie. Intérieurement, je le pris de haut. Pour de bon, je ne devais pas aller si bien que ça.

Un des moments agréables de la journée était le trajet qui me conduisait du rez-de-chaussée où j'avais joué à la vie maritale avec Daniel, qui s'occupait donc de l'essentiel de la vie pratique, jusqu'au septième étage où j'étudiais en faisant semblant de vivre encore au sein de ma famille. J'évitais de croiser mon père qui de toute façon rentrait tard le soir et, ne participant plus aux disputes qui continuaient d'y éclater, j'y trouvais un confort mental que je n'y avais pas connu de toute mon enfance.

Pour aller d'Asnières à Bois-Colombes, je n'avais qu'à remonter la longue ligne droite de la rue de Colombes. La banlieue garde pour une part cette façon rustique de nommer les rues, par repères topographiques. Donc, d'est en ouest, Bois-Colombes est située entre Asnières et Colombes. Fatalité de son nom, la rue était ennuyeuse, industrieuse, il y avait peu d'habitations, beaucoup de murs étaient aveugles, abritant des ateliers de tôlerie, de réparation automobile, quelques garages de particuliers, une des rares vitrines devait être celle d'un magasin d'électricité. Elle était peu fréquentée. Du fait des constructions basses de chaque côté et de l'absence de toute végétation, la quantité de ciel qu'on y avait au-dessus de la tête était beaucoup plus grande que celle qui s'étendait au-dessus d'autres quartiers. Ce ciel pouvait être gris, il ne m'empêchait pas d'éprouver une sensation d'espace qui était celui d'une liberté, court temps de vacance entre l'étrangeté du cadre de vie partagé avec Daniel et le travail ingrat qui m'attendait chez mes parents, celui de n'importe quelle lycéenne qui doit faire ses devoirs. Ce n'était qu'une sensation, car de la liberté même je n'aurais pas su encore faire grand-chose. Je ne spéculais plus à propos de mon avenir. Dans le vide de cette rue et de ce ciel et pendant le quart d'heure que demandait le trajet, mon autonomie toute relative devenait intégrale, celle d'une petite météorite sans point de chute.

J'ignore la raison pour laquelle j'avais cessé brutalement toute relation avec mes camarades de classe qui avaient été les premiers témoins et simultanément les premiers juges de mes ambitions, mes premiers confidents comme je n'en aurai plus jamais, parce qu'il y a dans ce domaine la prétention impudique de l'extrême jeunesse. Certes, je ne fréquentais plus le lycée, mais j'aurais pu d'autant mieux disposer de mon temps pour les rencontrer. Or, je ne le faisais pas. J'ai vécu cette période complètement dépaysée dans un périmètre qui ne dépassait pas trois kilomètres autour de mon lieu de naissance, enfance, adolescence. Tout le temps passé dans l'attente de mon émancipation, je m'étais vue directement projetée dans un milieu littéraire et artistique idéalisé et peut-être aurais-je été moins désorientée – je ne dis pas moins intimidée – dans un salon huppé où j'aurais reconnu Françoise Sagan telle qu'elle m'était apparue à la télévision, plutôt que d'aller acheter du pain dans une boulangerie située à dix rues de celle où j'avais eu l'habitude d'aller. J'étais dans ma banlieue, mais je ne la reconnaissais pas, comme dans ces mauvais rêves où, dans un environnement dont on a le sentiment qu'il nous est familier, nous cherchons sans fin notre chemin. N'envisageant plus l'avenir, je n'avais plus besoin de ceux qui, ne serait-ce que par leur écoute, avaient accordé une plausibilité à mes désirs.

Quand l'esprit est vacant, le corps l'envahit. Le premier usage de la liberté qui fut à ma portée fut au service de la volupté. Si j'avais quitté ma famille pour vivre seule, j'aurais eu à me confronter à la réalité prosaïque, d'évidentes difficultés matérielles m'auraient « pris la tête », il m'aurait fallu apprendre les mécanismes rudimentaires de la survie économique et administrative. Je l'ai dit, Daniel se chargeait de tout et ne m'en faisait pas le reproche. Il avait de toute façon l'esprit bien plus concret que moi et ma mère subvenait encore en grande partie à mes besoins. Je n'avais pas non plus à me confronter à la personnalité des autres ; je me rendais presque en visiteuse rue Philippe-de-Metz, quant aux exploration et autoexploration psychologiques torturantes auxquelles je m'étais livrée avec mes copines, mes copains et mes amoureux au cours des dix-huit mois précédents, elles avaient cessé. Je vivais désormais avec un taciturne qui, ne s'expliquant pas, n'exigeait pas non plus que l'autre s'expliquât. Je pouvais me contenter d'être, simplement, morceau de vie dans un environnement atone, organe palpitant mis en couveuse stérile.

Un jour que j'allais d'est en ouest par la rue de Colombes déserte, une voiture ralentit à ma hauteur et se mit à me suivre au pas. C'était une petite voiture de type Simca 1000, avec au volant un conducteur que je considérai, depuis l'âge que j'avais, d'un âge indéfini entre quarante et cinquante ans, l'air d'un employé de bureau aux gros yeux comiques derrière des verres épais. À travers la vitre baissée de la portière, il me hélait doucement : il ne demandait pas grand-chose, seulement que je lui montre ma culotte. J'avais sur le dos mon vêtement le plus luxueux, la veste d'un costume-pantalon en gros tweed noir et blanc, acheté en Bon Magique de *Elle*. La coupe de la veste était assez longue pour que je la porte sans le pantalon, comme un manteau qui s'arrêtait en haut des cuisses. La mini-jupe ou le short en dessous était invisible. Le dragueur avait dû se focaliser sur mes jambes car je portais un collant résille noir. Je pouffai de rire, ce qui l'encouragea. Il me donnerait un billet de cinq francs si je la lui montrais ; je continuais d'avancer en secouant la tête, mordant ma lèvre. Arrivé au carrefour avec la rue des Bourguignons qui était beaucoup plus animée, il se découragea.

Jamais encore je n'avais été abordée de cette façon et je l'aurais à peine considérée comme une aventure si j'avais fini par céder, ce qui ne m'avait même pas effleuré l'esprit. Je n'ai jamais oublié cet incident. Ce diable dont la tête aux yeux exorbités avait l'air de vouloir jaillir de sa boîte à quatre roues avait crevé l'écran de mon environnement morne, tout à la fois familier et opaque, s'immisçant par la parole jusque dans le creux de mon entrecuisse. À travers la déchirure de l'écran, un rayon dardait qui me traversait le corps.

Par contraste, je n'ai pas le souvenir des motifs qui me poussèrent à ne plus porter du tout de sous-vêtements, et cela pendant un temps que j'estime à une bonne quinzaine d'années. Il est possible que l'œil qui me déshabilla imaginairement le long de la rue de Colombes y contribua. Il fallait, pour que je me reconnaisse dans mon environnement, que l'enveloppe du monde me touchât de plus près afin que je m'y acclimate. Quelquefois, quand Daniel et moi allions à pied de « chez nous » à la maison de ses parents, par ces rues que vidaient le boulot à Paris dans la journée et la soupe le soir, je m'amusais à marcher en avant de lui et à remonter ma jupe. Cela nous faisait rire et nous excitait. Je retrouvais le geste des toutes petites filles qui n'ont pas encore l'âge du refoulement et qui, dans un rire nerveux, interpellent l'adulte : « Tu veux voir ma culotte ? » Sauf que je ne portais plus de culotte.

Boulevard Haussmann

Au retour des vacances en Bretagne, il m'arriva d'accompagner Daniel lorsqu'il allait visiter les galeries. La plupart de celles qui présentaient l'art moderne et ce qui ne s'appelait pas encore l'art contemporain, mais l'art d'avant-garde, se répartissaient entre la rive droite, à l'instar des galeries historiques (Durand-Ruel, Bernheim, Kahnweiler ou encore Louis Carré) et Saint-Germain-des-Prés, où beaucoup avaient ouvert dans la décennie d'après-guerre, quand le quartier était devenu le centre intellectuel de Paris – significativement plusieurs marchands de tableaux y avaient d'abord été libraires, Jean Hugues qui avait créé Le Point cardinal, Jeanne Bucher, Karl Flinker, Jean Fournier. Rive droite, un glissement s'était opéré de la rue Laffitte dans le 9e arrondissement, où s'étaient installées les pionnières, vers le 8e arrondissement, plus précisément le quartier compris entre la rue du Faubourg-Saint-Honoré et l'avenue de Messine. Mon premier tour de galeries, je le fis sans le savoir sur la rive historique, boulevard Haussmann, et l'un des premiers marchands de tableaux que je rencontrai fut Camille Renault.

En fait, c'est par lui que nous avons terminé notre tour. Il avait été une figure de l'art moderne tant qu'il avait été le patron d'un restaurant à Puteaux qui accueillait les peintres du Groupe dit « de Puteaux », Villon, Kupka, Gleizes, Metzinger…, et d'autres, tels Braque, Derain, Léger ou encore Dufy ou Gromaire. C'était un mécène fidèle à la légende de l'aubergiste amateur d'art, c'est-à-dire qu'il avait commencé par échanger le vivre et le couvert contre des tableaux. Il avait finalement cédé à sa passion, vendu le restaurant et ouvert une galerie dans la partie haute du boulevard Haussmann, où, il faut dire, sa réputation de marchand n'égala pas sa légende de collectionneur nourricier.

Il vint vers nous avec curiosité. Ce couple de gringalets ne devait pas ressembler aux visiteurs habituels. L'air qu'il afficha, mélange d'affabilité et de méfiance, me frappa plus que son corps qui pourtant était une masse. Sous son grand front, il avait l'œil inquisiteur lorsqu'il nous parla de Dubuffet, s'interrompant tout à coup pour dire : « Dubuffet, hein ! Pas Buffet. » Difficile de faire le partage entre la fierté de nous récrier que, bien sûr, nous savions faire la différence, et la vexation due au fait qu'il avait pu penser le contraire. Daniel n'était pas désarmé devant ce genre de comportement, moi je ressentis la difficulté à être regardée, dans un tel lieu, comme légitime. Ce n'était pas une question sociale – Renault était plutôt bonhomme –, c'était une question d'affiliation. Cette fois, nous nous en étions bien tirés, une syllabe qui faisait toute la différence nous avait donné le mot de passe.

Daniel savait où il était entré, moi je l'appris plus tard. Pour aller de notre banlieue au centre de Paris en voiture, Daniel empruntait parfois un tronçon du quai de Puteaux. Au cours d'un de ces trajets, il me dit que le restaurant qu'avait tenu Camille Renault était situé tout près. J'ai mal compris, j'ai cru qu'il s'agissait d'une des maisons en bord de Seine. J'ai imaginé une sorte de guinguette et chaque fois que nous passions par là, j'écarquillais les yeux dans l'espoir de repérer l'endroit, toujours déçue par les façades muettes qui alors bordaient ce quai. Puteaux est situé dans la même boucle de la Seine que Colombes, Bois-Colombes et Asnières, qu'on appelle la Grande Boucle, même si d'autres boucles sont aussi grandes. Quant au boulevard Haussmann, je le connaissais bien, la partie basse en tout cas, celle des grands magasins, où j'avais si souvent accompagné ma mère lorsque j'étais enfant, et qui continuait d'être un refuge pour des flâneries, pour le plaisir de me couler dans le flot des clientes impatientes, quelquefois vulgaires, toutes rivales et complices comme dans un gigantesque gynécée ; j'ai toujours recherché cette atmosphère, même quand j'avais à peine de quoi m'acheter une paire de collants. Ma mère m'avait donné l'exemple, elle avait beaucoup fréquenté Le Printemps et Les Galeries Lafayette. La plupart des entreprises où elle avait travaillé comme sténodactylo, puis comme secrétaire, avaient leur siège dans le quartier desservi par la gare Saint-Lazare, là où aboutissait notre ligne de banlieue. Elle y avait déjeuné sur le pouce pour s'offrir une nouvelle paire de gants ou des bracelets en plastique de toutes les couleurs ; au sens étymologique, elle avait été une midinette. Longtemps, pour moi, ce boulevard a été le point de mire de la banlieusarde. Boulevard Haussmann, j'étais en pays connu. Alors, ce Camille Renault dont j'ai à peine remarqué l'encombrant physique, que je n'ai rencontré que cette unique fois, dont la plupart des artistes contemporains qu'il exposait ne m'intéresseraient pas beaucoup, mais dont je n'ai jamais oublié le regard ni l'apostrophe qui l'accompagnait, cet homme qui avait quitté Puteaux pour Paris 8e et qui avait été le protecteur de peintres qu'on admirait désormais dans les musées, pourrait bien avoir noué des fils invisibles, ceux par lesquels un jeune esprit inquiet, mais ferme dans une attente qu'il sait à peine nommer, rattache son destin à une histoire. Sans m'en rendre compte, je partageais deux choses avec le Pantagruel de Puteaux : une topographie intime et l'aspiration sociale.

Pour rendre visite à Camille Renault, nous n'avions eu qu'à traverser le boulevard en sortant de la galerie Ariel qui se trouvait juste en face. En ce temps-là, les directeurs de galerie venaient à la rencontre de tous les visiteurs. Ainsi, avec Pollak, nous avions également bavardé. Mais là, nous n'avions pas le bon code. Jean Pollak avait eu un parcours plus classique que Renault et ses goûts étaient plus circonscrits. Il exposait des peintres abstraits devenus prestigieux, Poliakoff, Hartung, mais il était surtout connu pour être le grand défenseur du mouvement

CoBrA, qui s'était formé après la guerre dans un Paris où se donnaient encore rendez-vous des artistes venus de tous les pays. CoBrA est l'acronyme des villes dont la plupart étaient originaires, Copenhague, Bruxelles, Amsterdam. Ils s'appelaient Dotremont, Asger Jorn, Alechinsky, Appel, Corneille, Atlan et ils avaient vigoureusement réagi à un milieu artistique largement dominé par une abstraction qui, il est vrai, renaissait, et qui était défendue par des esprits d'autant plus sectaires que cette peinture avait été la victime du nazisme aussi bien qu'elle l'était du stalinisme. CoBrA refusait l'emprise des doctrines et beaucoup parmi ces peintres peignaient des tableaux où la frontière entre abstraction et figuration n'était pas nette. Pollak parlait en se penchant vers nous. Il est vrai que ni Daniel ni moi ne sommes grands. Je ne suis pas certaine qu'il l'était tellement plus que nous, mais, la tête et la barbe rentrées entre les épaules, il avait l'air d'un professeur en haut de son estrade. Quand Daniel avait risqué le nom de Mondrian, il s'était détourné, appelé ailleurs, en s'esclaffant : « Mondrian ? Ce sont des carreaux de cuisine ! » Daniel, qui n'était pourtant pas timide, n'avait pas répliqué, mais sur le trottoir, en sortant, nous nous étions dit que, vraiment, ce type-là n'avait rien compris ! Ça, nous nous sentions capables d'en juger.

La galerie Ariel jouxtait celle de Mathias Fels et c'est par celle-ci que nous avions commencé notre promenade. Dans les années qui ont suivi, je ne suis jamais retournée chez Camille Renault, je passais à l'occasion chez Pollak, sur le chemin, quand j'allais chez Mathias Fels que je fréquentais régulièrement. On accédait par deux ou trois marches à un espace étroit et clos, alors que les autres disposaient de grandes vitrines. Au fond, il y avait le bureau où siégeait l'adorable Mme Faure, Rosa Faure, l'associée de Fels, petite dame ronde et blonde qu'on avait envie d'embrasser en lui disant « bonjour marraine ». Quand on parlait de Mme Faure et de Fels, tout le monde avait un sourire entendu sur les lèvres. Physiquement, Mathias Fels n'avait ni l'assurance de son voisin d'à côté ni le gabarit de son voisin d'en face. Il portait de grosses lunettes, une moustache et il ne lui manquait pas même la calvitie pour ressembler à Groucho Marx. Il était placide et gai et ricanait plus qu'il ne riait. Je n'ai pas le souvenir que ce jour-là il nous ait fait la conversation.

Nous avons été seuls, plantés là devant ce qu'il y avait à voir : un panneau blanc en Panolac occupait presque toute la hauteur d'un mur, des photos floues y étaient fixées, d'un même visage qui malgré l'imprécision de l'image paraissait horriblement douloureux, ainsi qu'une planchette avec des petits tas de cailloux blancs ; devant, deux tricycles pour enfant entièrement peints en blanc ; sur un autre panneau, une jauge avec de grands chiffres rouges ; enfin, des pots de fleurs, pleins à ras bord d'on ne savait trop quoi, étaient peints du même beau rouge vermillon et frappés d'un chiffre 3, blanc. Au sous-sol, en partie plongé dans l'obscurité, se trouvait une table ronde en marbre sur laquelle étaient disposés une seringue, des aiguilles, une petite cuiller avec des comprimés et de la poudre blanche dans un étui, un brûleur à alcool en verre et des allumettes, un flacon d'alcool à 90°, du coton hydrophile… Sur ce plan, j'étais nunuche, c'est Daniel qui m'a fait comprendre à quoi tout ça pouvait servir.

D'emblée, nos pieds légers nous avaient conduits dans une exposition qui a fait date dans l'histoire des avant-gardes à Paris. J'ai toujours conservé la plaquette qui l'accompagnait où sont reproduits un pot et les tricycles de Jean-Pierre Raynaud, mais pas la panoplie du junkie mise à disposition par Daniel Pommereulle, intitulée *Les Objets de tentation*, remplacée par une longue citation de Max Stirner, extraite de *L'Unique et sa Propriété*. Un texte de Pierre Restany présentait l'œuvre de Raynaud ; Alain Jouffroy avait dû trouver plus original de « préfacer » celle de Pommereulle en reproduisant des planches-contacts qui montraient l'artiste cabotinant dans ce qui semblait être un studio d'enregistrement.

Je savais qui était Pierre Restany par un de ces détours facétieux que prend parfois l'acquisition des connaissances : conseillé par Georges Boudaille qui était attaché à la tradition abstraite de l'École de Paris, Daniel avait présenté pendant le mois de juin, pour la deuxième exposition de la galerie, l'œuvre d'une petite femme d'une soixantaine d'années, sérieuse et réservée, gentille quoiqu'un peu pincée, Marie Raymond. Or, dans beaucoup des tableaux de cette dernière, une forme ronde suggérant un visage était dessinée en haut, au centre, une tête de lune flottant au-dessus d'un enchevêtrement de signes abstraits que pendant cette période l'artiste exécutait dans une gamme de couleurs éteintes. La tête était quelquefois cernée par une sorte d'auréole qui pouvait faire penser à celle qui entoure la figure de Jésus dans les icônes. J'avais écouté des conversations tenues à voix basse le soir du vernissage, la « tête », bien sûr, c'était « lui ». Enfin, c'était l'interprétation des gens qui s'y connaissaient. Ils faisaient allusion à Yves Klein, Marie Raymond était sa mère, Klein était mort brutalement quatre ans auparavant, à 34 ans. Il était désormais une légende, le héros du Nouveau Réalisme, mouvement que Pierre Restany avait lancé en 1960. J'avais suivi le fil, recueilli des bribes sur les Nouveaux Réalistes, mais j'étais encore loin de mesurer à quel point les admirateurs du fils pouvaient trouver la peinture de la mère complètement dépassée, ni le degré de détestation entre Boudaille et Restany.

Critique d'art, mais d'abord poète, Jouffroy avait été l'un des organisateurs des « anti-procès » au début des années 1960, manifestations qui affirmaient en pleine guerre d'Algérie le droit des artistes à la désobéissance morale et civique. En 1965, il avait eu l'idée d'opposer ceux qu'il avait appelés les Objecteurs aux Nouveaux Réalistes et aux artistes Pop. Ces derniers avaient recours à des objets manufacturés, les Objecteurs utilisaient eux aussi des objets manufacturés, mais dans un esprit que sous-entendait le terme d'*objecteur*. Ils refusaient d'être enrôlés dans la société de consommation, ils n'étaient pas fascinés par les marchandises comme les Nouveaux

Réalistes et les Pop étaient accusés de l'être (question toujours en suspens et qui fera éternellement débat). Cela n'empêchait pas que deux des Objecteurs étaient des Nouveaux Réalistes, Arman et Spoerri, ni que Restany était l'un des principaux soutiens de Raynaud.

Je mentirais si je prétendais avoir éprouvé un sentiment particulier en sortant de la galerie Mathias Fels. Tout au plus avais-je la satisfaction de me dire : j'ai vu là ce qui se situe à la pointe de l'art. Je suis sortie de l'exposition sans avoir ressenti d'enthousiasme, sans être choquée non plus, puisque je n'attendais rien de particulier. Comme je l'ai dit, je prenais les choses comme elles venaient, et je les prenais ainsi dans une galerie d'art comme je les avais prises à Sathonay, au-dessus de Lyon, pour ma première partouze. Mes connaissances artistiques étaient si maigres que je n'avais pas plus d'idée de ce qu'était une œuvre d'art moderne que je n'avais d'a priori moral sur ce qu'il convenait de faire ou de ne pas faire avec les hommes. Depuis la plus petite enfance, j'occupais la place de l'observatrice et, par définition, les observateurs *attendent de voir*. Ce fut une chance. En 1966, ma toute nouvelle vie m'avait provisoirement vidée de mes illusions, mon imagination était vacante, et voilà que je tombais sur ces jeunes artistes qui eux-mêmes ne devaient pas très bien savoir dans quelle voie ils s'engageaient. Je faisais connaissance avec leurs œuvres sur une sorte de terrain vague de l'art où j'avais pénétré presque par hasard, n'ayant pas la moindre idée de ce que j'allais trouver dans la galerie, sachant à peine ce qu'était une galerie d'art (je ne connaissais que Cimaise-Bonaparte). Un artiste y avait posé une seringue et l'arsenal qui allait avec, un autre des tricycles dont aucun enfant n'aurait envie de se servir, et, comme lorsqu'on tombe sur des objets abandonnés dans un no man's land urbain, je ne pouvais pas faire autre chose que de me demander sans m'y attarder ce qui avait bien pu les apporter là. La réponse était peut-être que ceux qui les y avaient mis l'avaient fait juste *pour voir*. Des tout premiers pots qu'il remplit de ciment et badigeonna en rouge, Raynaud dit qu'il ne les avait *vus* qu'après les avoir faits et qu'ils ne ressemblaient à rien de ce qu'il avait vu auparavant. Encore y avait-il dans *Les Objets de tentation* de Pommereulle une intention provocatrice qui eut pour effet qu'en quelques jours ces objets, à ce qu'on raconte, furent dérobés. Mais les pots obstrués de Raynaud, le chiffre 3 qui ne voulait rien dire, les jauges qui mesuraient le vide donnaient plutôt l'impression de se soustraire à l'interprétation. Celle qui tente en ce moment de retrouver ses maigres émotions d'alors se dit, sans ironie, que c'était un bon point de départ pour celle qui allait faire de la critique d'art son métier.

Bien des années plus tard, Raynaud me raconta que son tout premier « sens interdit », il l'avait trouvé sur une décharge. Il avait arraché le piquet auquel il était fixé pour le placer sur le devant de l'objet, c'est-à-dire barrer la barre du sens interdit. Il n'avait aucune notion de ce qu'était l'art, seulement le besoin urgent de montrer à il ne savait pas qui ces choses bizarres qu'il avait commencé à fabriquer. Alors, il était sorti de chez lui, son sens interdit dans un sac, et il s'était aventuré dans le métro parisien. Raynaud est né dans la même banlieue que moi et c'est à peine s'il connaissait Paris. En sortant par hasard à la station Mabillon, sur une impulsion, il était entré dans un magasin dont la vitrine l'avait attiré. Il s'agissait de la galerie J, fondée par Jeanine de Goldschmidt, compagne de Pierre Restany. La galerie occupait l'espace d'un ancien garage de motocyclettes rue de Montfaucon, les objets en vitrine étaient des accumulations, peut-être des « Poubelles » d'Arman, du rebus, ce qu'étaient le panneau de signalisation et son piquet. En 1961, l'exposition inaugurale, *40° au-dessus de Dada*, avait réuni les Nouveaux Réalistes quelques mois après la signature de leur manifeste, et en 1965, celle en *Hommage à Nicéphore Niépce* avait consacré ce qu'Alain Jacquet, son inventeur, avait baptisé Mec Art, c'est-à-dire le recours à la reproduction photomécanique pour réaliser des tableaux. Niki de Saint-Phalle exposa à la galerie des œuvres exécutées, c'est le cas de le dire, en tirant à la carabine, Daniel Spoerri la transforma en restaurant, fixant les reliefs du repas sur les tables qui devenaient ainsi ses *Tableaux-Pièges*. Évidemment, la galerie subsistait difficilement tandis que les artistes commençaient à être reconnus et sollicités par d'autres galeries, et elle ferma définitivement en 1966, avant que j'aie eu le temps d'en entendre parler.

Le studio d'Asnières était agréable et je m'étais remise à écrire des poèmes. Pour la première fois, j'écrivis sous le coup d'une sensation causée par un tableau. Il s'agissait d'une œuvre de Jacques Monory vue quelques mois après ma première incursion boulevard Haussmann, presque à l'angle de ce boulevard avec la rue du Faubourg-Saint-Honoré, dans la galerie Blumenthal-Mommaton. Celle-ci était en train de se spécialiser dans une peinture figurative qui, à l'inverse des œuvres de Raynaud, prétendait être « narrative ». En fait de narration, les images fragmentées de Monory avaient beau avoir l'air décollées d'un écran de cinéma, on aurait été bien en peine de deviner ce que pouvait raconter le film. Néanmoins, l'inconscient qui s'amuse à imprimer une logique à un réel qui n'en a pas m'a fait me souvenir de ce tableau comme s'il représentait un accident de voiture. Pour que l'image m'ait à ce point marquée, il fallait qu'elle soit violente. Eh bien, il n'en est rien. Une voiture en effet occupe toute la largeur du tableau, l'avant et l'arrière sont même coupés par le cadre, mais je m'aperçois aujourd'hui, devant une reproduction, qu'elle ressemble à une belle américaine – du moins, c'est ce que je me dis… –, intacte, seulement tachée d'ombres et de reflets sur sa carrosserie et sa capote. Il est vrai qu'on identifie bien, affalé sur les sièges avant, un corps de femme – à y regarder de plus près, ce pourrait être tout aussi bien un adolescent… – dont la tête et un bras pendent, inertes, par la portière ouverte. Une vraie cordelette s'échappe de ses doigts fins ainsi que du cadre du tableau ; on ne s'étrangle pas soi-même. En arrière-plan, une mer étale absorbe la lumière d'un irréel ciel drapé, couleur magenta. Le drame est perceptible, même si incertain, et inexplicable. Or, cette scène était allée se mélanger imparfaitement avec d'autres images, à la façon de deux liquides de densités différentes, images bien plus ordinaires qui m'étaient tombées sous les yeux, et qui étaient des vues stéréotypées de boulevards longeant la mer, le soir, dont j'avais pu supposer qu'elles avaient été prises en Californie ; il s'agissait de photographies sur des pochettes de disque. D'autres tableaux de l'exposition qui faisaient allusion à des événements violents aux États-Unis avaient pu influencer ma perception pour que je situe géographiquement la scène. Ces images ressemblaient à des éclats que des rêveries folles, nourries pendant l'adolescence, projetaient encore sur ma vie d'adulte toute neuve. Le tableau de Monory, son horizon surnaturel, sa calme lumière crépusculaire avaient convoqué ces images et, face à la toile, j'avais approché ces lieux fantasmatiques. Le tableau m'avait, en dépit de son sous-entendu inquiétant, transportée dans une Amérique idyllique ; mieux, le drame supposé, l'accident, en était la condition d'accès, trouble, romantique, propre à l'aventure, le passage obligé terrible. Il était l'équivalent des scènes cruelles qui m'avaient perturbée dans *La Maison de rendez-vous*. J'ai ainsi pétri pendant longtemps des fantasmes qui comprenaient des péripéties dramatiques, jusqu'à me représenter dans des scènes au cours desquelles j'étais gravement blessée, en général dans la zone mal définie du ventre, moins vulnérable, s'imagine-t-on, que la tête ou la poitrine. Quand on a dix-huit ans, le tragique amplifie le rêve et on ne s'embarrasse pas du prix qui serait à payer. Si je ne me trompe, mon poème montrait une certaine prédisposition à l'abstraction puisque, de l'œuvre de Monory, je n'avais retenu que l'espace ouvert, la couleur bleue, la femme morte, l'idée d'un crime commis – allez savoir pourquoi – « sans passion ».

Je continuais de montrer mes poèmes à Patrick qui me les commentait toujours de la même façon, tandis qu'une fois Daniel se moqua de moi, prétendant que je ne faisais qu'écrire ce qui me passait par la tête et que ça ne voulait pas dire grand-chose. Par rapport aux années précédentes, j'avais pris de l'assurance, je me gargarisais de mots. L'expression est juste : j'alignais les mots dans la jouissance pure de les faire glisser et rouler sur la langue, j'allais en chercher je ne sais où dont j'ignorais le sens. J'avais adressé à Daniel suffisamment de lettres délirantes pour qu'il voie dans mes poèmes une de mes divagations supplémentaires. Sa remarque ne me découragea nullement et là s'arrêtèrent nos échanges sur le sujet. Il était entendu que Daniel était quelqu'un qui agissait, pas un contemplatif comme moi.

Parfois, quand il avait un rendez-vous, une course à faire, je l'accompagnais mais restais l'attendre dans la 4L. Je ne cherchais pas à me mêler de ses affaires et au contraire, j'appréciais ces moments vacants, dans des endroits qui m'étaient étrangers, alignements de façades et de platanes où il me semblait toujours qu'il faisait bon vivre et qui, à travers le cadre du pare-brise, absorbaient mes pensées indolentes. Je gardais sur moi un petit carnet où je notais un nom propre inventé, à peine des phrases, ou alors une phrase que j'avais lue ou entendue, des mots dont je me racontais qu'ils seraient des clefs qui déclencheraient l'écriture d'un roman. Un sésame qui correspondait à une conception simpliste et paresseuse de la façon dont un roman pouvait s'écrire. Car c'est un grand tort de notre culture que d'avoir nourri une idée pseudo-romantique de la création littéraire qu'on suppose spontanée, inspirée, due à des écrivains qui, le regard vagabond, attraperaient les mots au vol comme d'autres les papillons. D'ailleurs, j'en ai vu, plus tard, des poètes, et des peintres aussi bien, qui au beau milieu d'une soirée s'isolaient soudain et, sur le coin de la table, ou accoudés à la cheminée, sortaient de leur poche l'un un calepin, l'autre un petit carnet à dessins, pour y griffonner quelque chose, en alternance avec un balayage du regard au-dessus des têtes penchées dans de bêtes commérages et des rires alcoolisés.

J'avais beau laisser affleurer du mieux que je le pouvais des idées et des images que je croyais inédites, portée par la certitude que les mots qui me traversaient produiraient des phrases qui me raviraient avant de surprendre, subjuguer les autres, mon enthousiasme ne résistait pas à la relecture. (N'est-il pas curieux, au demeurant, que l'on se mette d'emblée, dès l'âge des premiers brouillons, dans la position de se séduire soi-même, voire de se prendre soi-même par surprise, dans une forme de narcissisme élargi et douloureux qui suppose que l'on confonde son attente avec celle de tous les lecteurs que l'on voudrait toucher, alors que la connaissance que l'on a de ces possibles lecteurs est on ne peut plus abstraite ? Quelle vanité folle conduit de façon innée celui qui veut écrire à se plaire d'abord comme s'il plaisait à tous, c'est-à-dire à une masse si indifférenciée qu'elle pourrait être l'humanité entière ? Sans compter que, quand il rencontre finalement et bienheureusement quelques-uns de ces lecteurs, il est souvent décontenancé, voire déçu, par les raisons que ceux-ci donnent de leur intérêt !)

C'était encore la poésie qui me satisfaisait le mieux parce que – Daniel n'avait pas complètement tort – dans l'espace de quelques lignes, et sous le couvert de la bienveillante licence poétique, je n'étais pas, pas plus que Jean-Pierre Raynaud avec ses « Psycho-objets », ainsi que les avait baptisés le critique Yvan Tallandier, obligée de raconter quelque chose de cohérent, tandis qu'écrire un roman demandait d'être original tout en respectant une logique que tout le monde partageait. Je remplissais quelques pages à toute vitesse, comme un petit enfant qui court dans un envol de pigeons, espérant en attraper un, je tenais ainsi plusieurs jours, jusqu'à tout laisser en plan, dégoûtée de ce que je venais de faire, mortifiée. Or, je n'écrivais des poèmes que depuis que j'étais sous l'influence de *Strophes*, au fond de moi, ce que je voulais, c'était écrire des romans.

Il fallut enfin que je passe le bac. Le matin du premier jour, il se produisit une chose incroyable, incompréhensible : j'arrivais en retard au centre d'examen ! Daniel avait voulu m'y conduire en voiture et nous étions déjà partis en retard. Il conduisit vite, inévitablement la police nous arrêta. Daniel eut beau expliquer où nous allions et le policier jeter un coup d'œil à mon visage crispé, il n'y eut rien à faire, il verbalisa. Ensuite, sur place, est-ce le fait de me retrouver dans une salle de classe, ce qui ne m'était pas arrivé depuis un an, l'angoisse se dissipa ; j'étais là parce que je le voulais bien, pareille aux autres autour de moi, penchée sur ma copie, mais ma vie était déjà ailleurs, si différente de la leur. À l'épreuve orale en anglais, l'examinateur voulut savoir pourquoi je me présentais en candidate libre et pourquoi j'avais choisi de commenter une œuvre littéraire qui n'était pas inscrite au programme. La réponse toute prête, même si je me doutais bien qu'elle ne serait pas prise au sérieux, fut : « *Nervous breakdown* ». Pendant quelques secondes, il posa sur moi un regard dubitatif où je perçus l'ironie, et je compris bien, le temps que je restai face à lui en m'efforçant d'articuler d'un air détaché des bouts de phrases que j'avais appris par cœur, qu'il attendait de passer au candidat suivant. Je compris surtout que l'exposition, ou plus subtilement la suggestion d'une extrême sensibilité qui vous rendrait particulièrement fragile, sujet à la dépression, mais néanmoins réceptif à l'art, cela en lieu et place d'une œuvre qui devrait transcrire cette sensibilité, mais qui reste tout entière à écrire, ne convainc que le proche entourage qui sait être indulgent. Je devais connaître par la suite bien des périodes pendant lesquelles « je n'allais pas bien ». Quelles qu'aient été les causes enfouies, c'en était fini de la « dépression nerveuse ». Elle ne pouvait être une excuse. Je n'avais plus d'excuse.

Je fus recalée, non pas à cause de l'anglais, mais à cause d'un 2/20 en composition française. J'avais beau échouer régulièrement à écrire les dix premières pages du premier chapitre d'un premier roman, j'avais quand même suffisamment confiance en moi pour m'étonner de cette note, au point de faire la démarche nécessaire pour avoir accès à ma copie corrigée. Je lus, en haut de la feuille, le commentaire du correcteur : « Laisse courir habilement sa plume, pour raconter n'importe quoi. » Le décasyllabe de la première partie de la phrase, suivi du bel octosyllabe avec une césure parfaite, cette perfection rythmique se sont imprimés pour toujours dans ma tête. Quelle appréciation flatteuse ! Encourageante. Daniel s'en amusa avec moi.

Saint-Germain-des-Prés

Tandis que j'ai devant les yeux intérieurs les murs sombres de la chambre à Colombes, une idée farfelue me traverse l'esprit : l'imaginaire dont je dispose est un corps gazeux. Immédiatement, par association libre et dans l'éternelle fraîcheur des images qui se sont implantées dans nos souvenirs et reviennent, intangibles, incontournables, tels les chefs-d'œuvre éternels des musées reproduits en couleur fraîche sur des cartes postales, des tasses à café, des torchons et des t-shirts, une vision s'impose à moi, d'une grande pureté, bien dessinée : celle des gazomètres de Saint-Denis. Les noirs mastodontes dominaient de très haut les toitures vieil argent de la plaine. Avec l'attention qu'on porte à un animal familier, je surveillais leur lourde respiration depuis la fenêtre sur cour de ma chambre, au septième étage de la rue Philippe-de-Metz, d'où la vue portait loin. Cette chambre-là était couleur vert d'eau.

Pendant l'adolescence, je l'ai partagée avec Philippe. Simone, notre mère, qui s'évertua tout au long de sa vie à en refaire le décor, pour finalement s'en échapper de la façon la plus tragique, l'avait peinte d'une couleur bizarrement triste pour une chambre d'enfant. Mon lit se trouvait dans l'encoignure d'un lambris. En l'absence de mon frère, ma mère au bureau, ma grand-mère s'affairant dans la cuisine, je m'y pelotais avec des copains que j'amenais là, je m'y étais vautrée avec Lutz. Je m'étais plu dans cette atmosphère confinée et liquide où je disposais toutefois de deux ouvertures. Il y avait le côté de l'écran du téléviseur, les invités de *Discorama* ou de *Lecture pour tous* dont les interviews installaient une proximité palpable avec les chanteurs et les écrivains (ce qui ne s'était jamais produit jusque-là pour aucune génération d'amateurs et de lecteurs, et qui a sans aucun doute contribué à faire de celle d'après-guerre la première génération de fans). Et il y avait le côté de la fenêtre avec les deux masses à l'horizon, animées de leur imperceptible et mystérieux mouvement ascendant et descendant, et que je me suis si bien appropriées que depuis la première fois que j'ai vu *L'Éléphant de Célèbes* de Max Ernst, et chaque fois que je l'ai revu ou que j'en revois une reproduction, bien que les gazomètres étaient en forme de tambour et non de marmite, mais peut-être à cause de ce vert glauque qui baigne les tableaux du peintre, je l'associe immanquablement à ces monstres puissants et débonnaires.

Depuis le studio de Colombes, en revanche, l'œil ne pouvait pas s'échapper. L'immeuble en vis-à-vis était à peu près identique à celui où nous logions, en mieux, plus haut, et la couleur de la brique moins passée. Hormis ces menus détails, j'ai oublié sur quoi avait bien pu porter mon regard le temps que nous avons habité là. Mais mon imaginaire s'était adapté à la capacité du lieu que j'habitais, il ajustait les rêves afin qu'ils ne le débordent pas, et si les désirs étaient toujours là, il les reléguait provisoirement dans le puits de l'inconscient. Ainsi, sans en ressentir l'urgence, et surtout parce que j'étais incapable de penser que je pourrais devenir bachelière et m'inscrire dans une faculté afin d'intégrer un corps d'adulte qui continue d'aller en classe, je réfléchissais vaguement à une façon de gagner ma vie qui me conviendrait. J'avais remarqué dans les magazines des encarts publicitaires pour des cours qui préparaient à des métiers dans le genre secrétaire médicale. Le bac n'était pas exigé, la formation pouvait se faire par correspondance en quelques mois. Ça me paraissait accessible. Je ressemblerais à la jeune femme de l'illustration, à l'aise avec l'écouteur du téléphone glissé sous sa chevelure lisse, je gagnerais un salaire. Je n'en parlais à personne et sûrement pas à Daniel qui aurait trouvé l'idée ridicule ; c'était un tubercule de rêverie, une petite utopie à la juste mesure de ma banlieue morose. L'image facile et confortable m'a accompagnée pendant quelques mois, elle a faibli le temps que nous avons habité Asnières, puis j'ai passé le bac, je l'ai raté, et finalement je me suis retrouvée dans une nouvelle chambre, dans les hauteurs.

Au début de l'année 1968, Daniel trouva à louer une chambre de bonne rue Bonaparte, à dix numéros de la galerie, sur le même trottoir en remontant vers la place Saint-Sulpice. Un cinquième étage auquel on accédait par l'escalier de service. La chambre était tout au bout d'un long couloir ; à mi-parcours, on passait devant la porte des cabinets à la turque qui avaient été communs à tout l'étage, qui ne servaient plus que pour nous, les autres chambres ayant été modernisées. Nous avions pour voisins un couple d'employés de la RATP, elle replète et joviale, lui gentiment réservé. Un jour que je tendais mon ticket pour le faire poinçonner à l'entrée du quai de la station Sèvres-Babylone, je le reconnus assis dans la guérite. J'eus l'impression qu'il me reconnaissait aussi, et qu'il baissait la tête pour la dissimuler sous la visière de sa casquette. Je m'en suis beaucoup voulu de ne pas l'avoir salué malgré tout. Un de mes grands-pères avait été concierge, sa veuve avait survécu en faisant des ménages, moi-même, peu de temps auparavant, je m'étais fait embaucher dans un Prisunic en tant qu'employée aux écritures, avant de me sauver, réellement me sauver, le jour des soldes où l'on m'avait fait descendre des bureaux pour me mettre d'office derrière une caisse. Je m'étais sentie expulsée de moi-même et j'avais planté là la caisse et le faisceau de bras vibrants et menaçants tendus vers moi. Je n'allais pas lui raconter tout ça, bien sûr. Du moins aurais-je pu lui montrer qu'il n'y avait pas de fausse honte à avoir entre nous. J'étais trop ignorante de l'art des relations avec les autres pour me rendre compte, en effet, qu'il valait mieux ne pas l'avoir forcé dans son embarras.

Des trois studios que nous avons occupés, celui-ci était le plus petit, mais il disposait d'un balcon qui donnait sur la rue, enclavé dans la toiture de zinc selon la disposition typique de l'architecture dite haussmannienne. Sa surface comprenait un minuscule couloir d'entrée, une cuisine à peine plus grande que le couloir, ce qui ménageait des « coins » dans la pièce, une sorte d'alcôve pour le lit, une autre où loger une table et quatre chaises. Daniel était sorti de sa période pop façon Nouvelle Vague et nous avions recouvert les murs d'une toile de jute brute.

La décoration était un compromis entre un style traditionnel avec les tomettes rouges du sol d'origine et une grande malle en osier qui faisait office de commode, et notre goût d'avant-garde qui associait de grands tableaux de Michel Tyszblat et d'Ado, que nous avions réussi à hisser jusque-là, à une table en bois laqué noir et blanc, une suspension en lamelles rondes de plastique blanc, et des assiettes sans fioriture, tous ces objets dans le style de la ligne « design » que venait de lancer Prisunic. J'avais accroché sur la porte d'entrée le fameux sac en plastique que distribuait la chaîne de magasins, la cible orange sur fond jaune, d'inspiration nettement op'. Il était le signe que le monde pouvait ressembler à cet art que nous étions en train de découvrir, et nous étions sûrs d'avoir quelque chose à faire dans ce monde.

En attendant, ainsi installés, nous avons commencé à vivre comme des petits-bourgeois. Nous recevions à dîner. J'appliquais à la lettre deux ou trois recettes élémentaires que ma grand-mère m'avait expliquées : côtes de porc charcutière ou « oiseaux sans tête ». Nous étions des petits-bourgeois libertins, il n'y avait pas à aller loin pour basculer du coin repas à l'alcôve du lit où se vautrer à trois ou quatre. Il est arrivé que nous soyons plus. J'essaye de me souvenir de la façon dont certaines soirées prenaient cette tournure et je dois reconnaître qu'il n'y avait pas de règle, nous agissions par instinct, improvisation, à la façon des enfants qui chahutent, quand l'un dit « chiche », que les autres relèvent le défi en riant, l'un ou l'autre peut-être en riant jaune, et puis que tout le monde devient grave.

Des artistes, des copains passaient, on discutait, j'ai recommencé à parler de moi, de ma famille, pas trop de mes ambitions personnelles, non pas par une pudeur nouvelle, mais parce que j'avais perdu le fil.

Chez les autres, je n'ouvrais pas la bouche. On mettait cela sur le compte de la timidité. De toute façon, je n'avais pas grand-chose à dire. J'étais bien trop orgueilleuse pour risquer une idée dont on aurait pu se moquer, et des idées, je n'en avais pas tant que ça, j'étais dans la conversation comme devant le cahier où j'avais essayé vainement d'entreprendre l'écriture d'un roman, je croyais que les remarques pertinentes devaient surgir d'elles-mêmes et comme elles ne venaient pas, je me taisais, j'écoutais, souvent je m'ennuyais. Je fréquentais des artistes comme je l'avais souhaité lorsque j'étais adolescente, et pourtant je n'en éprouvais pas de satisfaction, je ne me disais pas : « J'y suis. » Quelquefois, pour m'occuper, je me laissais caresser la cuisse par mon voisin de table, ou bien c'était moi qui appuyais la mienne contre la sienne, ou celle d'une voisine, c'était plus effronté. Je me persuadais que c'était là ma façon d'être, ma personnalité : je ne parlais pas, je laissais les autres penser que je n'étais pas du genre à me lancer dans des discussions, j'étais quelqu'un qui passait outre les mots.

Je parlais toutefois de mon enfance avec un artiste et celui-ci me parla de la sienne, c'était Gérard

Titus-Carmel. Il exposa régulièrement à la galerie à partir de 1969, Daniel s'étant tourné vers d'autres formes d'art que l'abstraction, notamment la figuration de jeunes artistes tels que Samuel Buri, Alain Dufo, Hervé Télémaque, et Gérard Titus-Carmel. Elle ne se confondait pas avec la Nouvelle Figuration défendue par le critique Gérald Gassiot-Talabot, qui affichait des intentions et des contenus nettement politiques, elle réfléchissait sur la fonction de représentation, expérimentant des supports autres que la toile, ou bien conduisant l'image au bord de l'abstraction, ou la laissant à l'état d'esquisse, ou cherchant à l'épuiser au contraire dans une pratique du dessin d'une précision extrême et en la confrontant au langage, ce qui était le cas de Titus-Carmel. Avec Titus – ses amis ne lui ont jamais donné un autre prénom que la première moitié de son nom –, nous avions institué une aimable compétition qui consistait à nous raconter nos enfances respectives « à la David Copperfield », moi, les bagarres entre mes parents, l'amant de ma mère, les découchages de mon père, lui, sa mère qui avait l'âge d'être sa sœur, son père qu'il avait cherché longtemps et rencontré une unique fois. Nous traduisions ces souvenirs en récits allègres ou drolatiques, façon la plus simple, au moment où l'on s'engage sérieusement dans la vie, de frictionner à l'éther les meurtrissures de l'enfance. Alors que nous nous trouvions dans le studio où il était venu se préparer, juste avant un vernissage, le dialogue dériva sur nos noms, le sien tellement extraordinaire, le mien si banal que

Titus me taquina en prétendant qu'à Hollywood, lorsqu'on imaginait le rôle d'une petite Parisienne, eh bien, forcément, elle s'appelait Catherine Millet. L'endroit, avec son cachet « nid de Mimi Pinson », son balcon d'où l'on apercevait le clocher de Saint-Germain-des-Prés, et mis au goût du jour par un couple juvénile un peu « artistes », avait peut-être contribué à lui inspirer cette réflexion. J'ai vieilli, habité d'autres endroits moins pittoresques, il semblerait que je sois restée dans le personnage. Partout, quand je voyage, je m'entends dire : « Comme vous avez l'air parisienne ! », comme si je transportais toujours dans ma personne physique quelque chose de la chambre de bonne haussmannienne.

Sur la crête de la vie parisienne, l'air des hauteurs secoua la torpeur où j'étais tombée dans les non-lieux banlieusards. Je décrochai un emploi au service codification des Presses Universitaires de France. Le local était en rez-de-chaussée dans un immeuble presque à l'angle du boulevard Saint-Germain et de la rue Hautefeuille, éclairé comme un commissariat de police, derrière les grilles dissuasives bien que joliment ouvragées de ses fenêtres. J'y croisais les manutentionnaires en blouse grise qui me glissaient des blagues à l'oreille devant le lavabo des toilettes. Je m'accommodais de l'atmosphère lugubre ; j'aurais pu m'y croire l'une de ces héroïnes pauvres mais dégourdies, ou délurées, qui traversent les films réalistes en noir et blanc de l'après-guerre, des films familiers diffusés par la télévision, et qui reflétaient ce qu'avait été mon cadre de vie jusqu'à mes dix-huit ans : les murs pignons avec leurs réclames peintes, les devantures des bistrots encadrées de moulures, les papiers peints dans les salles à manger, l'éclairage parcimonieux. Peut-être trouvais-je également là l'écho des récits de la vie de bureau de ma mère. Puis le service fut déménagé plus loin, là où le boulevard devient austère à l'approche de la place Maubert, rue Jean-de-Beauvais, dans un local refait à neuf, propre et clair.

Quant à la galerie rue Bonaparte, elle aussi était allée vers la lumière. Daniel avait vraiment pris l'affaire en main, il ne s'agissait plus seulement d'élargir les activités d'un groupe de jeunes poètes, *Strophes* avait d'ailleurs cessé de paraître l'année précédente. Au bout de deux ans d'activité, Daniel avait obtenu de l'antiquaire, jouisseur gentil et blagueur, qui n'aspirait qu'à se laisser vivre à la terrasse du Café de Flore, d'occuper la totalité du magasin en échange d'un loyer. La galerie eut donc vitrine sur rue, une grande vitrine encadrée d'un blanc éclatant. Est-ce parce qu'il était trop occupé par ses diverses obligations, ou parce qu'il ne s'y intéressait plus ? Patrick ne venait plus à la galerie. Si bien que Daniel l'avertit qu'il retirait le nom de Patrick d'Elme des cartons d'invitation. Pendant quelque temps, la galerie continua de s'appeler Daniel Templon-Cimaise Bonaparte, enfin Cimaise Bonaparte disparut.

Patrick continua de publier ici et là des articles, entre autres sur l'art, puis nous avons entendu dire qu'il s'était tourné vers une activité de communication, que ça marchait pour lui. On perdit la trace du Philippe sûr de lui qui me mettait mal à l'aise ; il fallut que j'entreprenne ce récit pour apprendre qu'il s'était décidé, à l'issue de l'aventure de *Strophes*, à rejoindre au Japon une femme qui attendait un enfant de lui. Jean, en revanche, persistait dans sa vocation littéraire. Très tôt, il avait noué une amitié avec un étudiant de deux ans son aîné, rencontré alors qu'il proposait des numéros de *Strophes* devant la faculté d'Assas, et qui s'appelait Paul Otchakovsky-Laurens, puis avec le poète Bernard Noël qui lui présenta l'éditeur Jean-Jacques Pauvert, lequel l'embaucha comme lecteur, pile quand il se trouva libéré du service militaire ! Jean Frémon publiera son premier livre en 1979 aux éditions du Seuil. Celui que nous croisions le plus régulièrement était Daniel Abadie. Il réalisa son premier catalogue pour Charles Lapicque auquel le Musée national d'Art moderne consacrait une rétrospective en 1967. Voici comment l'opportunité lui en avait été offerte : s'apprêtant à éditer un recueil de poésies de Paul Chaulot, il avait sollicité Lapicque pour que celui-ci l'illustre. Ça s'était si bien passé que le peintre avait adressé le jeune homme à Jean Cassou, alors directeur du musée, en insistant pour que ce soit lui qui s'occupe de son catalogue. Encouragé par sa chance, Daniel eut bientôt le projet d'une revue d'art, de son propre aveu sur le modèle luxueux de *Connaissance des arts*, mais consacrée uniquement à l'art contemporain, ce qui n'existait évidemment pas. Au tout début de l'année 1968, il organisa dans une librairie du boulevard Saint-Germain le lancement du premier numéro d'*Art et Création*, dans une ambiance qui avait l'allégresse de l'improvisation : ce soir-là, les invités n'eurent droit qu'à des pages volantes. S'égaillèrent ainsi tout un dossier sur Yves Klein, un autre sur le Living Theater et, dans la continuation de *Strophes*, un autre encore sur la nouvelle poésie. L'entreprise était un peu folle et précipitée ; les pages enfin reliées constituèrent l'unique numéro de la publication.

Daniel Templon vendit son premier tableau, une œuvre de Léopold Survage que lui avait confiée une cousine de l'antiquaire, puis il vendit un Berthier à un collectionneur qui allait devenir son premier client fidèle. À l'instar de Georges Mathieu, Jean Berthier peignait en public. Il se faisait accompagner par des musiciens de jazz et à plusieurs reprises nous sommes allés le voir se produire sur scène. Daniel se laissait conduire par son goût du jazz car il exposa également Daniel Humair. Déjà reconnu comme un très grand batteur, celui-ci était également peintre, ayant inventé une méthode à la fois spontanée – graffitiste avant l'heure – et très retravaillée.

L'amateur de Berthier nous invita à déjeuner, grâce à quoi nous pénétrâmes chez Lipp. Il est vrai que notre table était dans la salle à l'étage, mais nous ne savions pas encore que c'était celle du commun. Cet homme s'appelait Guy Nairay, il était guadeloupéen, vivait en Côte d'Ivoire, et peut-être s'intéressa-t-il particulièrement à Berthier parce que celui-ci était métis. Par la suite, quand Daniel montra Louis Cane, il acheta plusieurs très grandes toiles de la série qu'on appelle les « murs-sols ». Il fut un grand collectionneur et aujourd'hui, à Abidjan, on remet tous les ans à de jeunes artistes un prix qui porte son nom. Nous le pensions diplomate, il était plus exactement le puissant directeur de cabinet d'Houphouët-Boigny. Ignorant son statut exact, nous n'admirions que son élégance et sa distinction. Un Blanc qui aurait été aussi soigné aurait ressemblé à un mannequin sur une photographie de mode, tandis qu'il donnait l'impression d'avoir enfilé son costume et glissé sa pochette sans même avoir jeté un coup d'œil à la glace. Au dessert, il demanda s'il pouvait avoir une poire, le garçon dit que oui. Il poursuivit pour savoir s'il était possible qu'on la lui préparât, et la réponse presque indistincte du garçon, la mine fermée, fut que non, il était désolé, ça n'était pas possible. Alors, il dit « c'est bon, je ne prendrai rien » en se retournant vers nous pour poursuivre la conversation, et j'ai vu la façon dont il dépliait les doigts de la main, comme s'il avait voulu repousser des miettes sur la nappe.

De mon côté, j'avais un salaire qui était ce qu'il était. Aussi, je commençais à fréquenter régulièrement un salon de coiffure situé juste en bas de chez nous, ce qui depuis mon observation de la vie bois-colombienne m'était apparu le comble du standing bourgeois. J'y acquis une chevelure bouclée d'un blond vénitien. De plus en plus de magasins de mode ouvraient dans le quartier. Daniel en pinçait pour la vendeuse du magasin de chaussures très chic, à l'enseigne improbable de « François Villon », situé à mi-distance entre la maison et la galerie. Moi, tous les jours, sur le chemin du bureau, je passais devant La Gaminerie, caverne d'Ali Baba regorgeant de mini-jupes et de tricots moulants, que des décorateurs inspirés et malicieux avaient creusée au bas d'une façade du boulevard Saint-Germain qui supportait, au niveau des deuxième et troisième étages, cinq monstrueuses et absurdes colonnes ioniques. Parfois je m'aventurais entre les cavités en staff blanc de la boutique aux formes molles daliniennes, juste pour regarder.

J'allais et venais dans un périmètre compris entre la rue du Bac et la rue Monge, et entre la Seine et le boulevard du Montparnasse, comme si j'y étais née, c'est-à-dire destinée. Je me trouvais exactement là où j'avais aspiré être lorsque j'étais à Bois-Colombes, quoique sans avoir été en mesure de désigner alors explicitement le quartier ; je désirais seulement être là où quelque chose se passait. L'aspiration avait été si puissante que d'y être n'était que la jonction naturelle, nécessaire, enfin établie entre la position géographique de mon corps et le point d'ancrage de mon imaginaire. Il était dans l'ordre des choses que mon corps ait rejoint les représentations incertaines que j'avais en tête et je m'en étais approchée si bien qu'elles-mêmes avaient pris corps. Toutefois, elles n'étaient encore que des façades derrière lesquelles je ne pénétrais pas. J'étais sur la scène, entourée de fausses portes qui ne s'ouvraient pas. Quotidiennement, du même côté que La Gaminerie, je longeais la forteresse armoriée du Cercle de la Librairie, muette au milieu de l'agitation du boulevard, que j'ai longtemps prise pour le siège des Éditions Hachette, et dont par conséquent je ne m'expliquais pas l'impressionnante impénétrabilité.

Un jour, toujours boulevard Saint-Germain, sur le trottoir à hauteur du jardin qui borde l'église ukrainienne, Daniel me désigna de loin la tête de Pierre Guyotat, qu'il reconnut pour avoir vu son portrait dans *Les Lettres françaises*. Nous venions de lire *Tombeau pour cinq cent mille soldats*. J'avais dix-neuf ans, Daniel vingt-deux, des gens de notre âge pouvaient être déjà cultivés ; ça n'était pas notre cas. Du jour au lendemain, sans y réfléchir, changeant de vie, quittant ma chambre d'enfant, j'avais cessé de lire les romans du XIXe siècle qui constituaient avec quelques modernes l'essentiel de mon petit capital en livres de poche. Jusqu'alors, j'avais lu de manière systématique, volontariste, sans rien chercher de bien défini : il était arrêté dans un coin de ma tête que ce qui était écrit m'était consubstantiel et cela me commandait de *tout* lire : les grands classiques, les bons romans populaires et les bluettes, et les contemporains réputés difficiles. Je savais bien sûr qu'il y avait des hiérarchies, mais je ne faisais pas de tri – qu'est-ce qui aurait pu m'aider à le faire ? –, simplement, quand j'aimais un auteur, je lisais tous ses écrits disponibles en collections bon marché ; j'ai lu ainsi Balzac, Zola, les romanciers russes et une grande partie du théâtre de Claudel. Je suppose que ce dernier entretenait ma relation à Dieu en dépit du fait qu'elle s'était délitée.

J'allais cesser pour longtemps ce mode de lecture. Daniel et moi n'achetions plus que des livres qui faisaient parler d'eux et que nous découvrions plus en feuilletant les revues et en traînant à La Hune qu'au cours des conversations avec les amis peintres et critiques : *Les Mots et les Choses* de Michel Foucault, *Théorie d'ensemble* qui réunissaient les auteurs de *Tel Quel*. Le seul dont je peux dire que je l'ai vraiment lu, c'est *S/Z* de Roland Barthes, parce qu'il y était question d'une nouvelle de Balzac. Nous étions plus assidus au cinéma, mais presque exclusivement à celui de Godard, de Truffaut, de Rohmer, de Louis Malle, qui reflétait notre mode de vie, nos idées, nos désirs. La vraie passion de Daniel demeurait la musique ; je l'ai accompagné pour aller écouter Cecil Taylor à la faculté d'Assas, nous avons dormi dans la 4L pour pouvoir assister à des concerts du Festival de Royan. Mais du peu de vernis culturel qui nous recouvrait, *Tombeau* nous décapa brutalement. Ce fut une pluie drue qui pénétra jusqu'à sa centrale nerveuse la libido d'une fille de dix-neuf ans et d'un garçon de vingt-deux. Nous prenions le livre de front, tout, scènes sexuelles et atrocités, sans recul. Du cadre dans lequel elles étaient censées se dérouler, nous étions à la fois avertis et protégés. Nous étions de la génération née après la Seconde Guerre mondiale, sa composante masculine trop jeune pour avoir été appelée en Algérie. Mais pendant toute notre enfance, nous avions entendu nos pères évoquer leur vie de prisonniers et nos mères nous rappeler que nous étions bien heureux de ne pas avoir connu les privations de l'Occupation. Pendant notre adolescence, ce furent les discussions sur la guerre en Algérie, les attentats, de Gaulle et l'O.A.S. qui pénétrèrent jusque dans les cours de récréation. J'avais eu l'occasion de croiser au moins deux jeunes hommes qui avaient vécu la guerre, un camarade du lycée qui était pied-noir et le Michel de Lyon qui avait été soldat. L'enveloppe contenant une poignée de terre, emportée précieusement, que le premier m'avait fait respirer, l'allusion que le second y faisait à la dérobée, et plus lointainement, l'arrivée quotidienne des rapatriés à Port-Vendres, dont tout au long de vacances passées à Collioure j'avais eu l'écho à travers les noms des familles de rapatriés qui débarquaient, égrenés à la radio, avait laissé en moi une trace diaphane. Ce que je savais de cette guerre d'Algérie était trop fragmentaire, trop anecdotique, et ne m'affectait pas plus qu'elle n'affectait en cette fin des années 1960 une grande partie de la population, cette guerre était la tache aveuglante qui passe devant les yeux et qui fait des déchirures blanches dans la vision ; cela n'interféra en rien avec ma lecture purement pulsionnelle. Plus tard, lorsqu'il fut devenu un ami, je n'ai jamais osé avouer à Pierre Guyotat comment je l'avais lu la première fois. J'avais partagé cette lecture avec, outre Daniel, un copain que je m'étais fait aux PUF, un garçon beaucoup plus mûr que le reste de la petite équipe des codificateurs. Des passages nous saisissaient, dont nous échangions la lecture au téléphone, pour, dans l'excitation, la jubilation, nous sortir de la sidération.

Fugitivement, je n'ai aperçu que le profil de Guyotat, le nez aquilin qui contredisait, je m'en rendrai compte plus tard, ses joues pleines et lisses, et ses yeux myopes, clairs et étonnés, un peu perdus, de petit enfant. Ce profil, ce crâne qui gardait à ce moment-là une couronne de cheveux, se distinguait de tous les autres parmi les passants du boulevard et l'image alla se ficher directement dans ma mémoire profonde. Je n'ai pas cherché à mieux cerner dans l'instant la vision imprécise, ni à me la remémorer dans les jours qui suivirent. Je n'y pensais plus. Le temps avait passé depuis ce presque mirage qui m'était apparu d'un groupe de garçons complotant dans un café de banlieue. J'avais perdu cette attention intriguée et confuse qui m'avait conduite insensiblement à rejoindre le groupe. Maintenant, je vivais avec un marchand de tableaux, j'avais des amis artistes, et je gagnais ma vie en alignant des chiffres dans un service obscur d'une grande maison d'édition. Au moment où je croisais à Saint-Germain-des-Prés un jeune écrivain audacieux à la figure réservée, qu'on voyait dans le journal photographié sous tous les angles, un sens neuf et spontané des distances, que j'avais acquis depuis peu et inconsciemment, estimait la portion de trottoir qui m'en séparait infiniment plus grande que la longueur d'une banquette en moleskine.

Je ne suis pas même sûre que cette image remontât lorsque je fis la connaissance de Guyotat. Ce devait être quatre ans plus tard environ. Je connaissais Jacques Henric depuis peu, il me proposa de l'accompagner chez un ami qui donnait une soirée, j'avais le droit d'amener quelqu'un. Je demandai à la seule fille du temps de Bois-Colombes que je continuais de fréquenter, Christine, de venir. Je lui annonçai qu'on rencontrerait des écrivains, ce qui était une promesse d'exotisme pour deux jeunes femmes toutes disposées pour la fascination.

Or, notre soirée, nous l'avons passée assises sur des chaises raides, le dos au mur, à une distance des autres invités comprise entre un et quatre ou cinq mètres selon le mur contre lequel eux-mêmes se tenaient dans la même posture. Parmi eux se trouvaient Philippe Sollers, Julia Kristeva, Roland Barthes, Alain Ollivier et un très proche ami de Jacques, Stanislas Ivankow, qui quelques années plus tard publierait un livre intitulé *Fascismass*. Les quatre murs étaient occupés, Pierre Guyotat et sa compagne, Thérèse Réveillé, étaient côte à côte devant la fenêtre d'où l'on apercevait des arbres. L'appartement était au rez-de-chaussée d'un immeuble, dans un ensemble de HLM à Vitry-sur-Seine. Guyotat donnait cette soirée d'au-revoir avant d'entreprendre en compagnie d'Ivankov un voyage en camping-car qui devait les mener à travers l'Algérie, jusqu'au Niger. Mon souvenir est que la conversation portait beaucoup sur l'organisation du voyage, mais peut-être est-ce parce que je n'étais pas capable de suivre les autres sujets. Régulièrement, l'un des invités lançait une plaisanterie à travers le vide laissé au milieu de la pièce et tous riaient, sans suite. Quelqu'un posa la question de savoir ce que devenait le corps si l'on mourait en plein désert, une réponse fusa, il resterait « tel quel », ce qui fit s'esclaffer toute l'assistance. Je me préoccupais de Christine, qui avait sans doute pensé s'amuser et qui pouvait encore moins que moi suivre la conversation, mais non, Christine était une fille d'humeur facile, il lui suffisait que la soirée fût différente de tout ce qu'elle pouvait connaître pour qu'elle la trouvât intéressante, et elle admira Guyotat, sa belle tête tranquille et sa façon posée de parler, on voyait que c'était un écrivain.

Pour moi, dans ce moment-là, il était moins l'écrivain que l'ami de Jacques. Maintenant, dire comment j'avais fait la connaissance de Jacques demande de faire un détour. Il avait d'abord fallu que je devienne critique d'art et, qui plus est, spécialiste en France de l'art conceptuel. Ça, on le verra, n'avait pas été trop compliqué.

Une saison en 68

Daniel avait laissé tomber l'Éducation nationale et, quelques heures par semaine, travaillait comme correcteur aux *Lettres françaises* où régulièrement, au marbre, il croisait Georges Boudaille. Il lui arriva d'écrire deux ou trois articles que Boudaille publia volontiers. Ce dernier était ouvert à des propositions de collaboration, aussi Daniel lui suggéra-t-il de s'adresser à moi : j'écrivais plutôt bien et je pourrais parler d'artistes différents, plus jeunes que ceux défendus par les collaborateurs attitrés du journal.

Il y avait maintenant deux ans que je m'étais émancipée et, d'une certaine façon, je n'aurais plus été tout à fait en mesure de dire pourquoi. Je vivais parmi les artistes, mais je n'étais pas artiste. J'aurais pu travailler auprès de Daniel à la galerie, compagne d'un apprenti marchand, devenir moi-même apprentie marchande, mais cela ne m'est pas venu à l'esprit, pas plus qu'à Daniel ! Tout en en sachant encore moins de la vie littéraire que du monde de l'art, j'avais fini par comprendre que l'on n'existait pas comme poète ou écrivain à travers quelques pages inspirées. D'ailleurs, désormais, je n'en écrivais plus. Aussi, la façon de parvenir à écrire de belles pages ne me préoccupait plus. Je ne me fixais pas de but, je n'élaborais pas de plan qui m'aurait permis de concrétiser cette aspiration qui avait été la mienne tout au long de l'adolescence. En laissant derrière moi la chambre de couleur aquatique, j'y avais abandonné les rêveries que j'y avais nourries ; la réalité de Saint-Germain-des-Prés ne ressemblait pas à ces rêveries, je n'insistai pas. Jamais je ne me suis posé la question de savoir comment, par exemple, on adressait un manuscrit à un éditeur. Je n'avais pas en moi « des choses à dire » dont j'aurais éprouvé la nécessité absolue de me délivrer, quant à la « gloire » qui avait été indissociable du projet d'écrire et de publier, elle était reportée dans un futur ayant aussi peu de consistance que celui que j'entrevoyais lorsque j'avais quinze ans. Je me demande même si j'y pensais encore. Toujours est-il que je n'avais jamais imaginé faire de la critique d'art ; j'avais même ignoré que ce fût un métier. Le monde était devenu opaque et cette opacité me pénétrait comme l'air humide dont on respire l'odeur froide et qui engourdit. Oui, c'était cela, une somnolence s'était substituée aux rêveries. Voilà pourquoi c'est Daniel qui eut l'initiative de proposer ma collaboration à Georges Boudaille. Au moins allais-je jouer un rôle au sein de mon nouveau cercle d'amis, je ne serais plus la benjamine qui regarde ses aînés s'occuper à des choses qui lui restent étrangères ; en forçant sur l'enthousiasme, c'est-à-dire sans préciser que ça ne me ferait pas gagner ma vie, j'annonçais à ma mère que j'allais écrire pour un journal. Il ne m'échappa pas qu'elle prit l'air content pour me faire plaisir.

Parmi les signatures dans les pages « Arts » des *Lettres françaises,* il y avait celle de George Besson, dont le renom reposait en partie sur l'amitié qui l'avait lié à Bonnard, celle de Jean Bouret, qui avait fait beaucoup pour la réhabilitation de la peinture figurative au sein de l'École de Paris en défendant Buffet, Lorjou, Rebeyrolle, Dufour ou encore celle d'Henri Adam, qui, dans un style merveilleusement désuet, tenait la rubrique « Peinture fraîche ».

À l'instar de leur rédacteur en chef, Pierre Daix, très jeune résistant, déporté à Mauthausen, ces hommes avaient eu des vies exemplaires, engagées, et, pour les moins âgés, des comportements héroïques pendant la guerre, mais Daniel et moi n'avions pas la curiosité de les connaître, personne ne chercha à éveiller cette curiosité et, ne les jugeant qu'à partir de leurs écrits, nous les prenions pour de vieux schnocks. Parmi les autres critiques, Denys Chevalier avait la dégaine sympathique d'un Jacques Tati et il n'écrivait que sur la sculpture, ce qui me paraissait ridicule ; Raoul-Jean Moulin garda toujours à l'égard de la jeune écervelée que je devais lui apparaître une distance légèrement hautaine que son physique, rond de toutes parts, ne laissait pas présager, et Marc Albert-Levin – devenu notre très sûr compagnon pour des soirées d'aventures sexuelles – était l'électron libre. Chef de rubrique, Boudaille dut trouver que ça tombait bien qu'une débutante se charge de ce qui n'intéressait ni lui ni les autres contributeurs, voire qu'ils détestaient.

Georges Boudaille était bonhomme, irascible et caoutchouteux. Il avait une petite quarantaine, mais ses traits étaient déjà tellement creusés que je le croyais beaucoup plus âgé. Il avait un grand front plissé comme un rideau, des sillons nasaux profonds qui formaient deux grosses lèvres supplémentaires de chaque côté de sa bouche souvent pâteuse, et il avait la manie de passer sur tout le bas de son visage un index et un annulaire qu'il avait longs et épais et avec lesquels il malaxait toute cette matière souple.

Tout le monde savait qu'il valait mieux éviter de le contrarier avant le premier whisky de la journée, pris en apéro du déjeuner ; sa dernière et très honorable colère, il la piqua sur un lit d'hôpital, en arrachant tous les tubes qu'on lui avait fichés dans le corps. Malgré cela, et malgré ses goûts qui le portaient à la fois vers un expressionnisme dans le style de CoBrA ainsi que vers une abstraction devenue précautionneuse et triste, celle de Bazaine, de Vieira Da Silva, de Bissière, de Bitran, sa mémoire conserve l'estime affectueuse d'artistes et de critiques qui étaient à l'époque de dix à vingt ans ses cadets et parmi lesquels beaucoup devaient pourtant trouver ses choix ringards. À l'instar de Jean Nouvel ou de Daniel Buren, ils lui doivent un sérieux coup de pouce au démarrage de leur carrière. Moi, je lui dois mes débuts.

Un matin, vers la fin du mois d'avril 1968, j'arrivai rue Jean-de-Beauvais, exhibant joyeusement le numéro des *Lettres françaises* qui venait de paraître. J'y avais ma signature au bas de mon premier article, une trentaine de lignes consacrées à Sue Bitney, artiste californienne représentante du funk art, mouvement qui n'a guère eu d'écho international ni laissé beaucoup de traces. Elle exposait là où j'avais découvert Monory, chez Blumenthal-Mommaton, des sculptures en tissu rembourré vivement coloré, aux formes organiques, dans une esthétique hippie aux évidentes connotations sexuelles. L'article soulignait l'intention de l'artiste de « libérer son spectateur de toute inhibition », mais exprimait une réserve à propos du matériau, trop « âpre » pour que l'évocation érotique soit convaincante...

Le service codification des Presses universitaires de France était une réunion de jeunes gens plus ou moins farfelus, temporairement asservis par une informatique primitive à reporter à longueur de journée, sur les bordereaux envoyés par les représentants, des numéros à huit ou dix chiffres correspondant aux titres des livres commandés par les libraires, et qu'ils allaient puiser dans de gros listings. Forcément, assez vite, nous connaissions par cœur les numéros des meilleures ventes, principalement les titres de la collection *Que sais-je ?*, si bien que rechercher un numéro que nous ignorions était l'occasion d'une distraction bienvenue. S'appliquait là à la tâche une gracieuse petite blonde que nous n'avons jamais vue porter deux fois le même vêtement, c'est-à-dire qu'on pouvait réellement supposer qu'elle possédait au moins autant de jupes, robes ou pantalons différents qu'il y avait de jours ouvrables dans l'année, et, généreux, nous la comblions de compliments ; un fils de bonne famille, sosie du Grand Duduche, l'air du cancre que la famille exaspérée avait obligé à prendre un petit boulot, et dont les bras étaient si longs et si nonchalants qu'on n'était jamais sûr, lorsqu'il faisait mine de porter la main à sa bouche pour étouffer son rire, que celle-là atteindrait son but ; enfin ce garçon avec qui je partageais la lecture de Guyotat, toujours habillé en noir, le plus intellectuel, de ceux qui ont à vingt ans le physique déjà affecté du subtil embonpoint d'un homme de quarante-cinq, physique qu'ils garderont identique toute leur vie. Il n'exprimait pas d'ambition particulière, il était paisiblement toujours disponible. Moi, dans cet environnement, je récupérais certaines des prétentions que j'avais affichées en cour de récréation au lycée, j'étais celle qui leur faisait entrevoir la vie d'artiste.

Le groupe comprenait son antinomie en la personne d'une brune aux cheveux courts, discrète, distinguée, ayant déjà l'air raisonnable de la jeune maman qu'elle serait certainement bientôt. Un jour que nous étions tous sortis sur le trottoir parce que, au-dessus de nos têtes, les échauffourées entre étudiants et policiers avaient commencé – la rue Jean-de-Beauvais se termine par un escalier qui débouche sur la rue des Écoles –, elle exprima une peur ingénue. Son fiancé était photographe, il suivait toutes les manifestations et elle tremblait à l'idée qu'il puisse prendre un mauvais coup, « alors, fit-elle valoir, qu'on faisait aujourd'hui de si jolies boîtes de biscuits ». L'énigme nous détourna de l'envie d'aller voir de plus près ce qui se passait. Elle expliqua que les biscuits industriels étaient souvent vendus dans des boîtes en carton ornées de photographies qui présentaient ces biscuits de façon attrayante, et que le fiancé n'aurait aucun mal à trouver un emploi qui lui permettrait de réaliser ce genre d'images plutôt que de risquer sa vie au cours de reportages. Déconcertés, nous avons entrepris de la rassurer : ce travail serait beaucoup moins intéressant et il n'y avait pas danger de mort à suivre les manifs... Aucun d'entre nous n'eut toutefois le courage de trop insister.

Le numéro des *Lettres françaises* passa de main en main, chacun lut l'article, ou le regarda. J'eus affaire à un premier lectorat admiratif. Notre chef de service était un homme d'une trentaine d'années, petit, enveloppé, le teint blanc, les cheveux jaune pâle, taciturne sans hostilité, et marié à une femme dont la beauté nous stupéfia lorsqu'elle lui rendit une brève visite un jour, au bureau. Rien que pour cela, il força notre respect. Il était assis face à nous, à l'écart, dans la position d'un maître d'école, faisant rouler un stylo désœuvré entre ses doigts, sauf quand nous lui apportions nos bordereaux complétés pour qu'il y jette un coup d'œil de contrôle. C'est lui qui repéra la coquille et qui me la signala sobrement : il était écrit « des fermes familières », au lieu sans doute de « formes familières ». Je tentai de prendre la remarque avec détachement, comme si j'étais déjà forte d'une expérience qui m'aurait appris à quel point les journaux respectent peu le travail de leurs collaborateurs, mais je fus contrariée.

La semaine suivante, je publiai encore deux minuscules comptes rendus, puis plus rien jusqu'en juin. Le 15 mai, *Les Lettres françaises* consacraient l'essentiel de leurs pages à un dossier constitué de témoignages de ceux qui avaient « pris » la Sorbonne (le 3 mai), de ceux qui avaient été matraqués (nuit du 6 au 7 mai). Elles reproduisaient la protestation adressée par Jean Hélion à l'auteur des *Antimémoires*, ministre de la Culture, que le peintre tenait, disait-il, « en grande estime et dont [il] admir[ait] l'œuvre » : deux de ses fils avaient essuyé la violence des policiers, lui-même avait été embarqué dans un fourgon. Il décrivait avec l'exactitude de l'observateur professionnel la méthode par laquelle les policiers assommaient à moitié les manifestants – tête baissée, ils les prenaient par les épaules et les attiraient violemment contre leur casque –, avant de les traîner par terre jusqu'au car. L'éditorial du numéro était clair : « *Les Lettres françaises* sont résolument du parti de la jeunesse, s'il en est un, et dans le cas présent se considèrent sans aucune restriction de fait ou d'esprit avec les étudiants. Leur cause est la nôtre. Les divergences de méthode ou d'idéologie, dont nous ne connaissons pas l'existence, ne sont plus aujourd'hui ce qui vaut qu'on s'y arrête... »

Un peu plus d'un mois auparavant, Pierre Daix s'était rendu à Prague pour, ainsi que l'annonçait le titre de son reportage, « comprendre les écrivains tchécoslovaques ». Là-bas, le printemps avait été plus précoce...

Pendant quinze jours, le journal fut empêché de paraître en raison des grèves, il reparut le 7 juin avec, au-dessus de l'éditorial, une grande photographie qui montrait le rang des intellectuels dans la manifestation organisée par la CGT le 29 mai. On y reconnaissait, côte à côte, Jean-Pierre Faye, Elsa Triolet, Louis Aragon, Julia Kristeva, Philippe Sollers, Marcelin Pleynet, Jean-Louis Schefer, Guillevic, Hubert Damisch, Alain Jouffroy, Jean-Luc Godard.

Tandis que *Les Lettres françaises*, à l'instar des partis communistes français et italien, prenaient, face aux événements en Tchécoslovaquie, une position en porte-à-faux par rapport à Moscou, un certain nombre d'intellectuels français se rapprochaient du PC et se retrouvaient, de ce fait, en porte-à-faux par rapport au mouvement étudiant où se mêlaient et s'opposaient Anarchistes, Maoïstes, Mao-Spontex, Situationnistes…

Le 11 septembre, l'édito des *Lettres françaises* apparaît en une, surmonté d'une ligne en gros caractères : « Réponses à la *Literatournaïa Gazeta* ». Le titre proprement dit de l'édito est : « J'appelle un chat un chat. » Aragon répond aux attaques dont il est l'objet de la part du journal soviétique. Ce que la « Lit-Gaz » qualifie d'« aide accordée au peuple tchécoslovaque », lui l'appelle « invasion brutale de la Tchécoslovaquie ».

Avec les gens de notre âge, Daniel et moi n'étions pas non plus tout à fait en phase. Le coup de matraque que je pris sur le bras sans l'avoir vu venir, dans la débandade devant une charge de CRS, boulevard Saint-Michel à hauteur du lycée Saint-Louis, me suffoqua autant de surprise que de douleur. Je me réfugiai dans une salle de la Sorbonne, m'assis par terre au milieu d'une foule affalée, j'étais égarée en pays inconnu, la gorge et les yeux en feu. Un garçon près de moi entreprit de m'apprendre avec sérieux la façon de se protéger des gaz lacrymogènes à l'aide d'un mouchoir imbibé de vinaigre, je l'écoutai avec le même sérieux, tout en ayant la pleine conscience qu'il s'adressait à quelqu'un que je n'étais pas, que je n'appliquerai jamais sa recette, même si je devais retourner dans des manifs, tout simplement parce que tout ça ne me concernait pas vraiment. Je ne sais pas comment Daniel me retrouva là, il était mon lien au réel.

Dans la nuit du 10 au 11 mai rue Gay-Lussac, je fus plus étourdie par la violence que cette violence ne m'effraya, et de tous les cris entendus, il ne m'est resté qu'une moquerie lancée par un garçon à l'adresse d'un CRS : « Comment des femmes peuvent-elles coucher avec des types comme ça ? » Pour moi, c'était une question légitime et tout à coup j'avais vu l'homme casqué, debout et dépouillé comme un idiot de son pantalon. Agglutinés à un groupe, nous avons été hébergés par un habitant qui nous garda jusqu'au petit matin. Un homme en pull-over et bien peigné, qui exprimait son indignation devant le comportement des CRS avec la voix des gens raisonnables qui approuvent ou qui condamnent du même ton égal, et je m'étais dit que ce devait être un professeur.

À l'instar d'une grande partie de la population, nous écoutions les reportages d'Europe n° 1, et justement parce que nous avions été des spectateurs à la façon des spectateurs « embarqués » du Living Theatre, nous ne pouvions pas ne pas nous amuser des voix, profondes comme si déjà elles transportaient l'histoire, si radiophoniquement et si exagérément dramatiques de Jacques Paoli et surtout de

Julien Besançon. Daniel devait rassurer sa famille qui nous croyait au milieu d'une ville à feu et à sang.

Nous nous mêlions spontanément aux manifestants sans nous préoccuper de notre légitimité parmi eux. Nous avions le même âge, nous vivions sans le sou dans une chambre de bonne, c'est-à-dire dans une « chambre d'étudiant », déjeunions au resto U où je me glissais derrière Daniel tant que celui-ci fit durer sa carte d'étudiant, nous étions inquiets et optimistes, certains que le monde allait changer ; la morale à laquelle obéissaient la plupart des gens nous agaçait pareillement et nous la dédaignions quand elle ne nous faisait pas rire. Toutefois nous n'étions pas étudiants et pas plus « travailleurs » au sens où l'entendait Georges Marchais, et ni notre activité ni notre entourage ne nous incitaient à l'engagement politique. Daniel partageait avec mon frère Philippe une admiration pour de Gaulle, mais pas au point de participer comme lui à la manifestation du 30 mai sur les Champs-Élysées. Je savais que dans sa jeunesse mon père avait été Camelot du roi, mais en famille il faisait rarement allusion à la politique ; nos relations depuis ma fuite de la rue Philippe-de-Metz s'étaient pacifiées et je n'éprouvais plus le besoin de le juger, je me contentais de regarder son engagement d'hier – il avait dû nuancer ses opinions depuis – comme un fait pittoresque. Parmi les artistes exposés par Daniel au cours des premières années, je n'en vois que deux qui avaient participé aux ateliers populaires où furent produites les affiches emblématiques du mouvement :

Bernard Rancillac, qui, à celui de l'École des Beaux-Arts de Paris, réalisa d'après une photographie de Gilles Caron l'une des affiches les plus justement célèbres, le gros plan de Daniel Cohn-Bendit rigolant à la face d'un CRS, et Louis Cane, qui anima celui de l'École des arts décoratifs.

Pendant les mois de mai et de juin de cette année 1968, ce qui était accroché sur les murs de la galerie ne ressemblait vraiment pas à des images militantes. Daniel commençait à se détourner d'une abstraction gestuelle, ou lyrique, ou matiériste, pour s'intéresser à l'abstraction « froide » – c'était le mot employé pour distinguer cette peinture de l'op'art, qui exploitait plus délibérément les effets d'illusion et de vibration optiques, et avant qu'on n'adopte « minimalisme » à partir du vocabulaire critique américain – de Luc Peire et de Manfred Mohr. Luc Peire était belge et avait la cinquantaine, Manfred Mohr était allemand et n'avait que trente ans. Les deux pratiquaient une géométrie sérielle, le premier, uniquement selon un rythme de verticales noires et blanches dans de délicats champs de couleur bleu, bleu-vert, vert pâle, le second en organisant de grands signes noirs sur fond blanc, blancs sur fond noir. Peu après cette exposition, Mohr devint l'un des pionniers dans l'utilisation de ce qui s'appelait encore un « calculateur électronique ». Beaucoup d'artistes participèrent au mouvement de Mai 68, plus encore n'en furent que des sympathisants, qui poursuivirent le travail dans l'atelier sans forcément le remettre en cause, c'est-à-dire sans forcément remettre en cause leur rôle dans la société, avec peut-être, au contraire, l'envie de mener ce travail plus loin, avec plus d'intransigeance, mais selon sa logique propre.

En mai et juin 1968, Daniel était surtout préoccupé par le défi de devoir, à partir de la rentrée, payer chaque mois les deux mille francs de loyer pour la totalité du magasin, quant à moi, qui gagnais tout juste mes quatre cents francs aux PUF, j'étais occupée à me colleter avec les mots pour les accrocher les uns aux autres, du mieux possible, et ça, pour des piges de presque rien qui finirent par n'être plus rien quand les Soviétiques, par représailles, supprimèrent tous leurs abonnements aux *Lettres françaises*. J'éprouvais parfois un sentiment d'impuissance que je n'avais évidemment pas ressenti lorsque j'écrivais mes poèmes. Mes phrases, certaines du moins, étaient déjà longues, trop longues. Quant à mon vocabulaire et à mes tournures de phrase, ils étaient exagérément recherchés. Je courais après l'expression juste, je m'appliquais à décrire des objets dont je n'avais pas la moindre idée de l'existence deux mois auparavant. Je n'en étais pas moins convaincue qu'il était nécessaire de conforter leur existence, y compris auprès de personnes qui en savaient beaucoup plus que moi. L'exercice improvisé du métier de critique d'art m'a installée d'emblée dans une distance : celle de mon ignorance, que je ne réussirai pas de toute ma vie à combler, qui a exacerbé ma perception visuelle et m'a encouragée à soigner la forme. Je ne savais rien du passé, mais ce que j'avais présentement sous les yeux, d'abord je le regardais de toutes les forces de mon nerf optique, ensuite je me disais que je saurais toujours en tirer quelque chose en écrivant, sachant que je souffrirais à mettre toutes mes impressions en ordre, mais avec une confiance absolue dans la faculté de m'en tirer. De fait, j'exploitais « le style » autant que je pouvais dans les colonnes de « Peinture fraîche » où j'avais rejoint Henri Adam.

Le dimanche, nous retournions à Bois-Colombes, où nous étions nourris par ma mère ou par celle de Daniel surtout, vive et rude Alsacienne dont la principale marque d'affection à l'égard des siens consistait en la préparation du repas dominical qui ne pouvait pas ne pas compter les vol-au-vent, le rôti, la tarte ou le kouglof. Les après-midi, je les passais à rédiger mes articles sur la table de la salle à manger une fois celle-ci débarrassée. Daniel m'aidait à corriger et le soir après le dîner, nous rentrions en passant d'abord chez Marc, dans le 17e arrondissement, où nous baisions gaiement, puis par la rue du Faubourg-Poissonnière où se trouvaient, à l'angle avec le boulevard, les locaux des *Lettres françaises*, à côté de ceux de *L'Humanité* et de leur imprimerie commune, et j'y déposais mes articles dans une boîte à lettres. Pour bien faire, j'aurais dû les remettre le jeudi ou le vendredi, mais on savait que je travaillais toute la semaine, alors on m'accordait ce délai supplémentaire du week-end. Enfin, rue Bonaparte, tout le temps que nous passions sous le grand porche, puis que nous traversions la cour jusqu'à l'escalier de service, j'étais si fatiguée que je marchais les yeux fermés, le bref parcours était si familier que mon corps se dirigeait d'instinct et je le laissais aller, aussi plein d'obscurité que cette cour d'immeuble silencieuse plongée dans la nuit.

Dès que la parution régulière du journal eut repris, je m'employais à occuper les colonnes. Je pouvais rendre compte de quatre ou cinq expositions par semaine, et je n'écrivais pas que sur ce qui me plaisait, Boudaille m'envoyait partout : Kuwahara galerie Marcel Guiot, Arnaiz à la galerie 9, Louis de Wet, puis Gilles Rimbault galerie 3+3, Joaquin Ferrer au Point Cardinal, Lajos Vajda chez Paul Facchetti, Georges Noël, également chez Facchetti, Roger-Edgar Gillet galerie Ariel, Colette Ribaud à la galerie Arlette Chabaud, Geneviève Claisse galerie Denise René, Ahti Lavonen galerie Riquelme, Norman Bluhm galerie Stadler, un groupe galerie Lucien Durand, un autre groupe galerie Zunini ; on chroniquait un simple accrochage, ce qui ne se fait plus aujourd'hui, dans aucun journal… Aux lecteurs peu familiers de l'art moderne, je précise que même pour un professionnel cette liste de noms d'artistes et de galeries est incohérente et mitée ; plusieurs ne lui disent pas grand-chose, voire rien du tout. Le journal étant hebdomadaire, la circulation entre la réception des œuvres nouvellement accrochées aux cimaises et les opinions critiques qu'elles suscitaient était rapide, les jugements exprimés par les critiques autant que l'écho de leurs articles auprès des artistes et de leurs marchands étaient immédiats. Ça ricochait; les uns comme les autres s'exposaient. Il arriva que Jean Bouret glissât dans sa chronique un commentaire moqueur d'une de mes critiques parue la semaine précédente. Ça me réjouissait.

Rapidement, j'ai cru bon d'adopter un style journalistique en glissant ici et là une remarque sur la configuration des lieux, une anecdote sur la gentillesse ou la distraction de la secrétaire de la galerie. Je me documentais aussi. Nous avions dans la soupente du studio qui servait de placard toute une collection de la revue *Cimaise* qu'avait fondée le marchand Jean-Robert Arnaud, défenseur respecté de l'abstraction lyrique, et qui publiait principalement des monographies illustrées sur les artistes contemporains ; je la consultais consciencieusement. Ma culture artistique, je l'ai beaucoup acquise au hasard de ce qui commençait à être disponible dans des collections de poche – idées/arts de Gallimard proposait des titres essentiels de Malraux, Claudel, Valéry – ou des collections populaires, telles les jolies mini-monographies *abc* de Fernand Hazan, et, studieuse, je copiais quantité de citations dans des cahiers dûment tenus. Cela ne m'empêchait pas de dire « je » facilement, parce que je n'avais ni modèle ni méthode. Je suis frappée, après plus de cinquante ans d'exercice du métier, par l'écart entre l'assurance affichée dans ces tout premiers exercices critiques, la désinvolture des dialogues avec les artistes ou leurs marchands que j'y rapporte, et mon inaptitude foncière à la vie sociale dès que sortie du cercle familial ou amical, qui parfois amusait Daniel, le plus souvent l'agaçait. Il me trouvait tellement empruntée qu'il s'étonnait, ironisait-il, de me voir prendre le métro toute seule.

Une forme de grégarisme social régissait mon comportement, plus avec les directeurs de galerie qu'avec les artistes. J'étais à l'aise avec Nicole et Lucien Durand qui accueillaient tous les visiteurs avec la prévenance que des commerçants de quartier réservent aux clients qu'ils servent tous les jours. Ils avaient un sourire aux lèvres aussi large et lumineux que leur local de la rue Mazarine était étroit et sombre. Dès que vous marquiez le moindre intérêt, ils vous entraînaient jusque dans le jardin minuscule qui se trouvait au fond, pour vous faire apprécier une œuvre à la lumière du jour. Plus amateurs que marchands, ils avaient déjà la réputation de ne pas garder les artistes qu'ils découvraient et ils se fichaient d'être ou pas dans le coup. J'ai gardé en tête la vision des délicates études de François Rouan d'après Lorenzetti qu'ils exposèrent quand tout le monde se focalisait sur l'art pauvre ou conceptuel, moi comme les autres.

Quand une familiarité imprègne d'emblée les relations avec les personnes, la mémoire ne garde rien de la première fois où on les a rencontrées, parce qu'il a pu sembler à cet instant qu'on les connaissait depuis toujours. Avec d'autres, le souvenir d'un détail précis, d'un incident est en revanche le vestige de la barrière symbolique qu'il a fallu passer. Bénédicte Pesle dirigeait la galerie Iolas de Paris ; il est probable que je n'ai pas connu tout de suite ses liens de parenté avec l'admirable famille de mécènes qu'étaient les Ménil. Sa démarche et son chignon de cheftaine scout contrastaient avec le dandysme de cet ancien danseur qu'était Alexandre Iolas. Lors de ma première visite « professionnelle », elle me fit asseoir dans un bureau exigu, m'installa à un coin de table et me demanda de remplir une fiche où je dus inscrire mon identité, mes coordonnées, le nom du journal pour lequel je travaillais, en précisant les tâches que l'on me confiait. Je m'exécutai en écrivant le plus lentement possible dans la panique de laisser passer une faute d'orthographe, et bien plus tard, quand je m'adressais à elle parce que *art press* préparait un sujet sur Bob Wilson, ou Richard Foreman, ou Philip Glass, ou Lucinda Childs, ou toute autre grande figure de la scène new-yorkaise des années 1970, et qu'elle était devenue cet extraordinaire capitaine qui avait quasiment mis en place un pont aérien entre tous ces artistes et l'Europe où ils furent peut-être plus applaudis que dans leur pays, j'avais un mal fou à m'extraire de ce souvenir d'écolière.

Hors temps

Je survole mes premiers articles. Mon esprit associe immédiatement certains noms, pas tous, à des images d'œuvres, sans entraîner pour autant des images des expositions que les articles chroniquaient. Je les ai oubliées ! D'après la description que j'en donne, je comprends que j'ai vu chez Jean Fournier un ensemble des toiles appelées les *Meuns* que Simon Hantaï venait d'exécuter, mais je ne revois pas ces toiles comme je revois en partie l'exposition de Raynaud et Pommereulle. Or, j'ai écrit plus tard sur Hantaï, j'ai été liée d'amitié avec lui, la série des *Meuns* est une très belle série. Non, la seule exposition de cette saison dont j'ai gardé le souvenir, non pas au travers d'images – sinon de ces évanescences que chasse le premier mot qu'on en dit –, mais au travers d'une sensation que j'éprouvai en la découvrant, fut l'exposition de Willem de Kooning à la galerie Knœdler, en juin 1968, rue du Faubourg-Saint-Honoré. De même que chez Mathias Fels, on pénétrait dans un cadre feutré par deux ou trois marches et une porte étroite. Là, je me suis retrouvée au milieu des *Women*, des dessins, beaucoup, des tableaux, dont *The Visit*, un grand tableau largement occupé par un entrejambe rose très pâle, aujourd'hui à la Tate. Il s'agissait de la première exposition en France du peintre américain. J'ai regardé, ébahie et amusée. Lorsqu'il m'était arrivé auparavant de voir des corps et des visages déformés par la peinture, ceux de Roger-Edgar Gillet chez Ariel par exemple, ceux-ci témoignaient généralement d'une vision sombre de l'humanité, tandis que là, tout était solaire et drôle. Sans savoir exactement ce que je regardais, j'ai fait le tour de ce gynécée débridé dans un état de ravissement. « La femme se mue en source de lumière », dira mon compte rendu.

Des années plus tard, j'ai écrit sur Jackson Pollock, sur Barnett Newman, sur Ad Reinhardt, mais, pur effet des circonstances, jamais rien de plus sur De Kooning que les cinquante lignes au style lourdaud de juillet 1968. Cette visite fut ensuite reléguée dans la région incertaine du cerveau où des fragments de vie vont et viennent entre l'oubli et un ressouvenir qui peut rester discret, sans suite. Or, pour que le souvenir de la visite demeure accessible, il avait bien fallu qu'assez vite j'apprenne qui était l'artiste, ce que signifiaient ces œuvres pour lui, pour l'histoire de la peinture, etc. Mais pour que le souvenir de l'émotion garde sa fraîcheur, peut-être fallait-il que je n'aie jamais eu à y revenir sérieusement, peut-être qu'un travail soutenu et réfléchi sur l'œuvre de Willem de Kooning l'aurait érodé.

Le souvenir heureux revient brièvement quand je suis à nouveau devant des *Women* de cette période ou que quelqu'un y fait allusion devant moi. Je retrouve alors cette émotion où l'ignorance se convertit en une confiance candide dans la découverte. Des femmes araignées jaunes et roses avaient entrepris de faire mon éducation et je m'en remettais à elles. J'ai toujours continué de préférer celles-là, celles des années 1966-1967, qui n'ont plus le sourire carnassier et les habits pointus qu'elles arboraient dans les années 1950, qui sont pleines de la tendresse d'un gros pinceau souple. Je me dis avec une vantardise enfantine et qui n'est destinée qu'à moi-même que c'était formidable de les rencontrer si jeune et que j'étais parmi les premiers en France, en Europe peut-être, à les admirer ! Car il faut être franc : ceux qui aiment les œuvres d'art ne jouissent pas seulement de la contemplation d'un bel objet, ils jouissent d'être avec lui. Ils pourraient fermer les yeux du moment qu'ils sont en sa présence. Il faut entendre leur conversation : « Moi, je l'ai vu en telle année, au Musée Machin ! » « Non, il était exposé plus tôt, en tel endroit, j'y étais ! » S'ils en ont les moyens, les plus mordus deviennent collectionneurs pour garder l'objet près d'eux – sans forcément le regarder –, mais rien ne vaut d'avoir été le premier à le rencontrer, au moins d'avoir été de son premier cercle d'intimes.

La force du souvenir de la coprésence compense les lacunes dans la trace de l'image. La mémoire du corps pallie la mémoire visuelle. D'accord, il y a des trous dans l'image, mais l'œuvre était bien là entière, dans sa matérialité, et j'étais face à elle, en chair et en os. Cela est surtout vrai pour l'art moderne ; un croquis peut au moins expliquer comment le petit pan de mur jaune est encadré par les masses ocre aux toitures bleues d'une enceinte, de sa tourelle et de la bâtisse qui y est attachée, mais qui prétendrait retrouver de tête l'orientation des coups de pinceau sur une toile de De Kooning, ou dessiner pour un interlocuteur qui ne l'aurait jamais vu l'enchevêtrement d'un dripping de Pollock, ou trouver les mots qui rendraient compte des imperceptibles nuances chromatiques d'un Reinhardt, alors que le souvenir de la confrontation avec leur superbe intégrité physique demeure vivace ? Au mieux retient-on l'impression d'ensemble, l'environnement, le décor, la salle du musée – que l'on pourrait décrire précisément – où s'est produite la saisissante, indicible épiphanie de l'œuvre à laquelle on suspend quelques malheureux détails, comme des flotteurs qui les maintiennent à la surface de la mémoire. Devant des œuvres que j'ai rêvé de voir parfois pendant des années, pour lesquelles j'ai traversé des frontières ou un océan, je sais immanquablement que la question va se poser et soulever une angoisse : suis-je certaine que mes yeux s'en pénètrent complètement ? Suis-je bien le réceptacle totalement ouvert, neutre, lisse, à l'intérieur duquel elles vont déposer leur reflet intégral ? Évidemment j'échoue, avec un sentiment d'indignité dont je ne me sors qu'avec l'idée que j'aurais au moins partagé étroitement leur espace et que, dans mon absorbement, je me serais confondue dans leur indifférence au temps. La mémoire est labile, mais que j'aie été en présence de l'œuvre, un jour dit, est un fait, une réalité qui n'a pas besoin de ma mémoire pour avoir été et qui ne peut s'effacer.

J'étais donc là quand les premières *Women*, les seules avant longtemps, ont débarqué en France. De façon comparable, je peux prétendre qu'un week-end de la fin août 1991, je fis l'aller-retour à New York uniquement pour ne pas manquer la grande rétrospective d'Ad Reinhardt au MoMA. En septembre 2002 s'ouvrit à la Tate Modern de Londres une rétrospective de Barnett Newman. Dans la salle consacrée aux quatorze *Stations de la Croix* qu'il peignit entre 1958 et 1966, j'éprouvai une petite panique, tentée de tourner sur moi-même comme un derviche, un derviche hétérodoxe aux yeux écarquillés, pour vérifier dans la minute ma mémorisation de la progression rythmée des *zips*, graver ce Chemin de croix dans les circonvolutions de mon cerveau. Newman a mis son ambition spirituelle dans une peinture très physique, mais j'étais venue pour enregistrer une émission de radio si bien qu'il n'y eut malheureusement pas d'intimité possible.

À la liste de mes « j'y étais », je peux ajouter que j'ai visité la grotte de Lascaux en ayant pour guide un homme qui, enfant, en avait été l'un des inventeurs, et donc avec la sensation de partager avec lui la qualité de premier témoin ; et que ce fut dans le vis-à-vis avec le Christ ressuscité de Piero della Francesca à Borgo Sansepolcro, et une autre fois au milieu de la foule des figures qui s'enlacent et s'embrassent dans l'étroite chapelle de Giotto à Padoue, que je réagis de la façon la plus somatique qui fût, subrepticement prise d'un sanglot.

Arrière-saison

L'été 1968, la France, sonnée, se remettait des événements de mai qui avaient ébranlé le pays, et des élections de juin qui avaient conforté de Gaulle. Retenue par la nécessité qui était la mienne de convertir en longues lignes de chiffres les savantes parutions des Presses universitaires de France, je n'avais pas pu accompagner Daniel à l'inauguration de la Biennale de Venise où la contestation s'était transportée. Mais à la fin du mois de juillet, la 4L orange nous conduisit tous les deux jusqu'à Cassel.

Cassel est une grande ville moyenne, comme le sont toutes les grandes villes allemandes, moyenne et solennelle au centre presque exact de l'Allemagne. Elle est la ville natale d'Arnold Bode, peintre et designer, surtout connu pour y avoir, au lendemain de la guerre, fondé une manifestation internationale destinée à réhabiliter l'Allemagne parmi les grandes nations culturelles. D'abord quadriennale puis quinquennale, la Documenta est l'une des deux plus importantes manifestations internationales – en principe non commerciale – consacrées aux arts plastiques, l'autre étant la Biennale de Venise toujours renaissante, tandis que l'autre grande biennale, celle de São Paulo au Brésil, a perdu paradoxalement de l'influence au fur et à mesure que le monde de l'art se désoccidentalisait… En 1968, la quatrième édition de la Documenta fut la dernière que Bode organisa personnellement. Il y en eut par la suite de plus riches et de plus vastes, de plus ambitieuses et de plus confuses, mais celle-là fut la plus spectaculaire par les seuls moyens esthétiques, imposant aux regards européens les grandes images claires, imparables, du pop art en même temps que le refus strict de toute image par les puissants volumes géométriques du Minimal Art, c'est-à-dire les deux grandes tendances américaines, moins rivales qu'il n'y pouvait paraître. Aujourd'hui, la Documenta s'est donné une vocation plus politique, voire tiers-mondiste, mais en 1968, le vent de révolte qui traversait le monde occidental n'était plus qu'une brise lorsqu'il atteignit Cassel. Une poignée d'artistes européens se retira, encore était-ce pour protester contre la préférence donnée dans la présentation aux Américains, « mieux défendus par leurs managers », disait l'article des *Lettres françaises* dû à Pierre Descargues (aujourd'hui, on insisterait sur le soutien occulte que la CIA leur apporta pendant toute la période de la Guerre froide, ce qui, comme je le pense, ne compromet en rien la suprématie des œuvres). Indifférente à l'agitation « révolutionnaire », une force économique et politique investissait des avant-gardes qui, depuis plus d'un demi-siècle, prétendaient refaire le monde... Longtemps, ceux qui en Europe se considérèrent envahis par l'art américain accusèrent l'Allemagne d'en avoir été le cheval de Troie.

Cette partie de l'iceberg nous était évidemment cachée. Daniel et moi n'avons admiré que la partie émergée et elle était si gigantesque, elle nous obligeait tellement à lever la tête que c'était bien assez comme ça. Tout était démesuré, à commencer par les œuvres elles-mêmes, et jusqu'aux pelouses sinistres qui s'étendaient devant les musées, le Fridericianum et l'Orangerie, et sur lesquelles l'exposition débordait. Le ballon en forme de boudin – 58 mètres de haut, 5 450 mètres carrés d'hélium « empaquetés » par Christo – s'était d'abord ratatiné sur l'herbe avant de se redresser victorieusement au prix d'énormes d'efforts. Certains des grands tableaux de Newman, Wesselmann, Rosenquist, Indiana, Stella, Held étaient accrochés en hauteur et les uns contre les autres d'une façon qui de nos jours ferait hurler. Il fallait se faufiler entre les *L Shaped* de Robert Morris, les cubes de Sol LeWitt, les « boxes » de Donald Judd. On entrait dans les œuvres d'art – on en avait le droit. Côtoyer les filles du *Roxys*, le bordel d'Edward Kienholz, dont l'une avait un squelette de sanglier à la place de la tête, dont l'autre était sacrifiée sur l'autel d'une machine à coudre, suscitait un rare sentiment d'oppression dans ce désordre ludique. Mais mis à part ce décor de bouge avec son mobilier de brocante, tout apparaissait clinquant neuf, les couleurs étaient celles de l'acrylique plus que de la peinture à l'huile, les sculptures étaient en acier, pas en bronze, et il y avait même des œuvres qui, telles les grandes portes en Plexiglas sérigraphié de Robert Rauschenberg, disposaient d'un cœur électronique qui les faisait s'ouvrir au passage du visiteur. Comme l'avait déclaré un ami écrivain à Andy Warhol le jour où celui-ci lui avait présenté ses premières bouteilles de Coca-Cola, peintes à la façon d'affiches : « C'est ce que nous sommes ! » Les images plates, les messages directs, les consciences nettes, c'était ce que nous étions. Pour nous les Européens, c'était notre monde nettoyé des surfaces épaisses et appuyées et des couleurs sourdes de l'abstraction d'une École de Paris encore engluée dans les sentiments de l'Après-Guerre. De ce point de vue, Bode avait réussi son coup, Documenta effaçait le souvenir des « heures sombres ».

À notre retour, il y avait vacance dans les pages Arts des *Lettres françaises*. Je proposai à Boudaille une enquête qui présenterait les jeunes artistes que les galeries s'apprêtaient à exposer la saison suivante. Chaque semaine, pendant les mois d'août et de septembre, sous le titre « Jeune Peinture : millésime 69 », j'ai ainsi rempli deux et parfois trois pages grand format. Quand c'était possible, je visitais les ateliers, sinon je prenais rendez-vous avec les directeurs de galerie. Je ne suis pas certaine qu'il y ait eu tellement de précédent à ce genre de reportage dans *Les Lettres françaises*, les gens n'avaient pas l'habitude de voir arriver chez eux un journaliste avec sa liste de questions pour les faire parler non pas de ce qu'ils présentaient, mais de leurs projets. Ils me regardaient parfois avec méfiance, considérant que j'étais une nouveauté du monde moderne qui venait déranger un monde à part depuis toujours. Ils me prévenaient : les peintres n'étaient pas des vedettes de cinéma, ils n'avaient rien à raconter, leurs tableaux parlaient pour eux, etc. Ma bonne mine et sans doute paradoxalement ma réserve m'aidaient à forcer le barrage et, traîtreusement, pour agrémenter mes articles, j'évoquais les manières qu'ils me faisaient. Geneviève Claisse m'ouvre la porte avec un ballon de plage dans les bras (elle ne peint alors que des cercles aux couleurs vives), puis je dois l'aider à éponger l'inondation provoquée par la machine à laver (elle se tient loin, m'explique-t-elle, de l'art cinétique qui a recours à des moteurs) ; Alain Le Yaouanc s'attarde à me parler des effets du thé subtil qu'il me sert pour ne pas avoir à m'en dire plus sur sa « quête du Graal » ; Peter Klasen guette du coin de l'œil ma réaction devant la représentation d'un visage renversé de femme aux paupières closes et au sourire, disons, équivoque.

Mon semi-amateurisme explique la nature de mes souvenirs. Je trouvai Iris Clert dans sa minuscule galerie, raccordée à la rue par un de ces longs et étroits couloirs qui traversent certains immeubles de la rue du Faubourg-Saint-Honoré et qui mènent, à l'arrière des enseignes prestigieuses, aux commerces de seconde catégorie. Elle me parla de Roy Adzak, de Stevenson et d'Uriburu, se plaignit de l'ingratitude des artistes, plus pour s'ajuster à son personnage que par véritable ressentiment, et m'expliqua son concept de « décrochage » qui consistait en une présentation d'œuvres en vrac afin de laisser au collectionneur l'illusion de découvrir par lui-même des trésors. Elle était gentille, moins exubérante que sa chevelure noire ondulée, légèrement décoiffée à la manière des stars italiennes, pouvait le laisser craindre. Si j'avais eu plus de connaissances, j'aurais eu plus de curiosité et j'aurais profité du rendez-vous pour l'interroger sur son passé, je lui aurais fait raconter l'exposition du *Vide* d'Yves Klein dans sa galerie de la rue des Beaux-Arts, dix ans auparavant. Or, je ne l'ai pas fait, simplement parce que je savais à peine qui était Yves Klein, il n'avait pas du tout à mes yeux valeur de mythe ; j'ai préféré regarder comment elle s'y prenait pour recevoir un artiste venu déposer des toiles sur lesquelles il attendait un avis. Elle se montra aimable, lui accorda ce qu'il fallait d'attention et de mots d'encouragement. Lui parti, elle dut lire sur ma figure mon étonnement parce que, même sans expérience, je m'étais rendu compte que ce qu'il présentait n'était pas fameux. Elle m'apprit une chose : il ne servait à rien de décourager quelqu'un qui avait décidé d'être un artiste.

Daniel Gervis, dans sa grande galerie de la rue du Bac qui venait de servir de cadre au tournage de *La Prisonnière* de Clouzot (bizarrement remplie, pour l'occasion, d'œuvres cinétiques prêtées par la galerie Denise René), m'accorda un rendez-vous plus formel. Il consacrait une matinée par semaine, m'apprit-il, à recevoir de jeunes artistes désireux de montrer leur travail. Cela m'avait impressionnée, j'avais des idées bohèmes, je n'imaginais pas qu'on pût exercer son métier avec un tel sens de l'organisation. Chez lui, un artiste ne débarquait pas au hasard, avec son carton à dessins sous le bras. Il me conseilla de rencontrer un tout jeune peintre, Roland Michenet, qui avait eu sa première exposition personnelle l'année passée à la galerie Karl Flinker, à l'âge de vingt et un ans. Ajoutez que le prodige était soutenu par cette autorité absolue qu'était l'ancien marchand et ancien résistant Daniel Cordier. Michenet était très charmant, volubile, sûr de lui. Il m'invita à prendre un verre à la terrasse des Deux Magots, c'est par sa bouche que j'entendis parler pour la première fois de Malcolm Lowry. Il réalisait de grands tableaux, très graphiques, en noir et blanc : des corps et des objets flottaient dans l'espace comme des planètes qui semblaient filer à toute allure parce qu'ils étaient vus soit en surplomb, soit en contre-plongée et selon des perspectives accusées dont Michenet maîtrisait parfaitement la technique. Comme je cherchais à savoir, des années plus tard, ce qu'il était devenu, Gervis laissa entendre qu'il avait été victime de sa dépendance aux stupéfiants.

Alors que je ne sais plus à quoi ressemblaient les expositions d'artistes dont j'ai par la suite défendu le travail, je n'ai jamais oublié Roland Michenet qui avait été, à l'image des figures qui traversaient ses toiles, un météore. Je n'ai plus jamais vu une de ses œuvres, plus jamais entendu parler de lui, alors que, manifestement doué, *beau jeune homme fauché dans la fleur de l'âge*, il aurait pu conserver, comme d'autres qui n'ont pas eu le temps de produire tellement plus, une aura d'étoile pâle perceptible pour un cercle d'initiés, fiers de l'entretenir. Mais non, les grands tableaux spectaculaires se sont enfoncés dans une fêlure de l'histoire. Si je m'en souviens aujourd'hui, c'est parce que je commençais à essayer de mettre de l'ordre dans tout ce que mon cerveau avait enregistré au cours des mois précédents. Pour être honnête : j'essayais de faire tenir ensemble, avec des arguments, les œuvres qui me plaisaient plus que d'autres. Les objets neutralisés de Raynaud et les images froides de Klasen et de Michenet, le noir et blanc photographique, sur lequel tranchait un rouge vif, les compositions nettes mais énigmatiques, tout cela se distinguait des images plus criardes et plus gaies du pop art et marquait une coupure encore plus franche par rapport à l'art du passé, parce que ces œuvres étaient muettes. Le spectateur était prié de se débrouiller comme il le voulait ou le pouvait avec les éléments proposés, les panneaux routiers de Raynaud ne lui indiquaient aucune direction à suivre, Michenet parlait de « peinture signalétique », on ne savait de quoi, et le spectateur ne pouvait pas compter sur le geste du peintre pour qu'il le guide : Klasen peignait à l'aérographe.

Je pouvais ajouter à cette sélection les œuvres de François Arnal avec lesquelles Daniel inaugura le 1er octobre l'espace en rez-de-chaussée de la galerie. Arnal était un bel homme de 44 ans, élégant et courtois, compagnon de l'actrice Micheline Presle. Il avait derrière lui une carrière de peintre abstrait dont le style pouvait être assimilé à l'Informel défini par le critique Michel Tapié, mais son parcours avait bifurqué. Il avait réalisé ce qu'il appelait des *Bombardements*, c'est-à-dire des tableaux sur lesquels des objets banals avaient laissé leur trace en négatif après qu'il eut vaporisé de la peinture noire au-dessus. On pouvait les interpréter comme des inversions des ombres soufflées d'Hiroshima. Il présenta chez Daniel des sculptures aux formes simples, mi-organiques mi-géométriques, en vinyle lisse et froid, mais rembourrées de mousse comme des coussins. Elles n'avaient aucune fonction, même si elles ressemblaient à des objets de design et même si Arnal fonda l'année suivante l'Atelier A, entreprise éphémère qui édita des objets usuels conçus par des artistes : tables, sièges, luminaires, vaisselle, et beaucoup de cendriers.

Ces artistes qui m'intéressaient n'ignoraient pas le passé – significativement, Klasen était allemand et avait choisi de vivre en France, le père de Raynaud était mort dans un bombardement en 1943, et Arnal n'oubliait certainement pas qu'il était entré dans la Résistance à 19 ans –, mais ils avaient décidé de ne pas raconter leur « petite histoire », comme disait Raynaud, qui en tant que pupille de la nation avait échappé au service en Algérie mais pas aux images qui détaillaient les atrocités de la guerre. Ils ne croyaient certainement pas non plus aux lendemains meilleurs. On n'ignorait pas le passé et on commençait à comprendre que les événements de Mai n'étaient pas une révolution qui transformerait la manière de faire de la politique ni ne bouleverserait l'organisation de la société. Le Printemps de Prague, à l'automne, n'était plus que la scène dramatique où s'échouait la Révolution à laquelle avaient cru les artistes de l'avant-garde russe. Tout juste imaginait-on, à l'instar d'Arnal, améliorer le décor. Certes, Martial Raysse avait déjà parlé d'« hygiène de la vision », mais le lyrisme avec lequel Pierre Restany prônait l'appropriation du réel et invitait à embrasser cette nouvelle nature urbaine, faite d'affiches agressives et d'objets de série, la ferraille de César et la pacotille de Raysse, était décidément trop exalté. Je m'intéressais à tout ce qui avait l'air neuf et frais, à ce qui, surtout, marquait une distance.

Au cours de mon enquête, je rencontrai Joël Kermarrec, un peintre qui s'apprêtait justement, avec quelques amis, à organiser pour le printemps suivant, au musée d'Art Moderne de la Ville de Paris, une exposition intitulée *Distances*. Le but n'était pas de constituer une nouvelle école, seulement de réunir des artistes qui cherchaient non pas à convaincre grâce aux images, mais au contraire à en démonter les mécanismes, qui invitaient à douter de ces images.

Ses amis m'avaient prévenue : de tous, il était le plus savant et c'était lui qui parlait le mieux de la peinture. Il allait avoir sa première exposition personnelle à la galerie Lucien Durand, qui s'apprêtait à montrer également Alain Dufo et Jacques Poli, ses complices dans le projet de *Distances*. Je regardais les tableaux de Kermarrec comme des rébus où des objets énigmatiques, bien que dessinés avec netteté, transportaient des messages ambigus dans des espaces abstraits. Lui-même aimait bien s'exprimer par sous-entendus. Pour une raison mystérieuse, il avait commencé par me donner rendez-vous devant la statue de Diderot, sous les marronniers du boulevard Saint-Germain. Mais c'est dans son atelier, vers la fin de notre entretien, qu'il dériva, l'œil en coin, sur le berger et la bergère qui se regardent, dans le square situé entre l'église Saint-Germain-des-Prés et le boulevard (en fait, juste en face de l'endroit où nous nous étions retrouvés) : que se passait-il dans cet intervalle trop grand entre eux, dans ce vide qui était bien trop présent, dans ce suspens de leur attitude ? J'avais beau habiter le quartier, je n'avais jamais remarqué le groupe sculpté qui surmonte une fontaine en forme d'auge, du même gris que le mur où il est appuyé, et difficile à apercevoir depuis le trottoir, à cause des dessins et des gouaches que les peintres pour touristes accrochaient sur les grilles du square.

En sortant de chez Kermarrec, je ne me suis pas précipitée pour voir, mais par la suite, souvent, quand je longeais les grilles, je regardais à la dérobée. Je ne me suis jamais approchée, empêchée par la sensation floue que l'étroit jardin était infranchissable, aussi impénétrable que le bout de mur sur lequel se détachait la scène pastorale. Sculpture et jardin formaient un bloc tabou. Si je l'avais traversé, tous les yeux des flâneurs dans le jardin et des passants sur le boulevard se seraient arrêtés sur moi, j'aurais été repérée et dépouillée de mes secrets, ridicule comme celle qui en chutant montrerait son derrière. Il n'y avait pourtant à considérer que des statues sages aux figures maussades. Le garçon est nonchalamment appuyé sur un tronçon de colonne antique, ses moutons broutent, la fille se tient droite, les bras serrés dans le dos. Je me contentais d'apprécier de loin pour chaque fois me dire fugacement que ce serait écrire, écrire vraiment, que de décrire ce qu'il se passait dans ce pan de mur entre eux, large et vacant. Il arrivait que cette pensée me traverse, alors que j'étais loin de Saint-Germain-des-Prés.

L'année 1969

Enfant de chœur

Au début de l'année 1969, Jean-Pierre Raynaud exposa simultanément à la galerie Jean Larcade, à la galerie Alexandre Iolas et au Centre national d'art contemporain qui venait d'être inauguré. Grande nouveauté dans le paysage des institutions parisiennes, installé rue Berryer, à mi-chemin entre l'Étoile et le parc Monceau, dans le cadre XVIIIe d'un hôtel particulier du XIXe siècle, celui de l'hôtel Salomon de Rothschild, le Cnac fut le premier centre d'art en France entièrement dédié à l'art contemporain. Daniel Abadie fut appelé par le directeur, Blaise Gautier, pour faire immédiatement partie de l'équipe, or, ni ce directeur, un homme érudit qui avait travaillé auprès de Pierre Schaeffer au service de la recherche de l'ORTF, ni Daniel n'étaient en titre conservateurs du patrimoine. Leur nomination était la preuve qu'une poignée d'administrateurs, plus ouverts à l'art de leur temps que la plupart de leurs collègues, et opiniâtres, avaient réussi à soustraire l'art moderne à la Direction des Musées de France et à la très pesante et bureaucratique et hautaine administration des beaux-arts du ministère de la Culture. Le Cnac préfigura pour une part le Centre Pompidou jusqu'à l'ouverture de celui-ci en 1977. L'exposition de Raynaud dans ses murs était une rétrospective qui avait été présentée auparavant au Stedelijk Museum d'Amsterdam, au Moderna Museet de Stockholm, au Kunstverein de Stuttgart. Raynaud n'avait pas trente ans. Martial Raysse et lui furent les deux jeunes artistes français qui bénéficièrent d'une reconnaissance institutionnelle, internationale, extrêmement rapide. Cela ne s'était pas produit avant eux, et c'était dû au rôle que jouaient quelques musées en Europe dirigés par des hommes particulièrement attentifs aux avant-gardes, Eddy de Wilde à Amsterdam, Pontus Hulten à Stockholm ; Hulten sera choisi pour diriger en France le Musée national d'Art moderne lorsque celui-ci se transportera sur le Plateau Beaubourg, intégré au Centre Pompidou. À l'occasion de sa rétrospective, je réalisai une interview de Raynaud, ma première publiée en tant que telle.

L'atelier de Raynaud, un « vrai » atelier d'artiste sous verrière, se trouvait du côté du pont Cardinet, dans le fond d'une cour, rue Bridaine, en amont de la gare Saint-Lazare, c'est-à-dire tout près de la ligne de chemin de fer qui m'avait reliée pendant mes vingt premières années à Paris. L'artiste était né à Courbevoie, avait habité Colombes. Les petits cônes de cailloux blancs posés sur des planchettes, inscrits dans la toute première vision que j'avais eue de l'art d'avant-garde, d'une certaine façon, venaient de Colombes. Raynaud évoqua devant moi le gravier dont on recouvrait les allées des cimetières ou que les banlieusards répandaient dans le bout de jardin devant leur pavillon, pour ne pas avoir le souci de l'entretenir. Mon article présenta l'artiste comme « un Grand Meaulnes, long, clair, adolescent », qui avait « néanmoins passé son enfance à Colombes ». Je savais de quoi il parlait et j'étais confortée dans l'idée que Colombes était décidément plus triste que Bois-Colombes.

L'intérêt que je portais à l'œuvre était augmenté par sa résonance biographique en moi, mais il y avait plus. Jean-Pierre Raynaud était déjà un artiste célèbre et son histoire, son destin, dessinaient une ligne droite depuis la banlieue pavillonnaire laborieuse jusqu'aux musées les plus audacieux et admirés d'Europe. Or, cette ligne droite, courte dans le temps, mais qui portait loin dans l'espace, ne m'apparaissait pas exceptionnelle, ni exemplaire, non, elle était naturelle. L'artiste s'exprimait de façon concise, entière. Il allait de soi qu'un désir authentique, pur, vous menait là où vous deviez aller.

Simultanément, je me liais avec un autre artiste dont la personnalité ne pouvait pas être plus dissemblable. Michel Journiac avait quelques années de plus que Raynaud, mais il avait emprunté plus de détours – par l'Institut catholique de Paris et le séminaire – avant d'organiser lui-même sa première exposition en octobre 1968, au Cloître des Billettes, dans le Marais. Elle n'en était pas moins préfacée par Pierre Restany ainsi que par des personnalités aussi respectées que Jean Cassou, l'un des fondateurs du musée d'Art moderne de la Ville de Paris, et Patrick Waldberg, grande signature de la critique surréaliste. Le parrainage, hétéroclite, en imposait.

Lui-même était intimidant. Au cours de ma visite de l'exposition, l'artiste m'accompagna tout au long de son « parcours » déployé dans le cloître, me l'expliquant avec componction et sans me quitter des yeux. Il y a des artistes qui s'adressent au critique d'art ainsi, ils accrochent leur regard à lui, convertissant leur attente ou leur anxiété en une mise en demeure silencieuse adressée à leur interlocuteur. Je n'ai jamais connu un visage aussi lisse, régulier et impassible que celui de Journiac, comparable à ces masques blancs destinés à être peints. Il était coiffé à la façon d'un page du Moyen Âge, les cheveux formant une sorte de casque, et la raideur de son corps était accentuée par les vestes qu'il portait, dans le style mis à la mode par Pierre Cardin, strictes, à col Mao et fermeture Éclair. Pour dire les choses, je l'aimais bien sans le trouver sympathique. Les stations du « parcours » étaient faites de linges blancs agglomérés et durcis dans du plâtre, suspendus à des structures en bois posées sur le sol. Sur un mode plus expressif que Raynaud, Journiac cherchait aussi la forme la plus radicale pour contenir, désamorcer une angoisse. Malgré cela, malgré son allure austère, préparer ensemble les actions qu'il réalisa pendant l'année qui suivit, principalement dans la galerie de

Daniel, donna lieu à des soirées de conspirateurs plutôt enjouées. Parfois, nous passions le prendre dans la droguerie que ses parents tenaient à deux pas du minuscule appartement qu'il habitait dans l'Île Saint-Louis. Ils ressemblaient aux parents de Daniel en plus compréhensifs (ils prêtèrent d'ailleurs leur visage pour des œuvres ultérieures de leur fils), aux miens en plus paisibles et plus présents. Son compagnon, Joël, participait à ces soirées, ainsi que François Pluchart, critique d'art à *Combat*, qui allait devenir son principal soutien en même temps que le théoricien de l'art corporel. Serrés les uns contre les autres, nous avons ainsi réglé les détails de pas moins de quatre événements.

Il y eut d'abord en mars 1969 *La Lessive*, destinée à trier le linge sale de l'art moderne. Les artistes récupérables étaient symbolisés par des vêtements blancs suspendus à des fils tendus entre les murs de la galerie, les autres jetés dans de grandes poubelles. Journiac ne laissait rien au hasard, il était malin, il obtint de pouvoir distribuer des paquets de lessive de la marque Ala, dont la publicité vantait les « enzymes gloutons » censés dévorer toutes les taches (de peinture, semblait sous-entendre l'artiste), et le whisky, le soir du vernissage, était offert par la marque White Label. Deux mois plus tard, ce fut *Piège pour un voyeur* à la galerie Martin Malburet. J'y payais de ma personne, non pas parce que tombée dans le « piège », puisque ce fut un garçon que Journiac plaça, nu, en appât, dans une cage faite de tubes de néon qui aveuglaient les voyeurs, mais pour une œuvre annexe conçue sur le modèle des panneaux passe-têtes de fêtes foraines, où des corps grotesques sont dotés par le public lui-même de visages hilares ou grimaçants. Là, les corps grandeur nature étaient ceux d'un homme et d'une femme photographiés nus, en noir et blanc, de face, statiques, aussi séduisants que des fiches de police. Le corps féminin m'appartenait. La prise de vue dans le studio d'un photographe professionnel ne m'avait pas flattée, on me voyait les côtes et les ombres aux genoux montraient ceux-ci pour ce qu'ils étaient, trop épais. Personne ne savait que j'avais posé, donc j'entendis un ou deux que je connaissais bien émettre des moqueries. « Le garçon, il est pas mal, mais alors la fille, ce qu'elle est moche ! » Comment son apparence physique n'aurait-elle pas été une préoccupation majeure pour la jeune femme que j'étais ? J'en étais au stade du miroir déformant qui vous renvoie l'image fuyante d'un corps tiraillé dans tous les sens selon le point de vue qu'on adopte, alors que j'aurais tellement voulu qu'on me trouvât belle ! Je muselai mon narcissisme blessé.

L'habit d'enfant de chœur m'alla mieux que la tenue d'Ève. À l'automne, Journiac revint à la galerie Daniel Templon pour célébrer, le soir du 6 novembre, cette désormais historique *Messe pour un corps* au cours de laquelle ceux qui reçurent la communion consommèrent une rondelle d'un boudin confectionné avec le sang de l'artiste par un charcutier qui avait cru préparer du sang d'agneau. J'étais habillée d'une minirobe en maille blanche, formant tunique, achetée chez Dorothée Bis. Concentrée, je m'appliquais à respecter la prononciation du latin d'Église qui n'était pas celle qu'on m'avait apprise au lycée. Journiac connaissait parfaitement le rite. Je retrouvai, par automatisme, mais non sans plaisir, une part de la ferveur qui avait été la mienne lorsque j'étais enfant, avec cette différence que l'objet n'était que de me conformer au déroulement de l'action, d'être parfaite dans mes réponses à l'artiste, d'être en communion, en effet. Je ne devais pas être la seule. Personne dans l'assistance nombreuse ne protesta pendant cet office, qui de toute façon n'avait rien de sacrilège dans son déroulement, personne ne rit. Ce n'étaient pas les corps qui étaient pris au piège cette fois, c'étaient les esprits, captés par un événement dont la plupart connaissaient encore les règles alors que beaucoup sans doute n'adhéraient plus au Mystère qu'il célébrait. Mais voilà, les esprits se laissaient prendre volontiers dans les rais d'un autre mystère, dans l'énigme d'une action qu'un artiste accomplissait avec le sérieux d'un pape. Que comprenions-nous du sens profond de cette action au moment même où nous y participions ? Nous participions.

Génération spontanée

Des enfants qui jouent savent qu'ils jouent, mais ils jouent avec le plus grand sérieux, intransigeants sur les règles. Ainsi nous comportions-nous, jeunes adultes, c'est-à-dire capables de mesurer l'effet de nos actions, conscients de toucher à des sujets, le sexe, la folie, la mort, que l'on n'exhibait pas dans une époque dont le code moral avait à peine changé depuis le siècle précédent – se souvenir que l'incident qui en mars 1967 déclencha la première révolte des étudiants, prémices du 22 mars 1968, naquit de l'interdiction faite aux filles de recevoir des garçons dans leurs chambres, à la Cité universitaire de Nanterre –, époque en même temps oublieuse, tout entière tendue vers le futur. Dans ce moment précis, dans la fréquentation de ces artistes et de quelques autres dont je commençais à suivre le travail, comme Gina Pane, autre pionnière de l'art corporel, ou que Daniel exposa, comme Jean Le Gac et Christian Boltanski (l'un des fils du Pr. Boltanski) qui étaient alors très proches, nous ne nous souciions pas d'histoire de l'art. Boltanski montra des boîtes à biscuits, soigneusement rangées en piles et remplies des petits objets qu'il confectionnait maniaquement, simples marquages du temps de sa vie dont il avait déjà conscience qu'elle passait ; ça ne ressemblait à rien de répertorié dans l'histoire de l'art, y compris celle qui était héritière des provocations de Dada.

Je n'avais pas à me sentir complexée en raison de mon ignorance : parmi mes nouveaux amis, beaucoup n'en savaient pas tellement plus que moi. Il suffisait d'en référer à quelques mythes : le geste d'appropriation de Marcel Duchamp avec le *ready made*, celui d'Yves Klein qui avait signé l'infini, le dripping de Jackson Pollock, le coup de poinçon de Lucio Fontana, des gestes qui tous avaient été réfléchis, réitérés, qui, pour subversifs ou iconoclastes qu'ils aient été, avaient constitué un style, ou ce que les Anglo-Saxons allaient désigner du mot de « *statement* », une pure affirmation de soi. Ils autorisaient un champ d'expérimentation dont on ne voyait pas les bornes. Ils n'étaient pas des modèles à suivre, ils manifestaient le refus des modèles. Boltanski pouvait bien vivre encore chez ses parents, Journiac avoir un atelier dans l'arrière-boutique des siens, Raynaud avoir passé auprès de sa mère une année entière prostré, ne quittant pas son lit, traumatisé par les photographies de soldats égorgés, mutilés qu'il avait manipulées pendant les vingt-deux mois passés comme secrétaire d'un colonel au service de renseignement des armées, et Le Gac, qui était le fils d'une mère très jeune et célibataire, inventer la fiction d'une vie d'artiste en famille désespérément convenue, tous, souverainement, partageaient cette liberté. Liberté de se consacrer à une activité qui n'avait d'autre utilité que celle de répondre à une nécessité mal définie bien qu'impérieuse, qui ne correspondait à aucun registre du fonctionnement social et qui, j'en suis persuadée, ne trouva à s'épanouir dans la sphère de l'art *que par défaut*. Et nous aussi, dans notre chambre de bonne dont nous nous échappions pour rouler en 4L jusqu'à Amsterdam, Düsseldorf, Berlin ou Turin, voir d'autres objets, d'autres actions tout aussi improbables, nous partagions cette liberté. La façon dont Daniel espérait gagner sa vie paraissait si obscure à ses parents que pendant un temps ils soupçonnèrent la galerie de couvrir une entreprise malhonnête. Parmi les artistes de notre entourage, tous n'avaient pas fréquenté les Beaux-Arts ou une académie, loin de là. Raynaud avait fait une école d'horticulture, Journiac sortait de quatre ans de séminaire et d'études scolastiques, et Boltanski s'extrayait d'une longue enfance dominée par la peur du monde extérieur. Même ceux qui avaient reçu une formation avaient choisi un accès de biais : Titus-Carmel avait fréquenté l'école Boulle ; Le Gac obtenu un modeste diplôme de professeur de dessin. Le personnage de professeur de dessin que celui-ci a mis en scène dans son œuvre ultérieure, et qui lui ressemble comme deux gouttes d'eau, montre à quel point il tenait à maintenir une position en retrait.

Ben, qui avait été libraire, qui vendait maintenant des disques d'occasion dans son magasin-assemblage-échafaudage de la rue Tonduti-de-l'Escarène à Nice, avait, avant de rejoindre Fluxus, mouvement le plus fidèle à Dada, commencé ses « écritures » et ses « gestes » au contact des Nouveaux-Réalistes. Bien plus que les artistes pop qui réalisaient « encore », blâmaient les plus radicaux, des tableaux, ceux-ci montraient au travers de leurs procédés, chacun ayant clairement défini le sien (à Klein, la monochromie, à Arman, l'accumulation, à César, la compression, à Christo, l'empaquetage...), l'exemple d'un art qui naissait au beau milieu d'une friche immense, à l'échelle de cette « nature urbaine » exponentielle qui enthousiasmait Restany. Les artistes allaient se servir dans les brocantes, les surplus et les décharges, les casses de voitures, ou sur les terrains vagues, ou encore, tels les Affichistes, Raymond Hains, Jacques Villeglé, Mimmo Rotella, sur les palissades censées interdire l'accès à ces terrains vagues, et ce qu'ils y ramassaient, qu'ils arrachaient à la condition méprisable de déchet, ils le métamorphosaient en une chose estimable qui venait en plus des catégories que l'on connaissait déjà de la peinture, de la sculpture, de l'art même. Et ils le déposaient sans état d'âme dans des lieux qui étaient ceux où l'on exposait les œuvres d'art ordonnées selon une histoire qu'il s'agissait, simultanément, contradictoirement, de liquider... Journiac le démontrait en interprétant littéralement l'expression « les poubelles de l'histoire ».

Nous n'étions pas loin de croire à une sorte de génération spontanée. Surgis, on ne savait trop où ni dans quelles circonstances, sinon sous la pression d'une autre histoire, celle-ci intime, les objets venaient se poser presque par hasard, en urgence, ovnis égarés sur un terrain mal délimité, bien qu'il portât un nom, celui d'art d'avant-garde. C'était un art de fugitifs s'échappant du vieux monde où se lisaient encore les stigmates de la guerre, pour s'installer en terre inconnue et, ainsi que font les pionniers, tout fabriquer de leurs mains à partir de presque rien. Ils pensaient pouvoir tout se permettre, pas par volonté de puissance, par nécessité ingénue. Bien des années avaient passé quand Le Gac me confia, de son ton d'assurance souriante, que lorsqu'il plantait dans le sable du bois ramassé et disposait autour quelques galets, eh bien, il accomplissait cette tâche avec la même conviction que si le monde devait en être changé. Je me dois d'ajouter que, concrètement, l'artiste photographiait l'installation fragile, puis, utilisant des pochoirs, reportait l'image agrandie en soufflant à l'aide de poires de l'encre de Chine et de l'extrait de Cassel sur une grande feuille de Canson, enfin il glissait ce dessin fantomatique dans une poche plastique, elle-même fixée à une bâche. Que de manipulations pour garder la trace sur un support insolite et ingrat de bâtons et de galets sur une plage ! On ne devenait pas artiste en apprenant une technique dont on aurait été l'héritier, on attrapait ce qu'on avait sous la main et on inventait la technique qui allait permettre de l'utiliser. Ce fut l'avènement des autodidactes qui ne doutaient pas que le monde leur appartînt.

Un an après le référendum qui signifia au général de Gaulle son départ et la campagne présidentielle qui fit de son Premier ministre, Georges Pompidou, son successeur à la présidence de la République, Journiac organisa en avril 1970 le *Référendum Journiac*. Des affichettes furent placardées dans le quartier. Aucune question n'était posée, seuls apparaissaient le visage et le nom de l'artiste. La galerie fut transformée en bureau de vote ; François Pluchart, Pierre Restany et moi avons été désignés scrutateurs. Deux listes de résultats furent publiées, l'une, « réelle », donnait 696 « pour » contre 63 « non », l'autre, « officielle », un seul « non » sur 24 millions de votants.

Celui qui avait souffert au sortir de l'adolescence d'un sentiment d'exclusion lorsqu'il avait pris conscience de son homosexualité, qui avait tenté de s'en défaire en rejoignant une communauté religieuse, elle-même en marge de la vie sociale, entreprenait, devenu artiste, de rassembler autour de sa personne. Cette parodie des institutions de la République intéressait François Pluchart qui cherchait à opérer un rapprochement entre l'art corporel et un groupe d'artistes qui allait prendre le nom de Collectif d'art sociologique, mais le mélange ne prit pas.

Je soupçonnais Pluchart de vouloir devenir le nouveau Restany. Allant plus loin que celui-ci qui prétendait que le Nouveau Réalisme se situait « à 40° au-dessus de Dada », Pluchart rangea Duchamp dans la catégorie des références caduques. Il crut à l'œuvre d'un artiste, Bernard Balanci, qui réalisait des tableaux avec du papier hygiénique détrempé. L'argument était que Balanci, tout en utilisant un matériau incontestablement complémentaire de l'urinoir paradigmatique, réfutait le principe de ce readymade désormais intouchable en créant à partir d'une matière en décomposition. Sur cette base, pour le moins fragile, le critique fonda le concept d'« abstraction réaliste ». Même pour des néophytes comme nous, prêts à accepter toutes les expériences, la proposition était loufoque. (Aujourd'hui, je pourrais argumenter pour tenter d'expliquer pourquoi la *Merda d'artista*, édition réalisée par Piero Manzoni en 1961 de 90 boîtes de conserve censées contenir une petite quantité de ses excréments, fut spontanément considérée comme un acte pertinent, alors que le papier mouillé fit un flop. Mais bien sûr cela ne peut se faire que dans un autre cadre que celui de ce récit.)

Quelques expositions, mais pas seulement

Rétrospectivement, il m'apparaît que la galerie Daniel Templon livra sa propre interprétation du lien entre corps humain et corps social : immédiatement après *La Lessive* de Journiac, au mois d'avril 1969, elle présenta l'exposition *Pornographie* de Bernard Rancillac. Dépité de constater que les amateurs d'art admiraient ses tableaux sans s'attarder sur leur contenu politique, Rancillac, le plus engagé des peintres de la figuration narrative, chercha à proposer un sujet devant lequel personne ne pourrait se dérober ! Or, on n'échappe pas à la représentation crue d'un acte sexuel, même si on en détourne aussitôt le regard, car on ne regarde pas des images pornographiques, on est saisi par elles. Bien qu'il fût un expert dans l'interprétation picturale de photographies d'actualité, Rancillac se contenta pour l'occasion d'agrandir des photographies licencieuses, – non sans l'aval scientifique de Pierre Bourdieu. Le sociologue avait conçu un questionnaire qui fut remis aux visiteurs de bonne volonté : ces images avaient-elles à leurs yeux un effet « libérateur » ? Les trouvaient-ils « belles » ? Etc. Par précaution, elles étaient accrochées au sous-sol et on y avait posé des caches qu'il fallait soulever pour profiter de l'image. Des visiteurs choqués, ou des plaisantins décidés à entrer dans le jeu de la provocation, grattèrent rageusement les parties génitales sur quelques-unes de ces images. Alerté, le commissariat du quartier envoya ses enquêteurs. L'affaire fut sans suite.

Avons-nous été conscients de l'ironie qui pouvait apparaître lorsque, le mois qui suivit l'exposition des photographies pornographiques, Daniel accrocha d'autres photographies, également en noir et blanc, dont le contenu se laisse décrire ainsi : photographie à l'échelle 1 d'un des spots d'éclairage de la galerie placée à côté de ce spot, détail d'une porte en bois, placé pareillement à quelques centimètres de la porte, fragment de la rampe d'escalier, sur le mur en arrière de la rampe ? Elles étaient dues à Martin Barré qui jusqu'alors exposait chez Arnaud et que nous commencions à regarder comme une figure majeure de l'abstraction. Ces photographies, appelées « Objets décrochés », les premières qu'il montrait, qui ne pouvaient être plus *près* du réel, répondaient pertinemment à la fois à l'art qui avait recours aux objets manufacturés, tel le Nouveau Réalisme, et à ce mouvement de l'art conceptuel qui émergeait et qui avait mis le principe tautologique au cœur de son système. L'appui théorique vint cette fois du sémiologue Tzvetan Todorov qui écrivit la préface de ces « Objets décrochés ».

Quant à l'idée qui préoccupait Pluchart d'opposer au ready-made de Duchamp un objet trop précaire pour tenir sur un piédestal, Titus-Carmel la mit en pratique en exposant… une banane. Plus exactement, il voulut rappeler que le vrai sujet de réflexion était l'articulation du modèle à sa reproduction.

Invité à *Distances*, il occupa tout un mur du musée avec soixante bananes fichées chacune dans une tablette. Pour les invités du vernissage, toutes étaient identiques, pour ceux qui visitèrent plus tard l'exposition, pour le gardien de musée qui passait chaque jour devant, l'une d'entre elles, une seule, mûrit, commença à noircir, s'affaissa, pourrit (ou sécha ? je n'ai jamais vérifié), seule vraie banane soumise à son entropie au milieu de cinquante-neuf bananes en plastique. Le temps soustrayait la réalité à son imitation, mais l'imitation était bien plus proche de l'idée qu'on a d'une banane que la vraie banane devenue une grosse et molle limace morte. Au mois de janvier 1970, Titus-Carmel tenta une autre confrontation : celle d'un lieu qui l'avait impressionné, *The Giant's Causeway*, site volcanique à la configuration de décor fantastique, sur la côte nord de l'Irlande, avec sa copie conçue non pour s'adresser au regard, mais au plus primitif des sens, l'odorat. Une photographie de la Chaussée des géants était fixée au mur tandis que l'espace de la galerie Daniel Templon était vide. Ça n'était pas le vide de Klein, c'était un vide rempli d'une odeur supposée restituer le sel des embruns et l'iode des algues et envahir si bien notre cerveau qu'elle y déclencherait la formation d'images. J'ai le souvenir que nous avions été déçus par le résultat, l'odeur fabriquée par les laboratoires Givaudan ne transcendait pas sa fabrication artificielle. Titus-Carmel réitéra l'année suivante au musée d'Art Moderne de la Ville de Paris en proposant l'exploration olfactive d'une forêt vierge qui fut plus réussie.

Les premiers dix-huit mois de ma vie de critique d'art, une fois sur deux, quand je poussais la porte d'une galerie, celle de Daniel comme celle d'un de ses confrères, il s'y trouvait quelque chose que jamais personne auparavant n'avait présenté dans un lieu consacré à l'art, ni imaginé que ce fût possible de l'y poser. Par exemple : la galerie Claude Givaudan (fondée par l'héritier de ces laboratoires qui avaient précisément apporté leur concours à l'exposition de Titus-Carmel) exposa en novembre 1968 les *Intérieurs américains* d'Erró. Il s'agissait d'une série représentant des chambres à coucher envahies par des combattants vietnamiens armés, débarquant de leurs affiches de propagande et menaçant des dessus-de-lit en satin capitonné et des rideaux festonnés. Mais les tableaux étaient restés à l'atelier, seules leurs images étaient projetées sur les murs par trois carrousels de diapositives. Six mois plus tard, la même galerie était quasiment interdite d'entrée par Marc de Rosny qui y avait installé un dispositif produisant un énorme nuage de bulles de savon. Nettement plus sobres, les sculptures de John McCracken chez Ileana Sonnabend en mars 1969 étaient deux ensembles de planches de quelques centimètres d'épaisseur, uniformément et superbement laquées de couleurs alléchantes, négligemment appuyées contre le mur. Là, c'est le mutisme des œuvres qu'il fallait forcer.

En janvier, à Rome, Iannis Kounellis avait transformé l'ancien garage où était installée la galerie l'Attico en une écurie où douze chevaux attendaient patiemment de regagner la Villa Borghese qui avait accepté de les louer. La photographie qu'en avait prise Claudio Abate avait beaucoup circulé. Ai-je été déçue par les quenouilles géantes et les bonbonnes de gaz du même Kounellis, chez Alexandre Iolas à Paris, peu de temps après ? En mars, une exposition chez Yvon Lambert fit polémique. Quand j'entrai rue de l'Échaudé, Yvon se précipita pour me dire, en pouffant de rire, que les gens lui demandaient si la galerie était en travaux ! Je fis bonne figure, mais pour dire la vérité, je n'avais rien vu. Je n'avais pas remarqué les fils électriques qui sortaient des murs et qui pourtant se tendaient et se tordaient désespérément en direction du visiteur. Quand le regard de celui-ci avait accommodé l'aspect brut de la galerie, il finissait par apercevoir un filet d'eau le long du mur du fond, le circuit bizarre d'une tuyauterie au-dessus de sa tête. Il s'agissait de la nouvelle exposition d'Alain Jacquet. Le souvenir est trop lointain pour essayer de comprendre si Yvon prévenait ainsi, avec tact, la possible bévue de ses visiteurs, ou leur désappointement, ou s'il dissimulait par sa désinvolture sa propre perplexité.

Discrètement, l'art qui se voulait aussi réel que la vie s'insinuait dans la vie réelle. À la rentrée 1969, je contribuai à réaliser une œuvre d'art ! Il s'agissait de la *Proposition n° 1* de Martial Raysse, le contour d'une tête de femme, visible à la galerie Iolas sous la forme impalpable d'une projection lumineuse sur le mur et que l'artiste invitait à reproduire dans toutes les matières et toutes les dimensions possibles. Elle s'incarna donc en papier presse Super Vérone 60 grammes des papeteries Darblay, sur lequel étaient imprimées *Les Lettres françaises*, accompagnant, ainsi légendée, mon article. Je fus fière de mon initiative. C'était aussi l'époque où l'art arrivait par bouts et par la poste chez des privilégiés qui pouvaient être trois ou quatre cents et qui n'avaient d'autre qualité que d'avoir témoigné de leur curiosité pour le sens caché d'objets ou d'actes apparemment insignifiants. Un « public », il faut croire, qui ne se satisfaisait pas du monde tel qu'il était, livré aux regards inattentifs et aux gestes machinaux. Ce pouvait être une mèche de cheveux envoyée par Boltanski, soigneusement enveloppée dans un carré de linge blanc, une carte postale de Le Gac dont le verso portait un message aussi déconcertant que l'image au recto. L'ouverture de l'enveloppe vous prenait de court. Même lorsque, ayant été plusieurs fois destinataire, vous aviez identifié l'expéditeur et compris sa démarche, vous ne pouviez pas échapper à l'intrusion subtile de l'émotion en vous. Au début, Boltanski m'adressait ses envois à Bois-Colombes, chez mes parents, ce qui rendait leur découverte plus déroutante encore. Une de ses lettres manuscrites (qu'il devait recopier des dizaines de fois) était un appel à l'aide, et comme, même le connaissant à peine, on voyait bien que c'était un garçon particulièrement introverti, il y avait vraiment de quoi se demander si le cadre invisible autour de l'« art » était bien toujours là. Il fallait être Louis Aragon pour lire les *24 Messages personnels* envoyés par Le Gac comme une forme nouvelle de poésie et les publier dans un numéro spécial des *Lettres françaises*. Messages, de fait, sibyllins : « Le compte à rebours du projet sans fin est commencé… Les rails des wagonnets ouvrent sur le paysage… Attention la poussière des souffleries brouille la transmission des images… »

Ce fut jusqu'au grand magasin du Printemps, sur le boulevard Haussmann, ma terre d'évasion, où je dus me rendre exceptionnellement en service commandé : tout un étage était consacré à une exposition où se trouvaient proposées pêle-mêle à la vente, avec facilité de paiement, des œuvres de Arnal, Dufo, Hartung, Raynaud, Télémaque, Uriburu, « et l'écurie de Denise René », précisait mon article. Un an après la révolte des étudiants, la question se posait de savoir si l'art était réservé à la seule classe bourgeoise. Le grand commerce de détail proposait sa réponse.

Ailleurs, les marxistes-léninistes proposaient leur analyse. Et tous les artistes d'avant-garde n'étaient pas sur les mêmes positions. Voilà pourquoi l'une des dernières surprises que me réserva l'année 1969 fut d'assister à un vol dans une galerie. En décembre, Olivier Mosset exposa chez Jean Larcade, galerie Rive Droite, un ensemble de toiles toutes semblables, carrés blancs d'un mètre de côté, marqués en leur centre d'un même cercle noir. Un an auparavant, il avait fait au même endroit la même exposition avec des tableaux exactement identiques, ainsi que l'étaient tous ses tableaux depuis trois ans. Dans le grand catalogue à couverture rouge qui accompagnait cette nouvelle présentation, figurait un texte du philosophe Jean-Paul Dollé qui affirmait : « Le moyen radical pour que cesse cette utilisation de l'art à des fins contre-révolutionnaires, c'est qu'au terme de luttes complexes les masses elles-mêmes s'emparent des outils artistiques. » Le soir du vernissage, un jeune homme pénétra dans la galerie, marcha droit, ne regardant personne, vers l'une des toiles, la décrocha, et l'emporta, sans plus de difficulté. Mosset, qui affichait en permanence sur son visage juvénile une moue d'indifférence vaguement amusée, ne s'en départit pas. Quelqu'un lui demanda quel effet lui faisait cette action. Il répondit tranquillement qu'il allait y réfléchir. Il ne se sentait pas concerné, on pouvait mettre sa toile n'importe où : elle resterait ce qu'elle était. Il finit par consentir qu'il connaissait vaguement la personne et que, s'il la rencontrait, il lui poserait la question : « Pourquoi as-tu emporté cette toile ? » Moi aussi, je connaissais le voleur, c'était un artiste qui s'appelait Alain Kirili et qui n'était certainement pas représentatif de ce qu'on appelait « les masses ». Mosset avait formé avec trois autres peintres, Daniel Buren, Michel Parmentier, Niele Toroni, un groupe extrêmement offensif politiquement et Kirili leur donnait la réplique. Jean Larcade était un bourgeois raffiné, fils d'un grand antiquaire. Il vendait des valeurs sûres comme Yves Klein et Georges Mathieu, et sa galerie se trouvait à deux pas du Palais de l'Élysée. Kirili était lui-même un garçon comme il faut, il restitua peu après le tableau « volé ».

Yvon Lambert n'était pas seul à exposer des fils électriques. Un directeur d'institution, celui de la Kunsthalle de Berne, s'y était vu pareillement contraint, ayant livré sol, murs, plafond du bâtiment, ainsi que la chaussée devant son perron, à une soixantaine d'artistes, presque tous très jeunes, qu'il venait de découvrir. Le directeur s'appelait Harald Szeemann ; parmi les artistes, il y avait Alain Jacquet. L'exposition avait pour titre *Live in your head, quand les attitudes deviennent forme*. Je me demande bien pourquoi Daniel et moi avons manqué ce soulèvement de terrain des avant-gardes en pleine Suisse alémanique, et pourquoi, au mois d'avril, nous sommes plutôt allés aux Pays-Bas, voir au Stedelijk Museum d'Amsterdam, *Op Losse Schroeven*, ce qui signifie « des chevilles carrées dans des trous ronds », – jamais cette exposition n'est mentionnée sans la traduction de son titre ! Cette exposition et celle de Berne, conçues conjointement, étaient les deux versants d'un même projet. Sans doute est-ce à *Op Losse Schroeven* que j'ai vu pour la première fois de vieux cartons d'emballage qui contenaient des bocaux remplis de graisse par Joseph Beuys, et un dessin au sol de Richard Long constitué de pierres ramassées dans le lit d'une rivière. Je fus décontenancée par l'œuvre de Robert Morris dont j'avais vu six mois plus tôt au Grand Palais à Paris, dans une exposition itinérante plus historique et conventionnelle, *L'Art de réel*, les sculptures minimalistes. À Amsterdam, il exposait un tas informe, assez bas, de terre mêlée de débris de métal, de feutre, de briques cassées. Je remarquais que beaucoup d'œuvres associaient caoutchouc et néon. Je crus que les fossés creusés par Jan Dibbets dans les trottoirs, aux quatre coins du musée, étaient la contribution de Michael Heizer. Or, celui-ci avait bien défoncé l'asphalte de la même façon qu'il l'avait fait à Berne, mais un peu plus loin, je l'avais loupé. Quelle que fût l'échelle, nous pouvions avoir la sensation – car c'était vraiment de l'ordre de la sensation, hors raisonnement – que les artistes s'emparaient du monde, de ses éléments bruts comme de ses produits manufacturés les plus ordinaires, et même de ses institutions, non seulement dans leurs dimensions symboliques, mais aussi matérielles, et sans médiation, sans partage.

L'idée de Dibbets, en dégageant les fondations du musée, était de faire apparaître ironiquement celui-ci comme une œuvre d'art en lui-même, posé sur un piédestal. Mais il était seul à manier la pelle, aussi se contenta-t-il de creuser aux quatre coins. À Berne, on n'avait pas permis à Jacquet d'arracher le circuit électrique de la Kunsthalle (pas plus qu'à la galerie Yvon Lambert, je le soupçonne), si bien qu'il avait posé dans un angle de mur un faux conduit de plâtre pour en faire sortir des fils qui ne servaient à rien… Il y avait donc demi-mesure dans un cas, trompe-l'œil dans l'autre. Peu importait. À l'instar de ce qui s'était passé avec les premières avant-gardes du siècle, le ludisme de l'action comptait autant qu'était sérieuse la remise en cause de la définition de l'art. Cela dit, Heizer était réellement en train de déplacer 240 000 tonnes de roche dans le désert du Nevada et Robert Smithson allait l'année suivante enrouler une spirale de rochers de 460 mètres sur le Grand Lac salé, le plus grand d'Amérique. Prétendre : « Tout est possible » ou « Le monde leur (et par identification, nous) appartient » n'était pas que de la rhétorique. Une photographie célèbre de 1968 montre Walter De Maria allongé de tout son long, les bras en croix, entre deux lignes d'un mile de long qu'il a tracées à la craie sur le sol craquelé du désert de Mojave en Californie. Les lignes sont parallèles, son corps ne suffit pas à les relier, le dessin ne se referme pas plus qu'une composition de Mondrian. La visée est immense, et l'image est candide, celle de l'enfant qui se colle au jouet dont il ne veut pas qu'on le sépare. L'année suivante, Gina Pane exposait des photographies, prises dans un jardin public, de monticules de terre destinés à des travaux de terrassement – on est dans l'échelle européenne… – et que des enfants qui les avaient investis comme aire de jeux avaient piétinés ; elle déclara qu'ils les avaient « sculptés ». À Amsterdam, l'œuvre qui me toucha le plus fut un objet discret qui ne figurait pas dans *Op Losse Schroeven*, mais dans une exposition de jeunes artistes suisses qui se tenait conjointement. Il s'agissait d'une plaque de métal fixée au sol par Markus Raetz, hérissée d'une pointe, point A comme Amsterdam, pendant d'un point B comme Berne, situé, ainsi qu'il était gravé dans le métal, à 625 kilomètres…

Zone franche

Je ne rêvais pas tant de destinations exotiques que de franchir des distances. Je n'étais montée dans un avion qu'une seule fois, encore était-ce pour traverser la Manche. Une nuit de juillet de cette année 1969, du fond de l'alcôve où nous avions coincé le lit et le gros poste de télévision, nous avons été deux des six cents millions d'êtres humains qui avaient accroché leur regard aux images imparfaites des deux bibendums hésitants et sautillants, Neil Armstrong et Edwin Aldrin ; l'homme allait sur la Lune, mais les hommes ordinaires ne prenaient pas encore facilement l'avion. S'est-il à ce moment-là opéré un renversement de perspective ? D'avoir vu la Terre comme une méduse dans le ciel lunaire a-t-il encouragé les artistes à intensifier leur propre conquête de l'espace, c'est-à-dire à saisir cette planète à bras-le-corps, à l'arpenter, à la creuser, à la sonder ? À un journaliste qui lui avait demandé pourquoi exposer de la terre dans une galerie, Robert Morris avait répondu : « Dans cette terre, il y a la volonté d'aller dans le monde. » Je me souviens de Richard Serra, lors de l'ouverture de Documenta 6 en 1977 (Daniel l'avait exposé au début de l'année). Nous nous tenions devant le Fridericianum, face à sa sculpture : quatre plaques d'acier en appui les unes sur les autres, hautes de douze mètres cinquante. Or le public professionnel de ces journées d'inauguration ne parlait que de l'œuvre invisible de Walter De Maria qui se trouvait à proximité, une tige de laiton enfouie dans le sol jusqu'à une profondeur de 1 kilomètre et dont ne témoignait que la section supérieure de cinq centimètres, une pastille dorée à fleur de terre. Serra, en riant, prétendit que l'ego de De Maria était beaucoup plus développé que le sien. Sans doute ne s'agissait-il pas que de cela. Les artistes élargissaient l'horizon, embrassaient la plus grande surface possible, créaient dans la démesure, cela alors même que la terre était pathétiquement devenue un objet. Ils s'en emparaient pour lui restituer de l'immensité. À la fin de cette année 1969, Christo *empaqueta* – c'est le mot qu'il avait choisi, celui qu'emploie le vendeur qui vous demande : « Vous faut-il un paquet cadeau ? » – deux kilomètres et demi d'une falaise haute de 26 mètres, au sud de Sydney, en Australie. Un film en montre la réalisation épique : plusieurs dizaines de personnes, dont des grimpeurs expérimentés, s'évertuent à faire tenir un million de mètres carrés de toile blanche qu'ils disputent au vent violent. Christo et sa femme Jeanne-Claude furent parmi les premières personnes que j'eus envie de rencontrer, quand l'année suivante je pris mon premier vol transatlantique.

Quand les attitudes deviennent forme coûta son poste de directeur à Harald Szeemann. Beaucoup de ses concitoyens lui reprochèrent d'avoir livré leur Kunsthalle à un saccage, qui plus est gratuit. Les gens pouvaient en être scandalisés, mais ils comprenaient pourquoi les étudiants parisiens arrachaient les pavés. En revanche, qu'est-ce qui poussait un artiste américain à venir défoncer la chaussée devant leur kunsthalle, à laquelle il n'avait même pas à reprocher un programme rétrograde ? Alors qu'ils s'y seraient certainement opposés, ils étaient capables d'envisager que certains veuillent faire la révolution, car vouloir imposer à tous une transformation radicale de la société constituait un message clair, mais vouloir bouleverser le rapport de chacun aux éléments fondamentaux de la vie, au temps, à l'espace, à la matière, était inconcevable.

Szeemann perdit une place de directeur, il gagna le statut d'un héros au sein de ce qui allait désormais s'appeler l'art contemporain. On s'aperçut qu'investir les déserts ne menaçait pas la société et les musées savaient réparer les dégâts que les artistes y occasionnaient. C'est alors que l'art créa une aire de permissivité qui contrastait terriblement avec les censures auxquelles se heurtaient les écrivains et les cinéastes dont les messages prenaient de front la société. Il ne se passait pas de mois sans que *Les Lettres françaises* ne combattent la menace d'une censure, ne dénoncent une censure effective. En 1966, l'interdiction de l'adaptation de *La Religieuse* de Diderot par Jacques Rivette, décidée par un secrétaire d'État à l'Information, Yvon Bourges, qui sans vergogne passa outre l'avis de la commission de censure plus tolérante que lui, intervint juste après que des manifestations organisées par un mouvement d'extrême droite, encouragées, disait-on, par ce même Bourges, eurent empêché la représentation des *Paravents* de Jean Genet à l'Odéon. *Les Lettres françaises* publièrent un dialogue digne du théâtre de boulevard : un extrait du *Journal officiel* rapportant le débat à l'Assemblée au sujet du film de Rivette. Les uns apostrophent les autres pour leur reprocher de ne jamais avoir lu Diderot, ceux-ci répliquent pour accuser ceux-là de ne l'avoir lu que pour y trouver le contenu pornographique…

Il avait fallu des années avant que *Les Paravents* ne soient montés. L'Algérie était un sujet tabou et Michel Capdenac, critique cinéma des *Lettres françaises*, signa un article intitulé « La Censure en libre-service » : la diffusion de *La Bataille d'Alger*, interdite depuis quatre ans, venait à nouveau d'être ajournée sous la pression d'associations. La guerre d'Algérie et la pornographie, ou supposée telle, se partageaient les faveurs scrupuleuses des censeurs. Pierre Daix continuait de poser la question « Qui juge de la frontière entre pornographie et art ? » pour défendre Éric Losfeld. L'éditeur devait comparaître en correctionnelle. Obligé, à la suite d'un précédent jugement, de soumettre toutes ses publications à un examen avant parution, il s'y était refusé. La censure préalable existait en France.

Le même Pierre Daix, peu de temps après, se trouva d'ailleurs lui-même dans une position embarrassante. Dans son propre journal, mon collègue bourru des pages « Arts », Jean Bouret, s'en était pris – quelle mouche l'avait piqué ? – au nouveau roman de Pierre Guyotat, *Éden, Éden, Éden* (qui, à l'instar du précédent, se situait sans le nommer dans le contexte algérien), le qualifiant de « logorrhée interminable et putride ». Voilà le livre interdit par le ministère de l'Intérieur ! Ça n'était certainement pas un effet direct du malheureux coup de sang du chroniqueur, mais son rédacteur en chef dut, dans les numéros suivants, s'expliquer en mobilisant toutes ses ressources sophistiques pour protester contre l'interdiction !

De temps à autre, la censure atteignait quand même le monde de l'art. En septembre 1971, le préfet de Paris exigea que l'on décroche deux tableaux de Lucien Mathelin présentés dans une exposition au musée d'Art moderne de la Ville de Paris, l'un représentait l'Élysée sous l'aspect d'un gruyère, l'autre l'Arc de Triomphe transformé en cuisinière. Puis ce fut le magazine édité par la prestigieuse galerie Maeght, *Chroniques de l'art vivant*, qui se trouva assigné à comparaître pour « outrage public aux bonnes mœurs ». Il avait reproduit en couverture un tableau de Gerhard Richter représentant une femme nue descendant un escalier, sorte de réponse réaliste au fameux tableau cubiste de Marcel Duchamp, *Nu descendant un escalier*. Certes, l'œuvre de Richter montrait bien un corps de femme nu dont on pouvait deviner le pubis, deviner seulement, car l'artiste avait délibérément peint une image complètement floue. Toute cette répression suscitait indignation, protestations, mais elle prêtait aussi à rire au vu des objets sur lesquels elle portait. Dans l'éditorial où il relatait les faits, le rédacteur en chef de *L'Art Vivant*, Jean Clair, avait raison de relativiser. Il citait entre autres le cas d'un des collaborateurs espagnols du magazine, le critique d'art José María Moreno Galván, emprisonné dans son pays pour délit d'opinion.

Étions-nous habités par le sentiment que nous allions vivre ainsi toute notre vie, allant d'un vernissage à l'autre qui seraient autant d'occasions de surprises, de réjouissances, de transgressions en (presque) toute impunité ? Ne disposions-nous pas déjà pour une grande part d'une liberté que la plupart des gens de notre génération réclamaient dans des slogans que les affiches, imprimées en 68 dans l'atelier populaire de l'École des beaux-arts, réclamaient ? L'illusion pouvait d'autant mieux s'installer que nous n'étions pas nombreux dans cette zone franche où l'on pouvait se livrer à des excentricités, des provocations, ou accomplir au contraire des actions apparemment futiles, sans en payer le prix que la société aurait été en droit d'exiger. Cette année 1969, Daniel reçut le prix de la Fondation de la vocation : 10 000 francs ! Pendant la cérémonie, je me sentis mal à l'aise en écoutant Françoise Giroud, qui lui remettait le prix, faire son éloge en le présentant comme un « mécène sans argent ». Personne parmi tout ce public distingué qui applaudissait ne pourrait croire qu'exposer ce qu'il exposait fût une activité méritante ! Si quelqu'un découvrait quel art ce

« mécène » défendait, alors il serait accusé d'être un charlatan !

J'ai défini le périmètre des galeries d'art que je visitais systématiquement. Celles installées dans le 8e arrondissement me ramenaient dans un quartier qui était celui que j'avais mentalement annexé à ma banlieue quand j'étais plus jeune ; ses larges artères, boulevard Haussmann, rue de Miromesnil, rue La Boétie, rue du Faubourg-Saint-Honoré, m'offraient leur perspective quand je m'extrayais de la foule de Saint-Lazare. Les galeries de Saint-Germain, j'y allais à pied, en revenant du bureau ou en allant faire des courses ; la galerie Breteau se trouvait dans la cour de l'immeuble voisin de celui où nous habitions. Comparée à d'autres, elle ne payait pas de mine, mais Denise Breteau travaillait de façon informelle, ainsi elle avait eu l'idée de confier des cartes blanches à des critiques : Otto Hahn, François Pluchart, Pierre Restany. C'était l'occasion de vernissages bon enfant, juste en bas de chez nous. À Liège, Anvers, Amsterdam, Bruxelles, Cologne et Düsseldorf, puis Cassel et Venise, bientôt Londres et New York, Turin et encore Rome et Milan, nous rencontrions les mêmes personnes que réunissait leur intérêt pour les mêmes artistes, pas si nombreux, et même s'il y avait des tendances qui s'opposaient, des partis pris tranchés, des clans, au moins savions-nous que les belligérants avaient la connaissance de tous les événements les plus récents, de tout ce qui était en jeu. Noyau dur de l'avant-garde. Quand, au printemps 1970, je suis allée pour la première fois à New York, j'ai retrouvé cette convivialité. Tous ceux que je rencontrais vivaient, travaillaient et exposaient dans le mouchoir de poche de SoHo, dans des espaces qui tous se ressemblaient. Les gens dormaient et cuisinaient dans un coin de l'atelier et les dimensions, les murs, le parquet aux lattes étroites, les enfilades de minces colonnes en fonte de fer, chapeautées de feuilles d'acanthe, l'aspect général, antique et ascétique, de l'atelier étaient identiques à ceux de la galerie où ils exposaient deux ou trois *blocks* plus loin. C'était comme si tout le monde avait improvisé de s'installer là, et vaquait à ses occupations diverses dans le même logement de fortune. Même quand des galeries aussi chics que Leo Castelli, Ileana Sonnabend, André Emmerich et John Weber se partagèrent un beau building refait à neuf, le 420 West Broadway, les samedis où l'on y croisait tout le monde gardèrent cet esprit de convivialité. Ce n'est pas que je pouvais bavarder avec tellement de ces visiteurs, je me contentais d'observer leurs manières bruyamment cordiales, cette urbanité américaine qui laisse croire que toute la personne se livre à vous, toute en surface, sans arrière-pensée, et cela m'encourageait.

À la toute fin des années 1960 et au début des années 1970, en Occident, une petite partie de la population, qui ira s'élargissant de plus en plus considérablement, trouva dans la création artistique un espace de liberté que le modèle politique mis en place à l'Est ne pouvait plus laisser espérer, et un esprit de gratuité qui permettait d'échapper au modèle triomphant à l'Ouest. Ils fondèrent une sorte de communauté, non pas fermée, mais au contraire extrêmement accueillante, convainquirent quelques responsables d'institution de les rejoindre, et la communauté élargie devint ce monde à part mais ouvert qui allait s'appeler le monde de l'art contemporain.

J'ai traversé mes premières années dans le milieu de l'art, persuadée d'être dans un monde à part qui n'obéissait pas tout à fait aux mêmes lois que le reste de la société, et qui était protégé. Pendant la courte période passée entre Colombes et Asnières, le décor de mon enfance s'était mollement effondré sur lui-même, il était devenu une anamorphose devant laquelle je n'aurais pas su adopter le bon point de vue, tandis que Saint-Germain-des-Prés, qui était dans le voisinage de SoHo, et dont les terrasses s'étendaient jusqu'à celle du Florian sur la place Saint-Marc de Venise, le soir, pendant les jours d'inauguration de la Biennale, constituait un même nouvel environnement où j'allais et venais en toute confiance. Et dans cette matrice, le plaisir sexuel a peut-être eu la fonction du liquide amniotique.

Car je crois bien que c'est lorsque je suis devenue critique d'art que j'ai recommencé à avoir des copains comme j'en avais eu les dernières années passées à Bois-Colombes, c'est-à-dire des gens que j'aimais bien, avec qui je baisais et avec qui je pouvais avoir de grandes discussions. La différence était qu'ils étaient plus vieux que moi et que les discussions ne portaient pas tant sur des projets de vie ou sur la complication des sentiments que sur l'art. La plupart étaient des artistes, d'abord parce que l'intimité de l'atelier se prêtait à la métamorphose de la rencontre – il y avait souvent un canapé dans un coin –, ensuite parce que c'était en compagnie des artistes que je me sentais le mieux. C'était aussi avec eux que les relations étaient les plus durables parce qu'une complicité dans le travail se nouait. Cette complicité est souvent restée alors qu'avait cessé la relation sexuelle. Je ne saurais dire pourquoi celle-ci s'arrêtait. Parce que le désir se portait ailleurs ? Parce que les hasards de la vie nous éloignaient et que parfois, pas toujours, s'ils nous éloignaient, c'était aussi parce qu'il y avait moins de complicité dans le travail ? (Et quand on se retrouve, n'est-ce pas, la relation sexuelle n'a plus sa place et même une pudeur s'est installée, spontanée, silencieuse, respectueuse.) En tout cas, je ne me suis jamais fâchée avec personne. J'ai mûri, mes engagements esthétiques ont évolué, se sont précisés, mais je n'ai jamais renié les choix que j'avais faits dans ces circonstances.

Je ne cachais pas à Daniel la nature de ces amitiés, d'autant que quelques-uns des participants à nos petites partouzes sous les combles se trouvèrent être des hommes que je voyais seule à seul. Lorsque j'admirais quelqu'un pour son travail, ou pour son apparence physique, ou que sa réputation m'impressionnait, je mettais de la crânerie à tenir Daniel au courant ; lui, de son propre aveu, tirait de la vanité à vivre avec une femme libre sexuellement, il lui semblait que cela lui conférait une sorte de supériorité. De son côté, il avait des amies, certaines avec qui la relation durait depuis le temps de la banlieue, mais il était plus discret. Quand nous nous étions rencontrés, chacun entretenait déjà des liens qu'il n'avait pas rompus. Daniel m'avait connue amoureuse de Patrick, puis de Lutz. Lui me rapportait ses échanges érotiques avec Françoise ou Michèle. Il nous était naturel de vivre ainsi, nous ne raisonnions pas, l'idée de former un couple au sens traditionnel et au-delà de fonder une famille ne nous effleurait même pas. Nous n'en faisions pas une philosophie non plus, instinctivement nous nous étions installés dans un mode de vie qui rencontrait la tolérance de notre milieu et le besoin de libération de notre génération. Et il ne se trouva jamais personne sur notre chemin pour nous faire valoir une autre morale.

Comme je l'ai écrit dans *La Vie sexuelle de Catherine M.*, et comme j'ai dû parfois m'en expliquer après la publication du livre, je n'étais pas une conquérante, pas une séductrice, du moins je ne devais exercer que la séduction inconsciente, vite qualifiée de perverse, des jeunes femmes qui dans l'aura de leur corps sont aussi nues qu'Ève au Paradis. Par-delà les complexes qu'elles éprouvent immanquablement – trop petite, trop grosse, les seins pas comme il faudrait, etc. – l'image plus ou moins fantasmée que leur renvoie leur miroir les isole dans leur nudité. Fascinées par leur image, elles ne tiennent compte paradoxalement que de leur propre regard, elles sont aveugles au regard des autres qui les affole, et elles tombent des nues, si j'ose dire, si on leur reproche leur indécence. Un été, je portai une robe jaune très courte, boutonnée tout le long comme une chemise, taillée dans un tissu nylon qui collait légèrement à la peau. Dessous, je n'avais qu'une culotte, pas de soutien-gorge, j'allais comme ça visiter les galeries et les ateliers. Occasionnellement, Daniel joua les garde-fous. Revenant d'un rendez-vous, j'annonçai que tel marchand de tableaux m'avait invitée à dîner. Jamais encore je ne m'étais trouvée dans le scénario où un monsieur qui n'était plus jeune et qui me recevait dans son bureau m'invitait à dîner de façon aussi conventionnelle. Daniel s'esclaffa que j'étais folle. Je n'allais quand même pas me faire sauter par ce vieux bonhomme dégoûtant ! Il me fallut du courage pour surmonter ma gêne, aggravée de la honte suscitée par le commentaire de Daniel, et pour téléphoner et m'excuser, dire de façon aussi stéréotypée qu'avait été l'invitation que j'étais désolée, un imprévu m'obligeait d'annuler.

Depuis le début de l'année, mon activité de critique d'art s'était élargie. J'avais été sollicitée ! La galerie Maeght venait de fonder *Les Chroniques de l'art vivant* et celui qui en fut le premier rédacteur en chef, qui s'appelait François Chevallier, m'avait demandé d'y collaborer. Cette collaboration constitue mon premier merveilleux souvenir professionnel. Chevallier formait un tandem avec le maquettiste, qui était aussi un artiste, Bernard Lagneau, et ensemble ils essayaient d'inventer un nouveau journalisme d'art qui envisageait toutes les disciplines, y compris celles qui n'avaient pas encore gagné leur statut d'art, telle la bande dessinée, dans une forme plus vivante et plus pédagogique que ce qui existait déjà, mais sans copier la presse à sensation comme le faisait *Arts*, et en mettant en avant les recherches les plus expérimentales (à l'exception toutefois des grands maîtres représentés par la galerie, Chagall, Calder ou Giacometti, mais ça, personne n'aurait eu l'idée de le leur reprocher). Il fallait accepter de travailler en équipe, mise en page et rédaction se faisaient de manière concomitante, je devrais plutôt dire : la mise en page commandait la rédaction. On me disait : « Tu vois, ici, il y a la place pour quarante lignes », et le lendemain, j'apportais mes quarante lignes. J'éprouvais une fierté à travailler de cette façon, alors que, voyant au marbre des *Lettres françaises* le metteur en page se saisir sans les regarder des plombs au bas de mon article – trop long, certes – et les jeter à la poubelle sans plus d'état d'âme, j'avais pour le moins été contrariée. Outre que ce mode de travail me donnait le sentiment d'être intégrée dans une équipe et prise au sérieux, moi que l'on regardait, aux *Lettres françaises*, comme la gamine dont on excusait la crédulité devant les excentricités avant-gardistes, je contribuais là à une sorte de cause supérieure, le Journal, la Presse, l'Information du

Public, qui avait sa propre raison d'être, sa propre valeur. L'objectif était le même, expliquer et défendre les œuvres d'art, mais la méthode était plus autonome en regard d'une tradition littéraire de la critique.

L'expérience tourna court un an plus tard, après la sortie du numéro 10. À l'occasion d'une exposition Pierre Reverdy qui ouvrait à la Fondation Maeght, à Saint-Paul-de-Vence, ce numéro déploya en couverture, en gros caractères rouges occupant l'intégralité de l'espace, bord à bord, une citation du poète appelant à une révolution de la syntaxe : « Pour un art nouveau, une syntaxe nouvelle était à prévoir, elle devrait fatalement venir mettre dans le nouvel ordre les mots dont nous devions nous servir... ». Évidemment, ça disait quelque chose du projet qui était celui de la rédaction de la revue. La citation courait sur les pages suivantes et concluait avec insolence : « Ceux qui grâce à leur prétention et à leur insensibilité, se contentent de vouloir ramener tout à leurs vieux espoirs, sont détestables. Tout le monde ne peut pas marcher au même pas. » Cette couverture fut la cause d'un conflit entre le rédacteur en chef et son éditeur, Aimé Maeght. Je n'osai pas poser de question. La citation ne me parut pas si provocante, pour autant je ne cherchai pas à savoir si ce conflit ne couvait pas auparavant. Je n'avais pas encore appris à raisonner en tenant compte de l'immensité du monde caché derrière le monde des apparences, j'étais fataliste devant les événements.

François Chevallier tenta de lancer un autre magazine sous le titre *Attention Art* qui, à ma grande déception, n'alla pas plus loin que son numéro zéro. Jean Clair lui succéda à *L'Art vivant*, je continuai d'y collaborer. Le choix des sujets était toujours aussi large, volontiers polémique, la présentation plus sage.

Un jardin à Montparnasse

Avant cela, ce fut Chevallier qui me commanda un reportage sur la fonderie d'art. Il avait le souci d'expliquer les œuvres dans leurs aspects les plus concrets. César était certainement le sculpteur le plus célèbre, « Qu'est-ce que tu pourrais trouver de mieux ? », m'avait dit Daniel. J'appelai César. Je l'appelai depuis le bureau de Daniel à la galerie, un réduit qui avait servi de débarras au propriétaire. Daniel l'avait peint en blanc, y avait fixé au mur un plan de travail et placé deux chaises – une troisième n'aurait pas tenu –, où l'on s'asseyait dos à la porte qui permettait d'accéder aux toilettes. À cette époque, il fallait des mois, voire des années, pour obtenir une ligne téléphonique et je me servis donc d'abord du téléphone de la galerie et continuai de le faire après que le téléphone fut installé dans le studio, d'autant que, lorsque Daniel avait à faire au-dehors, j'assurais la permanence. Je me sentais là dans une bulle, grâce à quoi je réussissais à mobiliser suffisamment d'audace pour appeler des gens que je ne connaissais pas. À ma demande, César répondit exactement : « Qu'est-ce que vous venez me parler de fonderie d'art ! Moi, je vais vous montrer une vraie fonderie. » C'est ainsi que dans les jours qui suivirent, j'accompagnais le sculpteur et un ingénieur qui l'assistait pour ce projet à Montchanin, à côté du Creusot, où avait été coulé le moule en fonte de ce qu'on appelle « le *Sein* de Rochas ». Il s'agit de la plus grande version de 5,60 mètres de diamètre, 2,50 mètres de haut, d'un sein moulé sur celui d'une danseuse du Crazy Horse Saloon, destiné à être posé comme une île en pente douce au milieu d'un bassin, devant le site de production des parfums Rochas à Poissy. Il m'est resté de cette visite la vision de la matière devenue bloc de lumière pure dans la gueule d'une énorme forge et celle des hommes qui s'affairaient autour, timides et taciturnes devant César. Quand nous nous sommes éloignés, César, au lieu de me parler de l'œuvre, ne commenta que le bruit dans l'atelier, la chaleur, les risques, et ces hommes aux visages burinés qui avaient l'air de vieillards alors qu'ils étaient sûrement plus jeunes que lui. Je faisais d'emblée connaissance avec le César saturnien, celui qui n'avait pas cinquante ans quand je le rencontrai et qui ne me parla jamais de lui qu'en se lamentant d'être déjà, lui-même, un vieillard. Celui dont les autoportraits ne sont jamais que des anticipations de son masque mortuaire, et qui, choyé par les journalistes autant que par les femmes du monde, n'en revenait pas, au fond, d'avoir eu un autre sort que celui que lui promettait sa naissance sous les auspices de « la Belle-de-Mai », le quartier des immigrés à Marseille. Certaines personnes que la chance a favorisées nourrissent cette sorte de superstition qu'elles devront un jour en payer le prix.

Nous sommes rentrés de nuit, César s'assit sur la banquette arrière à côté de moi. Avec le sens des responsabilités, l'ingénieur, qui conduisait, m'avait dès le départ recommandé, au cas où nous aurions un accident, de m'allonger aussitôt sur la banquette. Il ne nous est heureusement rien arrivé, mais ce fut César qui, se couchant à moitié, posa sa tête sur mes genoux. De temps à autre, notre conducteur levait les yeux pour jeter un coup d'œil dans le rétroviseur. Amusé, mais aussi, me sembla-t-il, prévenant, pour me donner l'opportunité de me dégager de mon voisin, il dit quelque chose du genre : « Eh bien, Catherine, elle n'en mène pas large... » Je me demande quelle tête je faisais dans le reflet du rétroviseur. Toujours est-il qu'à l'intérieur de cette tête il ne devait pas y avoir grand-chose. J'étais accoutumée aux gestes des hommes, je laissais faire, je ne précipitais rien, j'attendais de voir. Une main qui s'avançait sous mes vêtements faisait immédiatement tomber un clapet intérieur derrière lequel je me retirais. Là, toute réflexion était suspendue, mon corps était abandonné à lui-même. Indépendamment de ce corps, en arrière de toute pensée, il y avait une voix inconsciente et paresseuse qui disait : « On verra bien demain. » Nous sommes arrivés à Paris et je suis restée dormir chez César.

Je le voyais souvent, à l'occasion il m'emmenait s'il avait un déjeuner chez Lipp, ayant décrété une fois pour toutes que je n'aimais que les sardines et le fontainebleau, et il me traînait dans des dîners, parfois deux le même soir – c'est-à-dire que nous passions au second pour le dessert ou le café. Il avait la réputation d'aimer les très jeunes femmes, ça m'amusait de tenir le rôle de la « nouvelle », et de toute façon, dans ces milieux, je n'aurais pas été capable d'en tenir un autre. Je regardais la manière dont de grandes et belles femmes bourgeoises sur de hauts talons cajolaient cet homme petit, ainsi qu'elles l'auraient fait avec un enfant et peut-être un jouet sexuel, et comment des hommes d'affaires riaient fort de ses plaisanteries avant de lui expliquer doctement quelque chose de leur monde à eux, comme s'il avait été le grand vizir débarqué d'une civilisation lointaine. Je lui connaissais une expression quand il s'animait : il plissait le nez en ouvrant grand la bouche, de telle façon qu'il me semblait que son rire était forcé, parce que le regard à travers la fente des paupières ne riait pas. Moi, j'aimais le César dans l'expression duquel tout à coup une gravité, presque une tristesse, s'installait.

Je ne sais plus sous quel prétexte ce fut lui qui, un jour où je devais aller à Bois-Colombes, m'y conduisit avec sa voiture. Ce n'était pas seulement que, si je leur amenais la preuve que je fréquentais des gens célèbres, ma mère et ma grand-mère pouvaient être rassurées sur mon compte, c'était aussi que j'avais besoin, je suppose, de raccorder les deux morceaux de ma vie. Son œil balaya l'intégralité du petit appartement de la rue Philippe-de-Metz, il s'intéressa à un gros cendrier en verre à effet miroir que je dirais aujourd'hui dans le style de Jean Luce, bavarda avec ma grand-mère ; Philippe, à qui j'avais offert un gros morceau d'expansion jaune, découpé dans celle que César avait réalisée chez Mathias Fels en décembre 1968, était sur la réserve à la façon des très jeunes gens. Puis nous sommes allés dîner chez mon amie Christine. Elles étaient trois sœurs devenues toutes les trois hôtesses de l'air, toutes les trois charmantes comme des hôtesses de l'air. L'aînée s'était installée dans un agréable pavillon au fond du jardin de leurs parents et là, elles nous ont fait la dînette, servie dans de la vaisselle d'Air France. Au retour, César a fait un bref commentaire sur le sens de sa présence au milieu de toutes ces filles et il a posé une question : qu'est-ce qui faisait que je n'étais pas elles ?

Quelquefois, quand il avait rendez-vous chez un artisan, ou avec un marchand, un collectionneur, César me disait : « Viens, ça peut t'intéresser. » Je l'accompagnais chez un prothésiste dentaire qui fignolait une compression de bijoux, ou à Monaco dans un atelier qui compressait, en fait écrasait, pour lui des cafetières, des brocs, des pots de chambre en tôle émaillée, avec un résultat d'une extrême finesse devant lequel il s'extasiait. Il continuait à ne pas me parler de son travail et à me faire admirer celui des autres. C'était la grande période des expansions, celles en polyuréthane expansé réalisées en public, celles en cristal de Daum, celles surtout dont il chercha pendant de longs mois à peaufiner et glacer la surface afin de les durcir et les pérenniser. J'adorais passer à l'atelier de la rue Roger, derrière le cimetière de Montparnasse, pour les regarder travailler, Ken, le jeune assistant américain, et lui, et les écouter discuter de leurs échecs et de leurs progrès.

À la rentrée, César eut deux expositions, l'une au musée des Arts décoratifs, l'autre chez Fels, et il préparait précisément pour le printemps suivant une grande exposition des expansions au Cnac. Je rédigeai plusieurs articles sur ses expériences avec les matériaux, et réalisai une grande interview pour *Les Lettres françaises* qui parut sous le titre « César, la main à la pâte ». Il y était énormément question de matières, d'outils, de techniques. Pour ça, César était disert et il s'étonnait de voir une critique d'art s'intéresser de si près à la fabrication des choses, lui qui ne manquait jamais de faire la différence entre les « théoriciens » – terme qui désignait en priorité Klein et Restany – et l'« ouvrier » qu'il était. Quand il me lança : « Toi, tu sortirais avec un plombier, tu écrirais sur la plomberie », c'était une plaisanterie, mais pas tout à fait une moquerie. Et il n'avait pas tort. Si la rêveuse que j'étais trouva finalement sa place quelque part dans le réel, ce fut peut-être par cette voie : inapte par moi-même à appréhender le réel, je l'approchais à travers des hommes, d'abord dans la relation amicale et sensuelle que j'avais avec eux, qui me mettait en confiance, puis dans la relation qu'eux-mêmes entretenaient avec le monde et la compréhension des moyens qu'ils s'étaient forgés pour le saisir.

Plusieurs fois, j'entendis César me dire aussi : « C'est Tallon qu'il faudrait que tu rencontres. » J'ignorais qui était Tallon et lui ne pensait pas à ce moment-là au designer, mais au libertin que le designer avait la réputation d'être dans son cercle d'amis. Finalement, ce n'est pas lui qui me le présenta, mais un de leurs amis communs. Je fis donc la connaissance de Roger Tallon, et le hasard voulut que ce fût dans une période qui préparait la reconnaissance institutionnelle du design industriel en France. Le musée pionnier était celui des Arts décoratifs que dirigeait François Mathey. Pour partie, celui-ci avait déjà fait de son musée, bien mieux que le Musée national d'Art moderne, le vrai musée d'art contemporain à Paris. Travaillait à ses côtés François Barré, jeune énarque que son entourage s'étonna de voir préférer l'administration de la culture à toute autre carrière, et qui s'apprêtait à y fonder le CCI, le Centre de création industrielle, plus tard intégré au Centre Pompidou. L'inauguration devait avoir lieu début octobre. Je préparai l'événement tout au long du mois d'août dans *Les Lettres françaises*. Un an après l'enquête sur les jeunes artistes, je pris à nouveau en charge le « feuilleton d'été », une histoire du design en plusieurs épisodes. Il y avait encore si peu d'écrits sur le sujet qu'on me regarda aussitôt comme une spécialiste ! Mais César avait été clairvoyant, car si, quelque trente ans plus tard, un livre m'apporta une célébrité comparable à la sienne, dont il ne sut malheureusement rien car il était mort depuis deux ans – non sans que nous ayons eu le temps de travailler ensemble pour sa représentation de la France à la Biennale de Venise en 1995 –, et si ce livre fit de moi auprès du public une espèce d'experte ès sexe, c'est bien parce que j'avais rencontré Roger Tallon...

L'été 1969 fut calamiteux. Soudain, à la mi-septembre, il se mit à faire très beau. César me téléphona un matin pour m'inviter, il préparerait quelque chose, on déjeunerait chez lui dans le jardin. Il habitait rue Boulard, pas loin de l'atelier, une maison de poupée dans une de ces allées privées, enclos de vie provinciale que Paris a su ménager au sein des quartiers les plus denses. Quand j'arrivai, un grand jeune homme m'avait précédée dont je compris qu'il venait de New York bien qu'il parlât familièrement avec un accent du Midi qui n'était pas tout à fait le même que celui de César. Comme à l'accoutumée, je restai silencieuse pendant le déjeuner. Quand la table fut débarrassée, le jeune homme y posa des panneaux de bois et je le regardai à la dérobée, sans bien comprendre. Il contrecollait de grandes feuilles à la dimension de ces panneaux, sur lesquelles se trouvaient des inscriptions difficiles à déchiffrer, des formules mathématiques. Brusquement, il se tourna vers moi et, en accompagnant ses paroles d'un mouvement de menton, il me demanda si je savais ce que ça voulait dire : « Tout ça. » J'ai vraiment pensé qu'il était l'exécutant pour quelqu'un d'autre d'un travail dont lui-même ne connaissait pas la signification. Je me suis contentée de secouer la tête. Alors César a trouvé le moyen de le prendre à part pour l'avertir : il ne fallait pas charrier cette fille, elle n'était pas ce qu'il croyait, elle écrivait sur l'art dans un journal.

Quand je me suis à nouveau approchée de Bernar Venet, il m'a expliqué qu'il était en train de maroufler de grands tirages photographiques destinés au musée de Leverkusen en Allemagne. Celui-ci préparait une exposition consacrée à un nouveau mouvement très important, l'art conceptuel. Il fallait absolument que j'aille voir. Le soir, j'ai mis Daniel au courant et, dans les jours qui ont suivi, Bernar est passé nous voir à la galerie pour nous donner plus d'informations.

Une Renault 12 avait remplacé la 4L. À quelques semaines de là, nous sommes partis, direction le Schloss Morsbroich de Leverkusen. Située entre Cologne et Düsseldorf, la ville est le site principal de l'industrie chimique en Allemagne et, dans le même esprit que Cassel avait créé la Documenta, elle avait décidé en 1951 d'installer dans un vaste pavillon de chasse baroque le premier musée d'art contemporain de l'Allemagne fédérale. *Konzeption Conception*, conçue par le directeur Rolf Wedewer et par le jeune marchand Konrad Fischer, fut en effet, en octobre et novembre 1969, la première grande exposition internationale d'art conceptuel. J'avais promis un reportage à *L'Art vivant*. La revue *Opus* m'en demanda un également.

Sexe et concepts

Présumée spécialiste

Le grand hall baignait dans une lumière pisseuse qui accentuait mon impression de contempler à travers la vitre de la cabine téléphonique le décor défraîchi d'un bureau de poste centrale ou le siège austère d'une banque d'affaires. C'était l'Amérique et c'était vieillot. Cette fois-là, j'étais venue sans bagage. Je n'étais pas trop fatiguée, on voyageait encore en Boeing 707 entre Paris et New York et, bien que l'avion fût beaucoup moins grand que ceux qui le remplacèrent par la suite, on pouvait en classe économique s'allonger sur les trois sièges de la rangée et dormir. Sitôt passés les contrôles, j'avais trouvé cette cabine. La cage transparente m'isolait des gens qui traversaient sans hâte l'espace. J'étais là pour quelques heures, chargée par Daniel de rendre visite à Sol LeWitt et de lui acheter des papiers froissés ou déchirés. Il était entendu que Daniel lui en réglerait le prix de quelques centaines de dollars lorsqu'il les aurait revendus à Paris. Trop accaparée par ma tâche, je n'ai pas inscrit dans ma mémoire l'appréhension que j'ai dû forcément éprouver. La jeune femme dont Daniel se moquait sous prétexte qu'elle était à peine capable de prendre seule le métro a beaucoup voyagé seule et loin, équipée de ses yeux grands ouverts et d'un anglais basique qui en définitive la servait.

Quand la timidité vient d'un repli non pas sur soi, mais en soi, c'est-à-dire que l'attention reste dirigée vers l'extérieur et que l'on dispose d'une paire d'yeux qui, apte à suivre ce qui se produit sur l'écran du monde, peine cependant à commander les bons mouvements qui permettent de transpercer cet écran pour être de plain-pied avec les autres, cette timidité-là, chez celui qui en est affecté, développe des ressources insoupçonnées. Dans sa solitude, ne pouvant compter que sur lui-même – parce qu'il n'ose pas arrêter un passant dans la rue qui pourrait le renseigner –, le timide de cette sorte acquiert une perception d'une sûreté inouïe grâce à laquelle il saisit instinctivement les signaux qui le feront progresser dans l'environnement opaque. Ces signaux, il les abstrait, il les fait siens. Il devient taupe, creusant farouchement son tunnel dans une terre compacte. Il marche droit jusqu'au bon guichet où acheter le billet, manipule jusqu'à ce qu'il cède le distributeur de jetons ou le taxiphone hostile. Il n'y pense pas plus qu'à sa respiration, raison pour laquelle il oublie sa peur. Un ami m'avait prévenue de l'angoisse qui, dans le tête-à-tête avec ce qu'on appelait « le combiné noir », saisissait le néophyte débarquant à New York (car le voyage à New York faisait partie du parcours initiatique de quiconque aspirait à se mêler d'art d'avant-garde). Il sait qu'il ne dispose que d'un nombre de jours limité, celui qu'autorise le tarif réduit de son billet d'avion, pour prendre un maximum de contacts. L'ami avait mimé la main tendue vers le combiné, aimantée et pétrifiée. L'expérience devait m'apprendre qu'une fois franchis les quelques centimètres qui séparaient la main du cadran, après que l'on avait abandonné son sort à ce cadran qui hoquetait bruyamment lorsqu'on le forçait du doigt et qui revenait en arrière en prenant tout son temps, et que se faisait entendre une voix imprégnée de l'intimité d'un atelier ou d'un bureau, l'appréhension cédait ; les vibrations de la voix vous enveloppaient, la figure imaginaire qui s'ébauchait était indifférente et il n'y avait de place pour rien d'autre. En général, la voix vous proposait de venir plus tard dans la journée ou le lendemain. J'ai obtenu mon rendez-vous avec Sol LeWitt pour l'après-midi même. Honnêtement, je m'étonne, je m'émerveille de m'être sortie de situations aussi épouvantables, persuadée que celle que je suis devenue ne saurait plus agir avec autant d'assurance.

Au début des années 1970, j'ai fait plusieurs fois l'aller-retour entre Paris et New York. Cadette de Daniel, je profitais de tarifs « jeunes » proposés par Air France auxquels il n'avait plus droit. Ma toute première fois, ç'avait été en avril 1970 pour visiter l'exposition *Conceptual Art and Conceptual Aspects* dans un musée qui n'existe plus, le New York Cultural Center. Le bâtiment qu'il occupait sur Columbus Circle, à l'angle sud-ouest de Central Park, est désormais celui du Museum of Arts and Design qui en a d'ailleurs, tout musée du décor quotidien qu'il soit, « rectifié » déplorablement l'élégante et vénéto-byzantine façade concave. Vrai saccage d'un des buildings les plus originaux de Manhattan. C'était bien sûr Bernar Venet qui m'avait incitée à faire le voyage, lui qui avait trouvé à me loger chez un jeune homme qui occupait le rez-de-chaussée d'une maison dans Chelsea et qui, pour me laisser la place, migra chez sa petite amie. Le jeune homme contempla avec une courtoisie mêlée de perplexité la cravate que je lui offris en arrivant et me demanda assez vite dans la conversation si j'étais juive. Je lui répondis que non, mon visage, dit-il, lui avait laissé penser que je l'étais, mais il ne crut pas utile de préciser que lui-même l'était, juif, du moins ce fut ce que je conclus de sa remarque et de l'observation de son visage. Je me souvenais d'avoir entendu ma grand-mère déclarer, à propos de la famille d'une de mes camarades de lycée, « ce sont des juifs ». C'était dit sans animosité, mais avec la précipitation dans la voix qui marque une différence sur laquelle il est préférable de ne pas s'étendre. En Amérique, on disait les choses. Cela me plut de donner l'image de ce que je n'étais pas.

J'ai rencontré Donald Karshan, directeur du New York Cultural Center, le lendemain de mon arrivée. Il collectionnait les œuvres de l'avant-garde constructiviste et il était un spécialiste de la sculpture d'Archipenko ainsi que de l'œuvre graphique de Malevitch ; il travaillait au catalogue raisonné de l'une et de l'autre. Bel homme, distingué, il recevait en donnant l'impression qu'il pouvait vous consacrer toute sa journée. Pour Karshan, les artistes conceptuels étaient les héritiers de cette génération de précurseurs qui avaient les premiers réalisé des œuvres débarrassées de l'obligation de représenter le monde, et qui avaient produit quantité de textes théoriques. Une conviction rarement exprimée directement, parce que l'effet de surprise, l'impératif de la nouveauté étaient trop dominants, mais qui était, au fond, partagée par la plupart de ceux qui s'intéressaient à l'avant-garde, était que l'effervescence expérimentale à laquelle on assistait renouait avec l'esprit des avant-gardes du début du siècle. Parce que ces avant-gardes, refoulées dans l'entre-deux-guerres, oubliées dans l'après-Seconde guerre, avaient refait surface : on lisait comme un bréviaire les entretiens accordés par Marcel Duchamp à Pierre Cabanne, publiés un an avant la mort en 1968 de l'oracle laconique, et on allait se recueillir à la galerie Jean Chauvelin, rue de Fürstenberg, devant de rares dessins de Malevitch et d'autres artistes mythiques des avant-gardes russes, trésors tellement inespérés, sauvés des ténèbres soviétiques, qu'il courait toujours des histoires sur les pérégrinations mystérieuses qui les avaient menés jusque-là.

Cette première fois à New York, outre que je fis connaissance de plusieurs artistes conceptuels au vernissage du New York Cultural Center, l'activation du poussif combiné noir me conduisit chez Vito Acconci et chez Hans Haacke. Acconci était réservé, d'une gentillesse, d'une douceur qui rendaient d'autant plus saillant son regard intense dans un visage aux traits grossiers, encadré de cheveux rares, longs et pas soignés. Il avait quelque chose de l'animal qu'on aimerait caresser, s'il n'était aussi pelé. Certes, il n'avait pas encore réalisé l'action intitulée *Seedbed*, pour laquelle, six heures durant, il resta couché sous un faux plancher construit dans la galerie Sonnabend de New York, apostrophant des visiteurs qu'il ne voyait pas et qui ne le voyaient pas, et qui apprenaient ainsi que l'artiste était là, rampant sous leurs pas, nu et se masturbant. Mais ses performances étaient déjà chargées d'une violence et d'une sexualité contenues, sans que personne, à ma connaissance, n'eût encore abordé de front cet aspect de son œuvre. On commentait la frontière entre l'art et la vie, pas la pulsion brutale qui bousculait cette frontière. Je fus plus à l'aise avec Hans Haacke, courtois, sérieux, et qui, ayant vécu à Paris, parlait français. Il pratiquait encore un art cinétique qui, à la différence de celui que je voyais chez Denise René, était mû non par un moteur, mais par la dynamique naturelle de l'air ou de l'eau, telle cette délicate vague prisonnière d'une longue et étroite boîte transparente. Acconci comme Haacke étaient défendus par *Avalanche*, revue dont Willoughby Sharp et Liza Béar, ses fondateurs, m'offrirent les tout premiers numéros. *Avalanche*, de format carré, ressemblait à l'incontournable *Artforum*, sauf qu'elle était en noir et blanc et défendait le body art, la performance, le land art, alternatives à l'*establishment* de *Artforum*.

À New York, dans le milieu de l'art, le moins qu'on puisse dire, c'est que vous étiez pris en charge. La ville avait la réputation d'être dangereuse, on se déplaçait dans le sud de Manhattan avec en tête la vision qu'il y avait au bout de la rue une frontière à ne pas franchir, au-delà de laquelle il faudrait enjamber des corps d'ivrognes et de junkies affalés sur le Bowery, et j'étais cette petite étrangère qui grimpait des escaliers aussi raides et hauts que l'échelle de Jacob, à moins qu'il n'y ait eu un monte-charge pareil à une cellule de prison et dont la lourde grille se rabattait avec fracas, pour venir les voir, eux, les artistes et les critiques, tous pénétrés du caractère impérieux de leurs actions autant qu'ils étaient conscients de les accomplir dans une extension du domaine de l'art qui n'était ni repérée ni circonscrite. Je sortais toujours de mes rendez-vous avec un mode d'emploi de la ville, une liste de recommandations pratiques et les numéros de téléphone des prochains que je ne devais pas manquer de rencontrer. Il n'était pas si tard quand je quittai Jeanne-Claude et Christo, mais il faisait déjà nuit, et ils se comportèrent exactement comme l'auraient fait des parents attentionnés. J'eus beau protester, Christo tint absolument à me raccompagner, craignant pour moi un danger que je ne craignais pas, protégée par le sentiment de me mouvoir dans un environnement familier.

On me conseilla de rencontrer le marchand John Gibson qui s'était fait une spécialité de promouvoir des œuvres inclassables, hors les murs et hors dimensions de Christo, Dennis Oppenheim, Dan Graham et d'autres. Sa galerie, conséquemment, se réduisait à un simple bureau ; il prétendait même qu'il la transportait avec lui et lorsqu'il vint à Paris, répondant à l'invitation de Daniel d'exposer ses artistes rue Bonaparte, il se présenta comme un voyageur de commerce, un très grand porte-documents noir à la main qui contenait toute l'exposition, photographies et dessins de projets.

Bernar vivait depuis quatre ans à New York et il était parfaitement intégré. Il me proposa de l'accompagner chez Donald Judd qui habitait le building à l'angle de Spring Street et de Mercer Street. Il pensait qu'il fallait absolument que je connaisse cet artiste majeur. Il devait discuter avec lui des détails d'un échange d'œuvres sur le principe duquel ils s'étaient entendus. Exception dans l'incubateur de SoHo, le taciturne Donald Judd me regarda un peu de haut, ce qui ne découragea pas chez moi une passion durable pour son œuvre. Le building est maintenant devenu une maison-musée. Telle que je me rappelle la configuration du lieu, il était déjà cela en puissance.

Malgré tout, au retour, je ne publiai dans *Les Lettres françaises* qu'un long commentaire de l'exposition du New York Cultural Center, intitulé « Retour de New York. Situation de l'art conceptuel ». C'était du sérieux. Je saluais le travail de l'organisateur en soulignant que sa sélection était d'une plus grande « pureté » – je reprenais son mot – que celle des expositions qui avaient déjà eu lieu en Europe. Il fallait cesser de confondre l'art conceptuel avec l'art pauvre ou tout autre courant d'avant-garde qui laissait encore place à l'expression subjective ou manifestait des préoccupations formelles. Ça n'avait rien à voir ! D'ailleurs, la distinction dans le titre entre « conceptual art » et « conceptual aspects » séparait clairement les travaux « questionnant la nature de l'art » (telle était la formule consacrée) des œuvres qui, à l'aide de photos en noir et blanc, de plans et de cartes ou de récépissés postaux, rendaient compte d'une action quelque part dans l'espace urbain ou bien au loin dans la nature. Je m'employais à expliquer tout ça.

L'évolution de Hans Haacke connut un tournant radical quand il mena une enquête sur les affaires immobilières pas très propres de certains trustees d'un grand musée, ce qui provoqua l'annulation de son exposition programmée précisément dans ce musée : le prestigieux Guggenheim Museum de New York. 1971 fut pour le Guggenheim une année où il fut particulièrement « exposé ». Deux mois avant l'affaire Hans Haacke, une toile rayée gigantesque de Daniel Buren, déployée dans le puits central du musée et dont l'objectif était de faire prendre conscience du vide vertigineux et extravagant en son cœur, avait été décrochée la veille du vernissage, dans ce cas, sous la pression d'autres artistes qui participaient à l'exposition (parmi lesquels Donald Judd), avec l'argument que la toile occultait leurs propres travaux. Les deux affaires marquèrent d'autant plus les esprits que généralement l'art conceptuel ne provoquait guère de scandale. Les gens n'étaient pas choqués par des œuvres dont la plupart étaient dépourvues de contenu politique explicite et qui de toute façon se présentaient sous une forme anodine et discrète : coupures de journaux dans un classeur, livres, fichiers qu'on n'était pas obligé d'ouvrir. Ou alors, elles décourageaient toute tentative de compréhension : une performance imaginée par Venet consistait en des conférences simultanées, côte à côte, d'un psychanalyste et d'un spécialiste des marchés financiers. Non, les gens étaient déconcertés, au pire agacés s'ils avaient l'impression d'être snobés sans avoir le recours de s'indigner. Bavardant avec le critique d'art du *Monde*, je l'entendis me dire d'un ton bougon qu'il était passé devant la vitrine de la galerie Daniel Templon et que, franchement, des tables et des chaises alignées comme dans une salle de classe, ça n'était pas très intéressant… Certes, l'expérience vous apprend qu'un coup d'œil depuis le trottoir suffit au professionnel, qui a ses repères, pour décider d'entrer ou pas dans une galerie d'art, et il est vrai que lorsqu'il s'est approché, c'est son métier de considérer les œuvres en reprenant du recul, au sens propre, s'il s'agit d'une exposition de tableaux ou de sculptures, aussi bien qu'au sens figuré. Mais là, il aurait fallu que le critique poussât la porte, s'assît, ait la patience de lire des extraits de textes dactylographiés sur des feuilles soigneusement posées sur les tables, citations consciencieusement choisies dans les *Mémoires* du général de Gaulle, dans celles du général Joukov, d'André Maurois et de Jacques Duclos. Elles étaient classées par Joseph Kosuth selon une logique qui, art conceptuel oblige, ne sautait pas aux yeux. Tout ça, il faut le reconnaître, demandait une curiosité naturelle et de la concentration, mais il est à noter que vers cette époque s'instaura l'usage de la part du directeur de la galerie ou de sa secrétaire de venir en aide au visiteur en lui expliquant la démarche de l'artiste, en lui donnant la clef permettant d'accéder au sens caché d'une installation d'objets dont il soupçonne qu'ils ne sont pas aussi quelconques qu'ils en ont l'air. À mon tour, je fus décontenancée par le fait que le critique du principal quotidien français avait pu prendre des tables et des chaises de location pour l'œuvre exposée (disons-le, il retardait) ; je n'aurais pas osé l'éclairer sur son contresens (il ne s'agissait surtout pas de ready-made !) et je me voyais encore moins lui résumer en deux minutes le travail de Kosuth.

J'étais sincèrement intéressée par ces artistes qui ne représentaient plus la réalité, mais plutôt la mettaient en crise, ou qui prenaient pour sujet d'étude l'art lui-même. Dans cette voie, la tendance la plus « pure et dure » était celle de Kosuth et du groupe anglais auquel il était associé et qui éditait la revue

Art-Language. Ils avaient entrepris d'analyser les conditions qui faisaient qu'un objet, quel qu'il fût, pouvait être considéré comme une œuvre d'art, au terme de l'évolution des formes, dans un contexte donné, culturel et social et, ce qui était important, pris dans le tissu d'une langue. Leur démarche était théorique. Quand ils passaient à une démonstration pratique, quand Kosuth louait des panneaux publicitaires dans l'espace public pour y placer l'agrandissement d'une liste de mots extraite d'un thésaurus, ou lorsque le groupe Art & Language exposait, ainsi qu'il le fit chez Daniel, le dispositif de démonstration d'un phénomène électroacoustique, *le Lecher System* – à savoir : un cadre métallique portant un oscillateur, deux fils conducteurs en cuivre, une ampoule, le tout posé sur un socle parallélépipédique –, il s'agissait, en déplaçant les objets de référence, en modifiant leur approche, de susciter une réflexion sur la perméabilité, ou non, de la frontière entre l'art et son contexte – la rue où l'attention se disperse, la galerie où l'on vient spécialement pour voir des œuvres d'art –, sur les conditions nécessaires et suffisantes de ce contexte, au bout du compte d'évaluer nos modes d'approche, sensibles et intellectuels, propres à catégoriser un artefact en tant qu'œuvre d'art – ou non. Dans les pages d'*Art-Language*, cela donnait lieu à des essais et des discussions entre les membres du groupe, à toute une sophistique dans le labyrinthe de laquelle je ne me risquais jamais loin. D'ailleurs, Art & Language lui-même s'est amusé à classer ses énoncés selon leur degré de compatibilité et d'incompatibilité, en dégageant une catégorie à part pour ce qui ne pouvait même pas être comparé ! Dans la vie, Joseph Kosuth expliquait son travail avec l'intensité du sprinter qui vient de passer la ligne d'arrivée. Les mots se précipitaient au bord de ses lèvres, son débit était saccadé, accroché à sa respiration, la parole lui secouait le corps, tandis que Michael Baldwin, qui était en quelque sorte le porte-parole d'Art & Language, parlait d'une voix grave, développant posément, inflexiblement, des raisonnements tellement truffés de références et criblés de sous-entendus que ses interlocuteurs, y compris ceux qui maîtrisaient parfaitement l'anglais, se plaisaient à l'écouter comme ils auraient écouté la musique aux tonalités basses d'une langue inconnue. Mais l'un et l'autre étaient aussi gais que leur travail était austère, travail où pointait déjà chez Art & Language suffisamment d'ironie pour qu'on acceptât de bonne grâce leurs leçons. Leur didactisme, d'ailleurs, fut au fil du temps de plus en plus enfoui sous des effets plastiques, des inventions, voire des prouesses techniques ou formelles souvent facétieuses. (Je fais un bond qui nous transporte dix ans plus tard, pour montrer qu'il suffit parfois de les interpréter au pied de la lettre : aux amateurs de peinture qui reprochaient aux artistes de parler plus qu'ils ne pratiquaient, Michael Baldwin et Mel Ramsden, qui font perdurer jusqu'à aujourd'hui Art & Language, répliquèrent, si l'on peut dire, au travers des images mystérieuses, tremblantes et troublantes de tableaux de très grands formats, saturés d'éléments iconographiques et d'autant plus remarquables qu'ils étaient peints le pinceau tenu… avec la bouche.)

Le texte considéré comme fondateur de l'art conceptuel, un essai de Joseph Kosuth, s'intitulait *Art after Philosophy.* N'ayant aucune culture philosophique, je n'étais certainement pas familière de la philosophie anglo-saxonne à laquelle il se référait (sans vouloir me disculper, je ne devais pas être la seule parmi tous les amateurs d'art conceptuel !). Mais, dans ces années au cours desquelles s'installa l'idée que n'importe quel objet, trivial ou sophistiqué, et toute action, la plus élémentaire comme la plus sensationnelle, avaient leur place au sein de cette catégorie de l'activité humaine que les esprits les plus élevés considéraient – suivant en cela la vision d'André Malraux – à l'égal de la religion, dont Joseph Kosuth quant à lui pensait qu'elle se substituait à la philosophie, et que l'on appelait l'art, toute tentative plus ou moins savante d'expliquer pourquoi on en était arrivé là était la bienvenue.

On en était arrivé où ? Un peu plus d'un demi-siècle auparavant (c'est-à-dire exactement le même laps de temps qui nous sépare aujourd'hui de l'époque dont je parle), Marcel Duchamp avait signé un urinoir et tenté de l'exposer au Salon de la Société des artistes indépendants de New York. Refusé par le comité de sélection, l'objet avait été remisé derrière une cloison. Presque quarante ans se passèrent avant qu'en 1955 Robert Rauschenberg jetât de la couleur, à la façon d'un dripping de Jackson

Pollock, sur sa literie et l'accrochât au mur comme un tableau. Encore cinq ans et César présentait au Salon de Mai à Paris trois compressions de voiture pesant chacune une tonne. Pour l'un comme pour l'autre, ce n'était pas allé sans résistance ni moquerie, mais ce fut accepté. L'urinoir était devenu le ready-made, un parangon. Raison pour laquelle la nouvelle génération, celle des purs et durs, considérait que les artistes pop et les Nouveaux Réalistes n'avaient fait qu'« esthétiser » le ready-made et qu'ils avaient négligé la question en quelque sorte ontologique posée par le geste de Duchamp. Quelle était l'essence de l'art si l'art pouvait être aussi bien une toile encadrée de bois doré, des draps avec leur oreiller et leur édredon aspergés de peinture, des automobiles réduites par des presses industrielles à de presque parfaits parallélépipèdes ? Ces œuvres trouvaient place dans des galeries, des musées, chez des collectionneurs. La reconnaissance était là. Pour autant, elle n'avait pas chassé l'incertitude au fond des consciences.

Au tournant des années 1960-1970, les hardis amateurs d'art d'avant-garde étaient des personnes qui avaient commencé à aimer l'art devant des tableaux de la Renaissance, ou des Impressionnistes, voire à travers un goût pour les antiquités. Collectionneurs débutants, ils s'étaient risqués à acheter des tableaux post-cubistes, ou surréalistes tardifs, ou musicalistes, ou de prudentes abstractions de l'École de Paris, jusqu'à ce que, au hasard d'une rencontre avec un ami lui-même collectionneur, ou un marchand, plus rarement avec un artiste – parce que c'était plus généralement l'achat d'une œuvre dont on ne savait pas grand-chose qui entraînait la rencontre avec son auteur que le contraire –, et parce qu'ils aimaient le jeu intellectuel, ou les challenges, ou simplement parce qu'ils voulaient être les contemporains de leur époque, ils en étaient venus à regarder ce qui remettait en cause cette beauté qu'ils admiraient et qui en proposait une autre, dérangeante, ou qui, drastiquement, ne voulait plus avoir affaire avec la notion de beau. Les premiers amateurs de ces nouvelles formes d'art furent aussi les plus atypiques, tel le formidable couple Boulois, Gisèle et Marcel, qui possédaient entre autres deux magnifiques Lichtenstein et le très célèbre *Ema* de Gerhard Richter, qui avait valu à *L'Art vivant* d'être accusé d'outrage aux bonnes mœurs, des gens qui parlaient avec l'accent parisien et qui avaient fait fortune dans le recyclage des vieux tissus, d'éminents chiffonniers. Tous n'avaient pas la superbe de Jean-Marie Rossi, dont le magasin d'antiquités rue du Cirque, c'est-à-dire pas tout à fait adossé à l'Élysée, mais presque, présentait des commodes Louis XV dorées et ventrues comme des carrosses et qui, chez lui, avenue de Breteuil, servait à dîner sur une table en carreaux de faïence de Jean-Pierre Raynaud, accueillante comme un brancard d'hôpital. Ni l'assurance espiègle de son ami et associé Philippe Durand-Ruel, qui vendait des tableaux impressionnistes dont il avait hérité pour, avec son épouse Denyse, acheter, comme il s'amusait à le dire, l'œuvre d'un contemporain qui lui avait déplu au premier coup d'œil, persuadé que c'était celle-là qui était importante ; l'ancien officier putschiste d'avril 1961 avait gardé le goût du défi. Leur situation sociale, l'ampleur de leur collection les préservaient d'avoir à justifier leur goût auprès des incrédules. La figure de Robert Calle était différente. Peut-être parce que, arrivant de la Camargue de son enfance à Paris, il s'était lié très tôt à ceux qui formeraient le groupe des Nouveaux Réalistes, « Bob » avait l'air d'un artiste parmi les artistes ; il portait même le petit foulard du rapin roulé dans son col de chemise. Ça ne l'empêchait pas de diriger l'Institut Curie, et lorsqu'il prit sa retraite, il devint tout naturellement directeur de musée, le Carré d'art de Nîmes, que son ami Jean Bousquet, maire de la ville, avait fait construire.

Pour d'autres, il fallait argumenter pour affronter le scepticisme ou décourager les blagues faciles, à moins d'accepter sa passion comme une maladie honteuse – je me rappelle un collectionneur qui achetait chez Daniel en cachette de sa femme. Certains, qui s'étaient laissé prendre aux énigmes sans fin de l'art d'avant-garde, en cherchaient peut-être les réponses dans leur for intérieur. Ceux qui s'enthousiasmèrent pour les œuvres intransigeantes de l'art minimal et conceptuel se révélèrent d'ardents plaideurs. L'érudit comte Giuseppe Panza di Biumo ornait sa somptueuse villa de Varèse d'œuvres abstraites, démesurées et dépouillées, de Mark Rothko et de Dan Flavin, de murs entiers de Claes Oldenburg et de Robert Rauschenberg, pour y appuyer, semblait-il, le plaisir qu'il prenait à disserter ; il conduisait le visiteur à travers sa demeure comme l'aurait fait un guide dans un musée. Herman Daled, primo-collectionneur d'art conceptuel, avait beau être un radiologue réputé, lorsqu'il assistait à une conférence ou à une rencontre en public avec des artistes et des critiques d'art, il se comportait comme l'étudiant opiniâtre qui demande la parole, pose des questions, livre une réflexion, s'accroche. À la fin de sa vie, c'est au musée d'Art Moderne de New York qu'il céda sa collection. Roger Mazarguil, lui, tenait le restaurant Chez Georges, Porte Maillot, réputé auprès des amateurs de cuisine traditionnelle pour son gigot d'agneau et ses harengs à la Baltique, mais son fait de gloire pour le milieu de l'art était qu'il avait acquis une œuvre de Ian Wilson, la plus désincarnée de sa collection puisqu'elle consistait en une discussion avec l'artiste, sans témoin ni enregistrement, ainsi qu'en étaient les conditions.

Ça n'allait pas de soi (ça n'irait jamais de soi) d'accepter de ne conserver de cette discussion qu'un morceau de papier attestant qu'elle avait bien eu lieu (même si côtoyer les artistes et discuter avec eux est un des buts, avoué ou inavoué, d'un grand nombre de collectionneurs, quelle que soit la nature des œuvres qu'ils collectionnent), pas plus que de livrer sa salle à manger à l'obsession hygiéniste de Raynaud ou de confier à César, à l'instar de la vicomtesse Marie-Laure de Noailles, une voiture flambant neuve (de marque soviétique) afin qu'il la transforme en un volume de métal serré. Mais il était clair que le statut en suspens des propositions de l'art conceptuel, leur remise en cause des valeurs consacrées, leur caractère analytique, discursif, pédagogique, faisait du questionnement sur l'art et de sa redéfinition permanente une condition première. Cela signifiait que, maintenant, il y avait nécessité de mettre les choses à plat. À la rentrée 1970, Daniel livra la galerie à Ben qui satura les murs de ses tableaux écritures. Si Ben était un héritier de Duchamp, c'était à la suite d'une tout autre généalogie que celle des conceptuels, à savoir le mouvement néo-dadaïste Fluxus, mais comme les conceptuels il donnait surtout à lire. Il énonçait des aphorismes, lançait des injonctions, posait des questions, l'un de ses préceptes était « Ben doute de tout ». Et la foule se pressa pour venir l'écouter douter avec volubilité.

À moi qui n'avais pas suivi d'études ni d'histoire de l'art ni de rien du tout, l'art conceptuel permit de faire mes humanités. L'attention exigée par les œuvres m'habitua à chercher derrière les images les chemins de la pensée qui les avaient fait naître et je découvris l'histoire de l'art, du moins de l'art moderne, à rebours : Kosuth reprochait au grand critique Clement Greenberg de ne pas savoir regarder Ad Reinhardt et Donald Judd, alors je lisais Greenberg et regardais attentivement Reinhardt et Judd ; Judd discutait Josef Albers, alors je cherchais tout ce que je pouvais trouver sur l'école du Bauhaus où avait enseigné Albers, et ainsi de suite. Et c'est ainsi que, tandis que j'écrivais sur l'art conceptuel, la curiosité que j'avais manifestée pendant l'enfance pour les images, captivée par les premiers livres d'art que je tenais en main et dont les pages étaient la promesse d'habiter un monde tellement plus harmonieux que celui que je connaissais, cette curiosité se réveillait et trouvait son objet. Née au milieu du XXe siècle, ayant rencontré par hasard, dans le jardin d'un sculpteur célèbre dont j'étais la jeune maîtresse passagère, un artiste qui débutait en recopiant des formules mathématiques, je tombais sur un objet qui était la peinture, et tout à la fois le début et la fin de la peinture.

L'extrême pointe de l'avant-garde incitait à se retourner sur les tableaux peints à partir de 1960 par celui que le milieu artistique new-yorkais avait surnommé « le moine noir », les *Ultimate Paintings* ou *Black Paintings* d'Ad Reinhardt qui auraient pu tout aussi bien s'intituler « Tableaux du commencement de la couleur ». Quand je suis allée pour la première fois à New York, en avril 1970, voir l'exposition d'art conceptuel, la Marlborough Gallery avait sur ses murs – ce n'était sûrement pas un hasard – une exposition des *Black Paintings*. À la différence de ce que j'avais éprouvé dans l'exposition De Kooning chez Knoedler, je l'ai visitée en connaissance de cause, en sachant que j'approchais le Graal. Reinhardt était mort trois ans auparavant à l'âge de cinquante-quatre ans. À l'inverse de ses pairs qui ont fait l'histoire de la modernité, il n'avait pas cédé à l'éblouissement de la lumière. Comme celui qui au contraire vient de la lumière et pénètre une pièce sombre où il est d'abord aveugle, il avait exigé de ses yeux et des nôtres qu'ils patientent et s'accommodent à l'obscurité avant de percevoir qu'il n'y a pas le noir qui n'est jamais qu'une idée abstraite, facilité de langage que la vision dément quand elle discerne les différences entre tous les noirs, des noirs profonds aux noirs indécis qui voilent une lumière qu'on pressent infiniment lointaine, dans le bain duveteux de la nuit. Certes, les tableaux de Reinhardt sont « noirs » comme les « derniers » tableaux qu'il serait possible de peindre, mais on voit sourdre de ces noirs des bleus, des rouges, des verts, et la ligne que dessine la rencontre de l'une et l'autre de ces couleurs encore immergées sépare les ténèbres. Devant de tels tableaux, il faut, pour s'extraire soi-même de l'indétermination dans laquelle ils nous plongent d'abord, apprendre à choisir ses mots.

Les gens avaient envie de comprendre et, forte de ma science toute fraîche, je me suis révélée bonne pédagogue. Je suis devenue « spécialiste de l'art conceptuel » parce que les revues d'art, *L'Art vivant*, *Opus*, *Flash Art*, s'adressèrent à moi pour des articles sur le mouvement ou ses représentants. Tout un courant d'art conceptuel se développant en Yougoslavie, je suis allée jusqu'à Belgrade pour une présentation en public aux côtés des artistes de Art & Language. On m'invita dans des émissions de radio. Dans le studio parisien d'une radio québécoise, un journaliste qui n'était pas animé de mauvaises intentions me posa la question : « Pourriez-vous nous résumer l'évolution de l'art depuis l'impressionnisme jusqu'à l'art conceptuel ? » J'entrevis, par-delà le gros micro posé devant ma figure, l'immense étendue des sables mouvants de l'histoire, je me lançai néanmoins, vaillamment, pour m'enliser. L'homme était gentil et pour la première fois de ma vie professionnelle je me trouvai en présence d'une personne qui attendait de moi un savoir. Peut-être se rendit-il compte de la vastitude de sa question, on n'était pas en direct, il mc permit de reprendre, et je franchis l'obstacle à la hauteur de mes moyens.

Moins d'un an après notre rencontre avec Bernar Venet, nous sommes allés passer des vacances en Bretagne, auprès des tante et oncle de Daniel qui exploitaient une ferme dans un village de l'intérieur, Priziac. Il ne faisait pas beau, les commodités étaient celles du seau hygiénique émaillé bleu, nous nous nourrissions dans des crêperies rustiques où il fallait apporter ses œufs pour que la crêpière prépare la pâte, et j'écrivis là, avec la plus grande peine, mon premier long texte, presque un essai, *L'Art conceptuel comme sémiotique de l'art*. Les heures laborieuses étaient entrecoupées de pauses pendant lesquelles je me préparais des bols de Ricoré qui m'ont laissé à jamais le souvenir du breuvage le plus exquis. Daniel m'aida à relire et à corriger. Parvenue au bout de mes peines, je me sentis toutefois obligée de reconnaître dans une note à la fin du texte que l'idée annoncée dans le titre n'avait pas été suffisamment approfondie ! Ce texte m'avait été demandé par *VH101,* revue que venaient de fonder le critique Otto Hahn associé à une jolie femme riche qui s'apprêtait à épouser Donald Karshan, Françoise Essellier. La revue mêlait des écrits et des interviews peu conventionnelles, voire impertinentes, des artistes, des philosophes et des théoriciens de l'art les plus en vue : on y trouvait Claude Lévi-Strauss non loin de Pierre Bourdieu, György Ligeti, Phil Glass et Stockhausen, Andy Warhol et Victor Vasarely, Roland Barthes, Alain Robbe-Grillet, Philippe Sollers aussi bien que Marcel Duchamp et Germano Celant.

Mon texte parut dans le numéro de l'automne 1970, en ouverture de pages confiées aux principaux artistes conceptuels. Peut-être aurais-je dû éprouver, après m'être donné tant de mal, une satisfaction de voir mon travail aussi bien traité dans une revue d'aussi bonne tenue. Je demande qu'on me croie : il n'en fut rien. Ma vie était tellement pleine de choses diverses qui m'arrivaient pour la première fois ! Le fait de voyager, par exemple. Après New York en avril, j'étais avec Daniel en juin à Turin où Germano Celant s'apprêtait à inaugurer une grande exposition qui associait l'art conceptuel à l'arte povera dont il était « l'inventeur », comme Restany avait été « l'inventeur » du Nouveau Réalisme. Kosuth était là, je n'avais pas grand-chose d'autre à faire que flirter avec lui tandis que tous s'occupaient à installer les œuvres. En outre, je m'enhardissais : si j'avais eu du mal à mener à bien le travail pour *VH101*, je n'en avais pas moins lancé quelques semaines auparavant une attaque contre Daniel Buren, intitulée *Buren est-il encore justifiable ?*, qui m'avait valu un affrontement violent avec mon chef aux *Lettres françaises*. C'est que deux ans après que Boudaille eut donné la parole à Buren dans un entretien dont on avait beaucoup parlé, *L'art n'est plus justifiable ou les points sur les « i »*, je faisais le bilan de la position adoptée par celui qui était devenu un artiste à part entière, reconnu. Enfin, ce fut à l'occasion de *Concept-Théorie*, qui inaugura en novembre le cycle d'expositions d'art conceptuel à la galerie, que je fis la connaissance de Jacques Henric. Celui-ci ne devait pas bien savoir où il avait mis les pieds. Enthousiasmé par une interview de lui portant sur le thème « art et politique », qui avait été refusée par *Les Lettres françaises* et que Philippe Sollers avait publiée dans *Tel Quel*, Alain Kirili l'avait enregistré lisant des extraits de textes. Cet enregistrement était la participation de Kirili à l'exposition. Dans le catalogue, le premier édité par Daniel, vingt-cinq feuillets bourrés de coquilles et reliés par une baguette en plastique, le nom de Guyotat était orthographié sans le « t » final. Henric s'était présenté, suggérant discrètement de corriger tous les exemplaires. Nous y avons consacré l'après-midi, côte à côte dans le petit bureau. Notre tâche achevée, Jacques m'invita à l'accompagner pour dîner chez un vieil ami à lui, Maurice Roche. Je prévins Daniel : j'allais rencontrer un grand écrivain ; par sa typographie et sa mise en page originales, *Compact* était un livre phare du roman d'avant-garde. J'avais fini la nuit chez Jacques.

Autant dire que j'avais l'esprit et le corps bien occupés. Un jeune adulte ne fixe pas mieux son attention qu'un jeune chat. La publication d'un long texte dans une revue qui comptait n'avait jamais représenté qu'un travail plus long et difficile que celui que je devais fournir pour *Les Lettres françaises* ; chaque semaine, nous rencontrions des personnes nouvelles dont nous apprenions la fonction, l'importance le lendemain. J'étais opiniâtre au travail, il suffisait que je le mène à bien et qu'autour de moi on en soit satisfait, je ne me préoccupais pas de ce qu'il pourrait en advenir. La perspective n'était encore que celle des rêves de l'enfance toujours reconduits, et entre le travail et ces rêves-là, il y avait tout l'espace possible en moi pour qu'une sorte d'indifférence muette s'installe.

Lors du bref aller-retour à New York, après ma visite à Sol LeWitt, je suis allée dormir chez Kosuth qui était son voisin à deux ou trois *blocks* de distance. Sans doute Kosuth avait-il été l'intermédiaire parce que d'habitude j'étais accueillie chez Bernar où, pendant des années, de loft en loft que celui-ci occupa, il y eut toujours, d'abord un coin, puis une vraie petite chambre pour m'accueillir. Les artistes minimalistes étaient décidément aussi froids et peu diserts que les conceptuels étaient joviaux et bavards. LeWitt ne fit aucun effort pour me faire la conversation. Je le revois, allant chercher nonchalamment, presque avec lassitude, du papier blanc, puis tenant la feuille à hauteur des yeux, la déchirer précautionneusement. À un moment, il me jeta un coup d'œil à travers ses lunettes à grosse monture noire. Sa déclinaison de structures cubiques, d'abord en bois, puis en aluminium ou en acier, laquées de blanc, lui avait valu une notoriété dans le milieu de l'avant-garde en tant qu'un des principaux représentants de la sculpture minimaliste. Ensuite, grâce à des aphorismes publiés dans *Artforum*, « Paragraphs on Conceptual Art », il était devenu une référence pour les conceptuels. Quand même, que pouvait-il bien penser en voyant débarquer cette jeune femme inconnue, pas plus bavarde que lui, et qui avait traversé l'Atlantique dans le seul but de venir lui acheter quelques feuilles de papier où des déchirures, ou des froissures, remplaçaient les traits de crayon ?

Michael Baldwin était de passage chez Kosuth et il me sembla que celui-ci força la timidité de celui-là pour l'inviter à nos jeux sexuels. J'ai dormi, mon corps au creux du corps de Baldwin, le bas de mon ventre dans sa main, sur un matelas posé au sol, et il faisait déjà jour quand je me suis dégagée des draps en prenant garde à ne pas le réveiller. J'ai entendu le dernier appel pour mon avion en arrivant à l'aéroport et comme je grimpais la passerelle d'embarquement, j'ai vu l'hôtesse qui m'attendait sur la plateforme et riait en faisant mine de courir sur place pour m'encourager à accélérer. À Orly, j'ai pris le car qui faisait la navette avec l'aérogare des Invalides. On pouvait demander un arrêt à Montparnasse, de là, le métro était direct jusqu'à Saint-Germain. Ce devait être la fin de la matinée lorsque je me suis mise au lit et ce devait être le petit matin du lendemain lorsque je me suis réveillée, pleine du bonheur de ce sommeil profond qui avait été si long, et grâce auquel, à nouveau, il faisait jour.

Mère et fille

Le lit était dans un renfoncement où il tenait tout juste, Daniel dormait du côté du mur, moi du côté extérieur, là où se faufilait la lumière venue du balcon. Si mes souvenirs sont bons, un seul autre homme passa une nuit dans ce lit, je lui donnai ma place, je pris celle de Daniel. Contre le mur entre le lit et le balcon, il y avait un petit secrétaire en bois de merisier qui venait de chez ma mère et qui me servait de bureau. Nous y avions posé une plante verte et le téléphone si bien que celui-ci se trouvait au-dessus de ma tête lorsque j'étais couchée. Pendant une période que je ne situe pas bien dans le temps, mais qui me sembla longue, ma mère prit l'habitude de m'appeler tôt tous les matins. J'ouvrais les yeux et je savais que le téléphone allait sonner. Elle dérivait d'un drame à l'autre. Elle s'était disputée avec sa mère et elle lui avait secoué le bras et l'autre avait crié parce qu'elle lui avait fait mal, ou alors c'était son fils qui s'était énervé et qui avait hurlé et levé la main sur elle, ou encore elle était furieuse contre mon père qui n'assumait rien ! Et elle souffrait, elle avait toujours ses migraines, en plus, elle avait maintenant des crampes terribles dans les membres et mal au dos, elle était fatiguée, elle n'en pouvait plus. Elle parlait sans rien demander. Je ne pouvais que la laisser parler, et j'étais trop démunie pour l'écouter comme il aurait fallu. Toute mon enfance, je l'avais vue faire des scènes, piquer des crises de nerfs, paniquer, pleurer, menacer de se jeter par la fenêtre, je ne doutais pas qu'elle était malheureuse. Il lui était arrivé de lâcher une confidence avec le regard vide et les demi-mots d'un enfant pris en faute, je connaissais l'histoire de cet homme dont elle avait été amoureuse et qui avait rompu de façon si cruelle, par un coup de fil alors qu'elle se trouvait au bureau. En même temps, elle avait toujours été une mère pourvue d'un grand sens du devoir, perpétuellement anxieuse à l'idée qu'à cause de sa condition ou de son peu de moyens elle aurait pu faillir à l'éducation de ses enfants. Et elle était appréciée dans son travail. On lui confiait des responsabilités, la petite dactylo était devenue secrétaire de direction. Après sa mort, j'ai trouvé dans ses tiroirs une grande photographie représentant un groupe d'une trentaine d'hommes en costume gris et cravatés, posant sur le perron de ce genre de restaurants qui affichent « repas d'affaires, congrès ». Elle est la seule femme parmi eux et comme il se doit ils lui ont demandé de se placer devant, au centre ; elle est en noir, le manteau jeté sur les épaules. Elle a le sourire amer et doux, l'œil qui va droit dans l'objectif, et des cernes qui se voient de loin. Quand il me fallait bien, à un moment donné, interrompre la complainte, la seule chose que je savais faire était de la rabrouer en forçant le ton désinvolte. J'appliquais la psychologie sommaire selon laquelle une personne qui a montré qu'elle pouvait aller bien, et qui va mal, *doit* pouvoir aller bien. Comme je savais qu'elle prenait du lithium, ce que je réprouvais vaguement en raison de je ne sais quelle idée toute faite, je lui assénais une fois que j'aurais préféré la voir picoler. Ça la choqua beaucoup. Je ne le pensais pas vraiment non plus. J'avais de mauvais souvenirs de mon père lorsqu'il rentrait plus tard que d'habitude, que je voyais dans ses yeux une brillance particulière et que je devinais dans son silence l'effort pour se tenir comme il faut. Encourageant ma mère à boire, je m'étais contentée d'appliquer cette indulgence affichée dans mon nouveau milieu en regard des expédients qui aident à vivre au jour le jour.

Le temps passant, ses obsessions qui contaminaient toute la famille, ses récriminations que nous avions endurées depuis des années dans un état d'hébétude finirent par être identifiées comme les manifestations d'une maladie, elle « faisait de la dépression ». La première fois que le docteur Van Der Stegen, un de ces médecins de famille qui comprennent leur rôle comme étant aussi celui d'une assistante sociale, voire d'un ange gardien, la fit hospitaliser, ce fut pour une cure de sommeil qui nous parut longue, quinze jours ou trois semaines. Quand ma mère put enfin recevoir des visites, mon père nous accompagna, ce fut la seule fois où je le vis auprès d'elle, elle dans un lit d'hôpital. Le traitement était à nos yeux plus mystérieux et plus perturbant que la maladie elle-même, mais elle sortit en ayant l'air d'aller mieux. Par la suite, elle fit plusieurs séjours à la Salpêtrière, dont un au cours duquel je la trouvai alitée tout au bout d'une grande salle commune, haute sous plafond. Philippe, arrivé avant moi, me dit, sur le chemin qui nous ramena vers le métro, d'une voix pudique et sans que nous risquions trop de commentaires – sinon que les électrochocs la mettaient dans un sale état – qu'avant mon arrivée, elle lui avait lancé comme ça, de but en blanc, en le regardant fixement, qu'elle « se branlait comme une folle ». À une ou deux reprises, elle demanda elle-même à être hospitalisée et comme je l'accompagnais, je m'étais aperçue qu'elle arrivait sûre d'elle, expliquant au personnel qu'elle connaissait le service ; on l'aurait crue dans un hôtel, pressée de rejoindre sa chambre. En revanche, quand j'allai la voir à Maison Blanche, ensemble hospitalier constitué d'énormes bâtisses posées en rase campagne à l'est de Paris, et qu'on m'ouvrit la porte d'une chambre carrelée dont la fenêtre était placée en hauteur, elle se précipita vers moi pour me dire de façon nette, posée : « Sors-moi de là. » Depuis ce jour, chaque fois que je lis un article ou un livre évoquant un hôpital psychiatrique, c'est cette chambre que je me représente mentalement. Je l'associe même, ce qui est très exagéré, à la photographie que Jean-

Pierre Raynaud utilisa dans ses « Psycho-Objets », d'un jeune dément enfermé nu dans une cellule garnie de paille. Le docteur Van Der Stegen m'avait prévenue : l'endroit pouvait effrayer, mais je ne devais pas m'inquiéter, les soins, assurait-il, y étaient excellents.

Entre les crises, elle se conduisait comme il faut, comme elle pensait qu'une personne responsable, ayant du savoir-vivre et du goût, devait se conduire, laissant seulement échapper ici et là un petit excès, un défaut négligeable ou pardonnable, qui marquait le mauvais ajustement de sa personne au monde qui l'entourait. Sa vie s'illustrait dans le papier peint dont elle avait elle-même tapissé les murs de la salle à manger, mais sans réussir à lui faire épouser correctement une encoignure, dans la robe qu'elle s'était confectionnée dans un joli tissu, mais dont l'ourlet godaillait, dans une nouvelle recette qu'elle tenait absolument à nous faire goûter, mais qui sortait du four pas tout à fait assez cuite, ou légèrement brûlée. Quelques déraillements hors de l'espace domestique étaient des signes plus préoccupants, comme lorsqu'elle me rapporta avoir pris à partie une femme qui lui avait volé sa place dans une queue chez un commerçant : elle l'avait traitée de salope, à voix haute, devant tout le monde, ou quelque chose comme ça. J'en avais éprouvé de la honte.

Elle ne prit jamais la peine de me le dire, mais de me voir vivre de manière non conformiste, elle qui avait rencontré tant d'empêchements, devait lui plaire, et elle aimait bien Daniel et regardait ses activités avec beaucoup plus de sympathie que les parents de celui-ci. Elle continuait de me donner un peu d'argent, notamment pour acheter des vêtements, elle me faisait des cadeaux. Et elle cherchait à m'aider quand c'était mon tour de ne pas aller bien.

C'est ainsi qu'elle se renseigna auprès d'une collègue de bureau qui lui donna l'adresse d'un psychiatre et qu'elle prit rendez-vous pour moi. Le cabinet se trouvait dans un bel immeuble à deux pas du parc Monceau, la consultation était certainement onéreuse. Ce devait être à ses yeux la certitude que l'on avait affaire à une sommité, alors qu'elle n'aurait jamais eu l'idée de consulter un tel médecin pour elle-même. Daniel considéra la démarche avec scepticisme. Pour superficielles qu'elles fussent, il avait ses raisons. Nous étions en hiver, c'était la mode des capes, j'en portais une en drap rouge, ma mère avait aussi la sienne, de couleur marron. Cette même saison, on trouvait dans les grands magasins beaucoup de chapeaux à large bord, nous en achetâmes, presque identiques, noirs. Autant dire qu'avec cape et chapeau nous devions ressembler à des publicités pour le porto Sandeman. Il ne me reste de cette première visite chez un psy, à laquelle ma mère avait voulu m'accompagner, que le rire de Daniel à mon retour. Il imaginait la mère et la fille pénétrant ensemble dans le cabinet et il déclara : « Eh bien, en vous voyant arriver, il a tout de suite été fixé ! »

« Tu pleurais tout le temps », me rappelle spontanément Daniel, avec cette même impassibilité qu'il affichait jadis devant les larmes en train de couler. « D'ailleurs, ajoute-t-il, sur la photo en couverture de l'édition poche de *La Vie sexuelle* (il s'agit d'une photo prise par lui dans le studio, rue Bonaparte), tu as le regard mouillé, tu venais de pleurer. » À ma demande, il me décrit telle qu'il se souvient de moi : j'étais une fille originale, pas agressive, plutôt docile, et je n'étais pas bien dans ma peau.

La transformation de la personne peut être telle au cours de la vie, il arrive que l'on devienne tellement quelqu'un d'autre que celui que l'on était – parce que des traits de notre caractère ont été rebattus à la façon des cartes d'un jeu entre une partie achevée, perdue ou gagnée, et une nouvelle partie – que, si je me souviens en effet que je pleurais « tout le temps », je suis devenue incapable de dire pourquoi. Je vivais sans contraintes morales et n'accordais pas beaucoup d'importance aux contraintes matérielles, j'avais voulu écrire et je publiais sans difficulté mes articles dans un journal important, enfin j'étais entourée d'amis, pour la plupart des artistes, des intellectuels, tous gens chaleureux, bref, je n'avais pas à me plaindre, et pourtant je pleurais. Enfin… Je suppose que je pleurais pour des tas de raisons qui m'apparaîtraient aujourd'hui futiles ou puériles, des caprices, mais pourquoi je pleurais si souvent, au point que Daniel ainsi que des proches pouvaient considérer que je n'étais « pas bien dans ma peau », et ma mère décider que je devais consulter un psychiatre, qu'en quelque sorte ce mal-être me définissait au même titre que le fait d'être brune et de savoir tourner mes phrases, n'appelle que des réponses vagues qui s'additionnent parce qu'aucune ne suffit. L'une d'entre elles peut être que l'on considère le mal-être comme une fatalité familiale, une souffrance dont on n'imagine pas qu'on pourrait la fuir, que l'on se sent contraint d'entretenir comme un héritage, que ne possédant pas grand-chose d'autre comme patrimoine, la conscience douloureuse, gangréneuse, de la vie, au moins, en constitue un.

Il y a deux sortes de geignards, ceux qui restent accrochés à un malheur qu'ils ressassent – la mort d'une personne qu'ils aimaient ou bien une rupture dont ils ne se sont pas remis des années après qu'elle s'est produite –, et puis il y a ceux qui se plaignent tout le temps de tout et de rien, d'une sortie qu'ils attendaient et qui est annulée, de la soirée où ils se sont ennuyés parce qu'ils ne connaissaient personne, du regret de ne pas avoir pu acheter cet objet qu'ils convoitaient et dont le dernier exemplaire venait d'être vendu, du temps qu'il fait. Ce sont ceux à qui l'on s'adresse en s'exclamant : « Mais qu'est-ce qu'il y a encore qui ne va pas ! » et qui, en dehors des raisons qu'ils donnent et que les autres trouvent dérisoires, traînent une insatisfaction permanente qu'ils ne sauraient expliquer. J'appartenais à cette seconde catégorie.

Comme les quelques centimètres de papier peint qui n'adhérait pas bien au mur, comme la robe que ma mère m'avait coupée dans un joli tissu orange et qui bombait au niveau de la hanche, il demeurait pour moi aussi un hiatus entre le milieu dans lequel je me trouvais, et qui correspondait plus ou moins à ce que j'avais souhaité plus jeune, et la vie que je continuais de poursuivre dans la solitude de mes pensées. « Mais qu'est-ce que tu veux, aurait pu me dire ma mère, est-ce que tu n'es pas dans ton élément ? » J'y étais et je n'y étais pas. Oui, j'étais maintenant assise à la table où l'on discutait d'un article à paraître (ou d'une exposition à préparer), mais non, je n'avais pas pour autant franchi les quatre ou cinq mètres de banquette en moleskine qui m'en séparaient lorsque j'avais aperçu pour la première fois cette table et ceux qu'elle réunissait, depuis le coin où je buvais mon Coca-Cola dans un café de banlieue. J'avais transporté avec moi le matelas d'ombre qui assourdissait les conversations, étouffait les réactions et, je le pensais, continuait de me cacher, continuait du moins de cacher celle que j'étais dans ma conscience secrète. J'avais délégué à cette table ma personne physique et ce qu'il en émanait, ma voix qui de temps à autre, lorsque je surmontais ma réserve, intervenait dans la conversation, mais la voix refusait de faire son travail, elle ne portait ni la volonté ni l'espoir de convaincre. Dans beaucoup de circonstances, notamment au milieu d'un groupe en partie constitué de personnes qui m'étaient inconnues, je n'intervenais à vrai dire que pour faire acte de présence, ce qui ne m'empêchait pas d'avoir au fond de moi une opinion, mais que je me sentais impuissante à faire valoir. Pire, je ne pensais pas utile de la faire valoir.

Ce genre d'attitude, je l'ai repéré chez d'autres dans la suite de ma vie professionnelle, mais elle caractérisait plutôt des personnes défaitistes ou ironistes, quelquefois à tendance paranoïaque, ou carrément nihiliste, de ces intelligences minées par une lucidité délétère qui sempiternellement reconduisent la question : à quoi bon ? Je n'ai jamais été dans cette humeur. Au contraire, l'explication que je me donne de moi-même est que j'étais lourde d'une confiance inerte ou paresseuse dans le destin, certaine que, quelles que fussent les décisions prises, les faits annoncés, même contraires à mes attentes, j'arriverais toujours à m'en tirer. À l'envers d'une vision trop clairvoyante qui paralyse, cette confiance témoigne d'un bel aveuglement puisque, par définition, l'inconscient n'envisage pas le réel. Plus j'avance dans l'écriture de ce livre et plus s'impose l'impression déplaisante que je me suis dirigée longtemps en somnambule. Sur quoi est-ce que je pouvais bien compter ? Je n'avais aucun projet précis et donc pas de stratégie qui aurait permis de le réaliser. Je ne disposais que d'une foi profonde et pourtant sans finalité distincte, une foi qui ne s'appuyait plus sur Dieu, puisque le sentiment religieux qui avait été si puissant pendant mon enfance, et qui avait perduré pendant mon adolescence, s'était insensiblement dissipé. J'avais été façonnée par la foi, celle-ci demeurait en moi où elle était chez elle, alors que Dieu n'y était plus. Peut-être la foi est-elle plus forte que Dieu. La foi implique que le destin s'accomplira de toute façon. Voilà pourquoi je donnais l'image d'une personne passive, ce que Daniel appelle docile.

J'avançais dans la vie à la façon d'un voyageur qui, fasciné par le paysage qu'il traverse, ne descendrait jamais du train, ne s'étant de toute façon pas fixé de destination. C'est à peine une métaphore. En train, en voiture, en avion d'où le monde apparaît dans son épure, en métro où des corps qui s'abandonnent se livrent comme des paysages, je ne suis jamais pressée d'arriver, je m'absorbe dans ce que je regarde, je voudrais ne jamais arriver. Tant que nous avons manqué d'argent, en guise de sortie du dimanche, nous prenions la voiture et roulions au hasard. Nous sortions de Paris, traversions des campagnes, des forêts, des villages sans nous arrêter. Daniel aimait conduire et moi j'aimais me laisser conduire. L'autoradio était allumé, Daniel écoutait France-Musique – il n'aurait pas loupé *La Tribune des critiques* – et les infos. Il regardait la route tandis que je tombais dans les rêveries dans lesquelles je me promenais depuis notre première traversée de l'Allemagne, vers Berlin que nous n'avions jamais atteint. De même, lorsque nous prenions la route pour assister à un vernissage à l'étranger, visiter un musée, je ne spéculais pas sur les rencontres ni les découvertes à venir. Mon voyage intérieur m'emmenait ailleurs, dans des vies sans rapport avec celle qui était la mienne. La conséquence était que, arrivée sur place, parce que je n'avais pas attendu ce que j'y trouvais, j'y demeurais sinon indifférente, du moins distante. Or, rien ne m'obligeait à réduire cette distance. Daniel rencontrait des gens, je l'accompagnais, j'étais critique d'art, mon travail était de regarder les œuvres, déchiffrer ce qui se passait, pas de participer.

Presque riches

Deux destinations devinrent plus fréquentes que d'autres : Düsseldorf et Milan, Düsseldorf parce que Daniel faisait des affaires avec Konrad Fischer, Milan parce qu'il ouvrit, via Monte di Pietà, au numéro 21, une nouvelle galerie en octobre 1971. Chez Konrad Fischer, il allait chercher des œuvres, à Milan, il alla chercher des collectionneurs.

J'ai toujours eu l'impression qu'en Allemagne nous étions regardés comme deux lutins débarqués d'un pays qui n'existait pas sur la carte. Düsseldorf était devenu un haut lieu de l'avant-garde en Europe. Très tôt, la galerie d'Alfred Schmela y avait exposé Yves Klein. Bien sûr, Colette Allendy et Iris Clert l'avaient montré avant à Paris, mais la première était morte et la seconde n'était plus tout à fait prise au sérieux. Klein aussi était mort et maintenant Schmela défendait Joseph Beuys, le gourou de l'Académie des Beaux-Arts et incessamment celui d'une grande partie du milieu de l'avant-garde. C'était à Düsseldorf que le Nouveau Réaliste Daniel Spoerri, qui en 1963 avait transformé la galerie J en restaurant, avait, en 1968, ouvert un restaurant pour de bon. Et si George Brecht, élève de John Cage avant de devenir lui-même l'un des principaux représentants de Fluxus, avait tenu avec l'artiste Robert Filliou une petite galerie à Villefranche-sur-Mer, à l'enseigne charmante de la Cédille qui sourit, que Ben avait assidûment fréquentée, il était maintenant installé à Cologne. Ses microactions, appelées « events », pouvaient être rapprochées de l'art conceptuel. Beaucoup d'artistes de Fluxus étaient venus vivre en Rhénanie, région où les institutions étaient ouvertes aux nouvelles formes d'art et accueillaient leurs performances et leurs festivals. À cela s'ajoutait qu'au travers de ces institutions, et aussi de leurs collectionneurs, les Allemands avaient un accès large et direct à l'art américain. Or de cela les Français étaient privés ; à de rares exceptions près, leurs responsables culturels se montraient chauvins, les collectionneurs d'art contemporain se comptaient sur les doigts de la main, et ça, ça se savait à travers l'Europe des avant-gardes. Suivant la disposition de nos interlocuteurs, ça se lisait sur nos figures de petits Parisiens soit comme la preuve de notre mérite d'avoir bravé l'ostracisme pratiqué par notre milieu, soit comme une tare. Si l'on m'avait expliqué à l'époque que ce n'était pas au secours des Français, mais des Allemands, que les Américains s'étaient précipités pendant la guerre, eh bien, j'aurais été prête à le croire !

Avant que Daniel ne noue une amitié quasi filiale avec Leo Castelli, grand marchand new-yorkais des artistes pop et des minimalistes, il allait se « fournir » chez Konrad Fischer. Celui-ci avait abandonné une carrière d'artiste pour ouvrir en 1967, encouragé par Alfred Schmela, sa propre galerie où l'on croisait plus d'artistes que d'amateurs. Il entretenait des relations étroites avec les artistes new-yorkais qu'il invitait chez lui à Düsseldorf et à qui il permettait de travailler sur place. Daniel démarrait à six heures du matin, à midi il était à Düsseldorf, négociait avec Fischer avec qui il s'entendait bien, et rentrait le soir à Paris avec un Donald Judd ou un Sol LeWitt dans le coffre ou sur le toit de la voiture. La Renault 12 était équipée d'un porte-bagages et des œuvres aujourd'hui manipulées en gants blancs sont des œuvres qui ont survécu à leur sportive exposition au vent. Des êtres humains aussi, d'ailleurs : alors que nous étions en route pour la toute première foire où Daniel loua un stand et qui se tenait à Berlin, voilà que, pas plus loin qu'à hauteur du Bourget, le tableau de Bernar Venet fixé au-dessus de nos têtes partit en vol plané. Il était encore tôt, l'autoroute était déserte. Nous avons couru le ramasser et l'avons réinstallé sur le toit de la voiture avec une célérité et une dextérité dignes de garçons de piste dans un cirque. Mais d'où revenions-nous quand Daniel confia une sculpture de Sol LeWitt à l'enregistrement des bagages, car cette fois nous prenions l'avion ? À l'arrivée, regardant néanmoins à la dépense d'un taxi qui de toute façon ne nous aurait pas acceptés sans difficulté, il nous fallait prendre le car d'Air France à destination de Paris. J'aidai Daniel à glisser la sculpture, une œuvre murale qui ressemblait à une échelle, dans l'allée centrale du car. Des passagers protestèrent, prétextant que ce pouvait être dangereux. Le chauffeur ordonna à Daniel de descendre. Celui-ci tint bon. Il expliqua qu'il s'agissait d'une œuvre d'art qui devait être manipulée avec précaution, il ne pouvait pas la mettre dans la soute. On entendit des exclamations ricaneuses. Je ne sais comment nous avons finalement fait le trajet, assis sur des strapontins, agrippés au Sol LeWitt pour éviter qu'il ne bascule, points de mire de regards haineux que j'étais seule à sentir peser sur nous (Daniel dit avoir oublié l'incident).

Giancarlo Politi avait fondé *Flash Art*, d'abord appelé *Flash*, en 1967 ; mes articles sur l'art conceptuel lui tombèrent sous les yeux, il me sollicita. *Flash Art* était encore un magazine de grand format, en noir et blanc, avec une belle et originale mise en page en colonnes sur le modèle d'un quotidien, et enclin aux petites provocations éditoriales. Lorsque, plus tard, Roger Tallon envisagea la forme que nous allions donner à *art press*, je lui montrai des numéros de *Flash Art* qui ne servit peut-être pas de modèle, mais certainement de pierre de touche.

Giancarlo habitait Rome où j'allais le rejoindre à plusieurs reprises, puis il emménagea à Milan parce que la ville était le centre de la vie artistique, même si, par contraste avec la France, des artistes, des galeries étaient aussi actifs à Rome, Naples, Gênes, Turin, Venise, Bergame, Brescia, Macerata… où il faut croire qu'ils rencontraient des amateurs. Le milieu artistique en Italie formait un tissu social très vivant qui s'était resserré autour des artistes de l'arte povera. Un jour que nous étions en voiture à l'approche d'une grande ville, sur une route bordée de chaque côté par des bâtiments d'usine et des entrepôts, Giancarlo me désigna les enseignes qui les surmontaient : « Tu vois, me dit-il, tous ces noms sont ceux d'abonnés à *Flash Art.* »

Les séjours insouciants en Italie en sa compagnie constituèrent l'enclave où s'épanouit l'une de mes vies parallèles, projetée hors de la sphère imaginaire, et qui se moula dans la matière de la vie facile qui m'y était offerte. J'aimais la beauté solennelle des villes, la sensation d'espace qu'elles me procuraient et jusqu'au *non finito* des périphéries où les barres d'immeubles semblaient avoir poussé au petit bonheur. À Paris, j'étais coutumière des crises d'angoisse, de cette sensation bien connue d'avoir le couvercle d'un cercueil au-dessus de soi qui vous empêche de respirer. Giancarlo était ombrien, il me fit visiter Spoleto, j'ouvris mes poumons dans le théâtre antique en forme d'éventail.

Giancarlo faisait à peu près tout, tout seul, dans son journal. Je l'ai vu composer un article directement sur une linotype semblable à celle que je voyais quand j'allais au marbre des *Lettres françaises.* J'aimais cette façon de s'emparer des outils. Rétrospectivement, il m'apparaît que Giancarlo et Daniel n'étaient pas sans points communs. Tous les deux étaient petits et nerveux, vifs, entreprenants, mais la comparaison s'arrête là, Giancarlo agissait avec la désinvolture d'un homme pratiquant au quotidien une forme de cynisme léger tandis que Daniel poussait les portes avec la bonne foi têtue de celui qui est coulé dans des convictions d'airain. Avec moi, Giancarlo était attentionné, affectueux – et toujours inopinément agressif. J'aimais son ironie, le recul journalistique qu'il affectait par rapport au milieu artistique – auquel il ne se privait pas de participer –, même si je devais de temps à autre faire les frais de cette ironie.

C'est lui qui suggéra à Daniel d'ouvrir à Milan et qui le conseilla dans les premières démarches. Celles-ci n'avaient pas été très compliquées, la plupart des galeries en Italie travaillaient sans être déclarées. La Galerie Daniel Templon, Milano était située au premier étage d'un immeuble que je trouvais d'un luxe inouï, principalement parce que le hall d'entrée s'emplissait du son clair de nos talons sur le sol en marbre. On entrait directement dans une grande pièce qui avait été aménagée en salle d'exposition. À l'arrière, une autre pièce servait à la fois de réserve et de chambre pour Daniella, à qui Daniel avait confié la direction de la galerie. Daniella parlait italien, français, anglais, elle avait travaillé chez Jean Larcade, et elle s'intégra immédiatement au milieu milanais, noua des liens d'amitié avec ses confrères, Luciano Inga Pin, qui fut un véritable pionnier, et les plus jeunes, Franco Toselli et Françoise Lambert, femme d'Yvon. Les Italiens adoptèrent le terme de *gallerista* bien avant que les

Français ne parlent de « galeriste » ; les *galleriste* italiens avaient plus de fantaisie que les français.

La pièce qui servait de chambre à coucher était équipée d'un canapé convertible dont Daniel et moi expulsions la locataire lorsque nous venions, environ une fois par mois. Daniella, bonne fille, migrait alors dans le bureau où elle dépliait un lit de camp ! Il n'y avait guère qu'un réchaud dans la cuisine. C'était le camping dans le luxe. La salle d'exposition que nous traversions nus le matin pour aller aux toilettes était elle aussi pavée de marbre.

C'est à cette époque que s'est révélé le rapport de Daniel à l'argent qui n'est gagné que pour être dépensé, ce qui est en fait le propre du commerce d'art : on vend pour acheter et on achète pour vendre. On ne thésaurise pas, on constitue au mieux sa propre collection, bien que beaucoup d'œuvres dont on dit « qu'on les garde pour soi », repartent un jour ou l'autre dans le circuit. Et quand on achète autre chose que des œuvres d'art, du joli mobilier, des objets anciens, c'est pour montrer que l'on a du goût et que ce que l'on propose au collectionneur s'harmonise au décor qu'il connaît et qu'il apprécie. Les premiers bénéfices servirent à équiper la galerie de Milan de mobilier acheté chez Knoll et chez Cassina. Ça le faisait rire, mais je crois que Daniel était flatté d'être appelé *Dottore* dans les magasins. De notre côté, Daniella et moi arpentions la via Montenapoleone qui se trouvait à deux pas. Nous réalisions de vraies descentes chez Fiorucci où nous avions sympathisé avec une jeune femme qui y tenait au sous-sol un stand de bijoux fantaisie. Nous avions le même âge que cette mode et ce design italiens florissants et nous en partagions le ludisme.

Ni Daniel ni moi n'avions jamais été à proprement parler pauvres, nous avions seulement manqué d'argent pour « démarrer dans la vie », ce qui est le lot commun de tous les jeunes gens issus des classes populaires ou moyennes. Nous n'en avions jamais éprouvé de frustration. Personne ne pensait faire fortune en s'occupant d'art contemporain. Notre but était de vivre sans avoir à compter comme nos parents avaient été obligés de le faire. Sans compter signifie sans compter ce qu'on dépense, mais sans compter non plus ce qu'on possède. Une donnée importante pour comprendre notre état d'esprit est que notre milieu professionnel ainsi que le cadre moral que nous partagions avec nos amis offraient l'un et l'autre une telle liberté que l'argent ne nous apparaissait pas comme l'unique condition pour vivre comme nous en avions envie.

Une seule fois, la pensée légère qu'un changement avait eu lieu dans mon propre usage de l'argent me traversa l'esprit, encore l'occasion était-elle modeste. Je sortais d'un magasin qui se trouvait à l'angle de la rue Jacob et de la rue de l'Échaudé, juste en face du misérable petit square qui dans ce quartier au mètre carré tellement onéreux est vraisemblablement un oubli du plan d'occupation des sols. On voyait apparaître, et quelquefois déjà vite disparaître, ce genre de boutiques qui proposent une marchandise hétéroclite d'objets pas toujours identifiables, plus ou moins utiles, en tout cas jolis ou amusants, et toujours plus chers que leurs équivalents non estampillés « design ». J'avais remarqué en vitrine une petite théière émaillée. J'étais entrée l'acheter et en sortant, sur le pas de la porte, je m'étais rendu compte que l'achat avait été spontané, que je n'avais pas calculé s'il me resterait suffisamment d'argent pour tenir jusqu'à la fin du mois. Peu importait que je ne puisse peut-être pas renouveler le plaisir le lendemain, j'avais éprouvé le confort subtil d'appartenir à la catégorie de la population qui peut entrer dans un magasin sur une impulsion. Dans une certaine mesure, je contentais un désir de conformisme.

Nous jouions aux riches. J'entends la voix de Daniel me dire : « Achète ! Achète ! », quand il me voyait hésiter. Il n'a jamais été ce qu'on appelle un flambeur, il devait juste utiliser ce mantra pour conjurer le sort, s'assurer de prolonger un présent favorable. Car le commerce d'art était un commerce en dents de scie (il l'est certainement moins aujourd'hui, en tout cas pour l'*establishment* des galeries) et l'argent des marchands allait et venait si bien sur le compte courant qu'au lendemain ou au surlendemain de jours heureux certaines échéances pouvaient être difficiles à honorer. Il fallut qu'une fois j'emprunte à César de quoi payer le loyer de la galerie. César, en homme qui savait ce que c'était que de manquer, avait le sens économe d'une ménagère et la générosité d'un nouveau riche. Quand je voulus le rembourser, il me dit de garder l'argent.

Une bonne illustration de notre mode de vie est qu'avec cet argent j'achetai une robe à la boutique Yves Saint Laurent Rive-Gauche de la rue de Tournon. On était en 1971, la collection, je l'ignorais, faisait scandale parmi les rédactrices de mode. Corsage épaulé, manches ballon, jupe à plis plats descendant sous le genou, les femmes libres étaient invitées à ranger leur mini-jupe et à s'habiller comme leur mère pendant l'Occupation. Mais la robe chemisier imprimée est la robe populaire même. Elle est celle qu'on trouve encore sur les marchés de province, fabriquée industriellement dans des couleurs fades. Dans les années 1940, les citadines réchauffaient la version couturière avec une veste taillée comme celle d'un homme. Saint Laurent imita l'assortiment. Les femmes ont-elles jamais été aussi diaboliquement élégantes que lorsqu'elles ont associé l'extrême simplicité de cet archétype du vêtement féminin avec la sobre structure de l'habit masculin, dans un temps où elles étaient privées d'hommes ? Ma robe à moi était coupée dans un crêpe lourd dont l'imprimé était audacieux sans être trop voyant ; sur un fond blanc, de larges bandes de couleur, jaunes, rouges et bleues, formaient un grand quadrillage qui se percevait à peine en raison du semis de pois blancs qui allégeait les bandes. Sans plus la porter, je l'ai gardée plus de vingt ans dans mon placard parce qu'elle était un chef-d'œuvre que j'admirais. Je l'avais portée au mariage du jeune frère de Daniel, tandis que Daniel arborait une large cravate qui venait aussi de chez Saint Laurent. Je l'avais portée quand j'avais accompagné Giancarlo dans son village natal de Trevi, à l'occasion à nouveau d'un mariage. Le lendemain, Giancarlo m'avait dit que sa famille m'avait trouvée gentille, mais il avait fallu qu'il ajoute qu'on m'avait plainte de ne pas avoir eu autre chose à me mettre pour l'occasion que cette modeste petite robe que j'avais sur le dos.

Même si sa financiarisation en a modifié profondément les pratiques sociales, le monde de l'art reste l'un des milieux, sinon le seul, où se croisent sur un plan d'égalité des personnes dont les niveaux de vie sont sans commune mesure. C'est un monde où les différences sociales, si elles ne disparaissent pas, loin de là, du moins s'estompent, les plus démunis y côtoient les plus riches et il n'est pas besoin qu'ils aient une mentalité de pique-assiette pour que le critique d'art aux maigres piges, le conservateur de musée sous-payé profitent d'invitations, munis en échange de la connaissance qu'ils ont d'artistes dont ils sont encore les seuls à avoir visité l'atelier et surtout à pouvoir en dire quelque chose dans un dîner, ou au bord d'une piscine, ou à bord d'un yacht. Le monde des libertins est certainement plus cloisonné. On n'échange pas au sein des mêmes catégories sociales selon le quartier où se trouve le club, ni selon qu'on traîne dans tel sauna ou tel coin de jardin public réputé pour les rencontres qu'on y fait, et si certains libertins sont des nomades ou des explorateurs, on trouvera plus fréquemment le cas de bourgeois s'aventurant dans des officines douteuses que d'employés conviés à une partouze dans les beaux quartiers. Toutefois, dans cette configuration, une femme, elle, est nue, pas plus encombrée d'a priori, et elle glissera d'autant plus aisément sa nudité en tous lieux qu'elle n'aura affaire qu'à des hommes déjà déshabillés de leur costume de ville.

Tandis que Daniel commençait à se constituer un réseau de relations professionnelles, de mon côté je liais des amitiés sexuelles avec des hommes rencontrés au hasard de pérégrinations libertines et qui m'invitaient à les revoir. Quelques-uns étaient sans doute riches, en tout cas certains « avaient de l'argent », de toute façon plus d'argent que moi, ce qui n'allait pas forcément chercher bien loin. En leur compagnie, je fréquentais des endroits que nous n'aurions pas pu nous offrir Daniel et moi, ce qui ne m'empêchait pas de regagner ensuite, sans me retourner, notre chambre sous les toits. J'ai reçu des cadeaux, jamais de gros cadeaux. Tout le monde savait que je vivais en couple, que je travaillais, je n'étais pas ce qu'on appelait « une poule ». Si j'étais « intéressée », c'était, comme je crois l'avoir dit dans *La Vie sexuelle de Catherine M.*, par la possibilité de découvrir l'horizon face auquel les gens évoluaient, de me promener dans leur décor. Exactement : être ailleurs que là où j'étais normalement. J'avais trouvé cette voie d'accès facile, sans arrière-pensée, pour habiter un monde où je me sentais gauche. À chaque jeune spécimen humain son système D pour s'échapper de la cage où il a l'impression d'avoir grandi. Jean-Pierre Raynaud avait, dans le box de banlieue où il garait sa 2CV, bricolé un objet rudimentaire, et dans un état d'excitation inexpliqué, pressé de comprendre, il était sorti en emportant l'objet et s'était laissé aspirer par le métro parisien comme Alice par le terrier du Lapin Blanc. La chance avait voulu qu'au sortir du tunnel il se soit retrouvé encore dans un garage, celui-ci métamorphosé en galerie d'art ! Daniel n'était certainement pas amateur de poésie, mais il s'était lié à une bande de jeunes poètes passionnés, et au volant de sa 4L, il leur avait rendu le service de parcourir les rues de Paris pour livrer les exemplaires de leur petite revue. En quelques années, cela l'avait conduit sur les autoroutes d'Europe, avec dans le coffre de sa R12 une marchandise difficile à identifier et qui était une œuvre d'art. Quant à Philippe, mon frère farouche, il avait choisi la route la plus évidente, celle qui menait le plus loin possible. En 1971, il avait parcouru, sac au dos, la Turquie, le Liban, la Syrie, était revenu, reparti pour le Maroc. En 1972, il s'était envolé pour l'Amérique latine via La Barbade, m'avait envoyé des cartes postales laconiques du Brésil, du Venezuela, de Colombie, du Guatemala et il était allé prendre son avion de retour à New York en passant par Washington et Philadelphie. J'étais tellement affairée par ma propre vie que je ne lui faisais même pas raconter ses voyages, mais je l'admirais. Moi aussi, je commençais à voyager, tout en allant chercher de l'espace dans des lieux plus secrets.

Jamais Roger ne me disait où il m'emmenait et jamais je ne lui posais de question. Il eut successivement une Austin mini, puis un curieux petit 4 x 4 d'une marque autrichienne, un Steyr-Puch, très haut et compact, et dont César et lui possédaient les deux seuls modèles dans Paris, puis à nouveau une Austin. Soit nous dominions la rue avec une morgue de camionneurs, soit nous rasions l'asphalte comme des bestioles. Nous roulions parfois longtemps, j'avais tout le loisir de me demander si nous allions finir par arriver ou non quelque part, d'abord dans Paris jusqu'à établir un contact, et alors nous suivions, pris dans une file, une première voiture qui nous entraînait en forêt ou dans quelque bâtiment désert la nuit, d'autres fois Roger connaissait sa destination et celle-ci se trouvait en dehors de Paris. L'historique club échangiste à l'enseigne du Roi René était situé à Ville-d'Avray ; l'onirique maison de Jean-Jacques Goupil était sise dans la vallée de Chevreuse. Dans le salon en sous-sol de cette dernière, on se serait cru dans le *Nautilus* : une grande baie vitrée donnait sur le fond d'une piscine lumineuse où des corps sans tête remuaient mollement, tels des monstres des abysses. J'avais beau m'être laissée conduire ainsi de nombreuses fois, tout le temps du trajet, j'éprouvais le même mélange d'anxiété et d'abandon, abandon dans la confiance absolue que j'avais en Roger, dans sa détermination silencieuse, sa façon méthodique de considérer les lieux et les personnes, d'organiser le déroulé de la soirée lorsque nous étions rendus. C'est-à-dire qu'il était exactement le même homme qui m'avait expliqué plus tôt pendant le dîner comment il était parvenu à donner cette forme ovale à la Téléavia portative ou comment il avait envisagé l'agencement intérieur des voitures du train corail. Quant à l'anxiété, sans doute naissait-elle de ne plus avoir dans la nuit de repère dans l'espace ni de notion du temps et précisément d'être livrée à cet abandon qui m'ôtait toute pensée, d'accepter d'être un minuscule astéroïde, un caillou tombé dans un trou noir.

Roger était extraordinairement fidèle à un type de femmes dans le choix de ses partenaires sexuelles, à commencer par celle qu'il avait épousée, stomatologue de haut niveau, spécialisée en chirurgie maxillo-faciale : des femmes exerçant des responsabilités, compétentes, beaucoup des partenaires professionnelles. La débutante que j'étais au début de notre relation a dû être une exception. Il admirait Pierre Klossowski, dont le personnage de Roberte, présidente du Conseil de la censure, députée radical-socialiste, qui arpente le Palais Royal habillée d'un tailleur strict, Légion d'honneur à la boutonnière et cheveux tirés dans un chignon, et qui s'y laisse suivre et rattraper par deux individus, correspondait, j'en suis persuadée, à son idéal féminin. C'était un raconteur d'histoires à n'en plus finir qui, le plus sincèrement du monde, mêlait ses fantasmes à ses souvenirs, cela avec la même conviction et le même sens de la déduction dont il faisait preuve dans son métier. Combien de fois ne l'ai-je pas entendu raconter l'anecdote selon laquelle, marchant, rue Soufflot si mes souvenirs sont bons, derrière une femme dont la jupe malencontreusement relevée ne cachait rien de sa culotte, il s'était rendu compte en la dépassant qu'il s'agissait de Simone de Beauvoir ? Il n'en a jamais démordu.

Je ne mesurais pas, pendant les premières années de notre amitié, à quel point je me forgeais une méthode en l'observant travailler. Ce principe qui consiste à absorber toutes les connaissances accessibles à propos d'un objet, avant de soi-même analyser et interpréter cet objet, est la transposition de la façon dont il procédait : « Tu identifies tous les items, me disait-il, et la solution s'impose d'elle-même. » Dans mon travail de critique d'art, je n'ai jamais procédé autrement : premièrement, bien regarder ; deuxièmement, lire et regarder tout ce qu'il est possible de se procurer sur le sujet ; enfin, laisser advenir. L'esprit, saturé d'informations, se libère presque sans effort, ayant dégagé ses repères, suivant sa propre trajectoire. Roger est le designer qui pouvait renoncer à dessiner pour s'en remettre à l'automorphisme des matériaux : les marches en forme de pétale de marguerite de son fameux escalier résultent de la tension d'une feuille de caoutchouc. Il avait hérité de la philosophie selon laquelle « la forme suit la fonction » ; il la complétait par le constat que du contexte découlait la nécessité ; au fil du temps il y ajouta qu'une part de jeu ou de plaisir participait de cette nécessité, il est le designer qui eut l'idée d'arrondir les angles des objets qui jusqu'alors menaçaient les usagers de leurs arêtes dures. Il avait été l'ami proche d'Yves Klein qu'il avait aidé à matérialiser certaines idées, il était l'ami d'Arman et de César, il était aussi celui d'Arrabal et de Copi. Il m'écoutait lui parler d'une nouvelle génération d'artistes avec un mélange d'intérêt et de scepticisme. L'esprit d'analyse qu'il m'apprenait n'était pas contradictoire avec la démarche des artistes conceptuels auxquels je m'appliquais à l'intéresser.

Ce que l'on désigne par « liberté sexuelle », et qui est souvent le réceptacle pour ceux qui ne la pratiquent pas de tous les fantasmes, soit qu'ils en aient une connaissance livresque ou journalistique, c'est-à-dire sujette à caution, soit qu'ils y contemplent ce que leur inconscient préfère d'ordinaire leur dissimuler, est en vérité – et comment cela pourrait-il en être autrement – à géométrie variable. Ainsi, Daniel et moi, qui pouvions partouzer avec des copains, des artistes fauchés, des collectionneurs aisés, n'avons jamais fréquenté ensemble des clubs d'échangistes. Ça n'était pas dans nos mœurs de couple et si j'y réfléchis, je me dis que nous n'étions pas à cette époque suffisamment « bourgeois » pour ça. Simultanément, chacun entretenait des relations de son côté, et nous pouvions nous retrouver à trois, quatre, ou plus, avec l'une ou l'autre, l'un ou l'autre de nos amis particuliers, mais pas forcément non plus. Nous disposions d'un instinct qui nous renseignait sur la latitude permise avec les autres, ou que les autres pouvaient se permettre. Même lorsque nous ne cachions rien à nos partenaires de la liberté sexuelle qui était la nôtre, nous savions évaluer d'une part avec qui nous pouvions la partager ou pas, d'autre part ce qu'était notre marge de manœuvre l'un par rapport à l'autre, tout cela sans avoir à s'expliquer, sans bavardage, silencieusement. Une unique fois, Daniel me surprit au lit avec un ami avec qui jusqu'alors je n'avais eu de relations que devant lui. Il s'éloigna sans rien dire. L'autre le suivit pour lui demander de l'excuser. J'éprouvai moi aussi le sentiment que nous n'aurions pas dû. Les choses en restèrent là.

Aussi sûr que soit l'instinct, il peut y avoir des ratés. D'autres fois, j'eus à subir la colère de Daniel, violente, déterminée, et qui me prenait de court parce que j'ignorais quelle frontière intime, jamais formulée, j'avais franchie, et alors je partageais la misère de l'animal battu qui ne peut même pas se réfugier dans le sentiment d'injustice. J'aurais voulu comprendre où était la faute et je ne la voyais pas. Daniel a pu bien plus tard me donner des explications, dans le genre : j'étais rentrée de voyage un jour plus tard que prévu, celles-ci ne m'ont jamais totalement convaincue, tant je suis persuadée que l'arbitraire mystérieux de la morale sexuelle que chacun se forge est le produit d'un inextricable écheveau d'expériences que celui-là même qui l'a noué ne réussira jamais à défaire, car le temps a passé, les circonstances sont autres, et celui qui voudrait défaire n'est plus celui qui a noué.

Et moi, moi qui faisais si facilement l'amour à la plus subreptice invite, et parce que ça ne portait pas plus à conséquence que ça, qui entretenais en même temps plusieurs relations au point de ne plus savoir toujours où j'en étais entre celles qui comptaient vraiment et celles dont j'aurais préféré me défaire, moi dont le narcissisme, par ailleurs, pouvait se considérer suffisamment gratifié par un début de reconnaissance professionnelle, comment pourrais-je expliquer cette jalousie égarée qui s'empara de moi quand Daniel se révéla attiré par une autre fille ? Encore n'était-ce pas systématique, je ne fis des scènes qu'à propos de certaines, pas toutes, et pas forcément celles avec lesquelles il entretint en effet une liaison. Ma première réponse est que je me sentais en rivalité avec les plus jolies quand je continuais d'être si préoccupée par mes défauts physiques, mais cette réponse est insuffisante. Peut-être étais-je plus déstabilisée par l'irruption à l'intérieur du cercle d'hommes dans lequel je me déplaçais, non pas tant d'une jolie femme que d'une femme féminine. Si je passe en revue les femmes de notre entourage qui plaisaient à Daniel, je fais le partage entre la grande jeune femme blonde qui fut la première secrétaire qu'il engagea, dont il s'enticha d'autant plus qu'elle ne lui cédait pas, que j'aimais bien, mais qui fut de ma part le prétexte de reproches agressifs et de larmes de rage, et d'autres, une blonde encore, rieuse et pulpeuse, qui fréquentait les bars des grands hôtels, une brune bohème qui était modèle pour des peintres – ce qui m'étonnait tellement qu'elle me semblait sortie d'un roman du XIXe siècle. Je n'étais pas jalouse des femmes qui partageaient la même complicité sexuelle que moi avec les hommes, j'étais jalouse de celles qui s'y dérobaient selon le stéréotype de la femme dont la séduction tient précisément au fait qu'elle se refuse ou du moins qu'elle diffère, qu'elles usent dans ce cas, sciemment ou non, de cette coquetterie. Ces étrangères dérangeaient l'organisation de mon petit monde.

Je repense au portrait que Daniel fait aujourd'hui de la jeune femme avec qui il a partagé les années les plus incertaines de la vie. Il dit ne se souvenir d'aucun conflit majeur entre nous. J'en reste interdite. Le brouillard du temps qui s'épaissit, le fait que nous ayons désormais des relations paisibles, non sans fâcheries sporadiques, ont-ils effacé de sa mémoire toutes nos disputes ? Ou bien est-ce moi qui les ai exagérées ? Ai-je été seule à en ressentir intérieurement la violence ? Daniel n'accordant peut-être pas plus d'importance à un fait qui nous opposait et qui me bouleversait qu'il n'accordait d'attention aux larmes quand elles survenaient.

Puisque c'est moi qui me souviens, je retiens la deuxième hypothèse. Dix ans nous avons vécu ensemble, dix ans j'ai été prise en étau entre l'empathie éprouvée envers lui, devant les difficultés qu'il rencontrait, les aléas des relations quelquefois difficiles avec les artistes, la concurrence avec les confrères, etc., et l'obligation dans laquelle il voulait me mettre de me comporter socialement comme lui, d'avoir son audace, son volontarisme, ce dont j'étais rigoureusement incapable. D'un côté, j'avais peur pour lui, de l'autre côté, j'avais peur de ce qu'il attendait de moi, et il était aveugle à ces peurs. À sa décharge, nous étions autant l'un que l'autre muets sur ces sujets.

Il avait prolongé tant qu'il avait pu son statut d'étudiant, mais il avait bien fallu qu'un beau matin il parte faire ses trois jours à Blois. Il avait pris la précaution de conserver comme adresse officielle celle de ses parents, un copain psychiatre l'avait conseillé sur le comportement à adopter pour faire croire à l'homosexualité, il n'empêche, nous n'en menions pas large. La veille, nous avons choisi parmi les petites bagues que je possédais celles qu'il allait passer à ses doigts, nous n'avons pas échangé un mot sur ce qu'il adviendrait de lui, de moi, de la galerie s'il devait partir pendant seize mois. Il est revenu, réformé, et il m'a fait rire en mimant la façon dont il avait exhibé ses doigts pendant les entretiens, et la menace qui avait pesé pendant plusieurs années s'est dissipée, entraînant jusqu'à son souvenir, elle n'était plus que l'occasion d'une histoire amusante à raconter.

Ce que je craignais le plus pour lui était ses rapports avec les autres, comment les autres le regardaient et supportaient plus ou moins bien son caractère culotté, têtu et taiseux. Un soir d'inauguration de Biennale de Venise, la première à laquelle nous assistions ensemble, je dus sauter avec lui dans un *motoscafo* où il n'y avait pas vraiment de place pour nous, étant donné qu'il s'agissait d'une navette conduisant dans une île les invités d'un grand dîner auquel nous n'étions évidemment pas conviés. Peut-être Daniel espérait-il rencontrer des gens importants, se faire connaître, je soupçonne qu'il était plutôt comme l'enfant devant le magasin de jouets, le nez collé sur la vitrine. Lorsque, après avoir franchi tous les barrages, nous nous sommes trouvés assis, côte à côte, et servis, j'ai pu croire que la volonté la plus absurde pouvait en effet plier le réel, ce qui n'était néanmoins pas suffisant pour effacer la peur et la honte que j'avais éprouvées. Daniel, lui, déclara que ça n'était pas la peine de mettre autant d'apparat pour servir une cuisine aussi infecte.

Des années plus tard, nous nous trouvions à Art Cologne, première foire d'art contemporain, véritablement gigantesque. Quelques numéros d'*art press* étaient parus et Daniel se mit en tête d'obtenir un stand pour présenter la revue, ou du moins de pouvoir en partager un avec un confrère, comme ça, à l'improviste, le matin même de l'ouverture. Il chercha à rencontrer des responsables, me poussa à l'imiter, bien sûr, je commençai par refuser, nous nous sommes accrochés, j'étais terrorisée, entre la perspective de devoir faire ces démarches dont j'étais persuadée qu'elles étaient perdues d'avance et cette foi que j'avais en Daniel, en sa faculté de mieux comprendre le monde que moi. Est-ce que par ma timidité et ma maladresse je ne la trahissais pas, est-ce que par ma faute notre aventure ne tournerait pas court ? Il s'est passé un temps incroyablement long avant que je ne me débarrasse du sentiment que, dans un milieu auquel rien ne nous destinait, nous étions des usurpateurs.

Péripéties

Nous étions si novices que nous n'avions pas eu le temps, aussi convertis que nous étions à l'aridité minimaliste et conceptuelle, de devenir sectaires. Nous abordions tout de front : Raynaud, Journiac, Reinhardt, l'art conceptuel, et aussi bien des peintres rattachés à cette abstraction lyrique si typiquement parisienne et qui, il faut le dire, était l'objet d'un dédain grandissant. Ils étaient les premiers que nous avions rencontrés, les premiers que Daniel avait exposés, et des amitiés, de ces amitiés affectueuses et déconcertantes qui pour la première fois mettent des jeunes gens de plain-pied avec ceux qui ont l'âge d'être leurs parents, s'étaient nouées avec deux d'entre eux, Olivier Debré et Martin Barré. Je suis sûre que leur attrait à nos yeux tenait en bonne partie au fait qu'ils étaient les seuls à nous procurer le sentiment de fréquenter d'« authentiques » peintres, tels que nous les aurions imaginés si nous avions encore regardé le monde de l'art depuis notre banlieue natale. Olivier Debré avait été montré par Knœdler à Paris et à New York. Il était doux, charmant, hésitant, aux aguets pour lire sur votre visage ce que vous aviez à dire avant que vous ne l'ayez formulé dans votre tête. Il avait prêté des toiles à Daniel pour les expositions sur le thème des quatre éléments. Ils travaillèrent ensemble de loin en loin et à l'occasion d'une exposition à Verviers, nous avons pris la route tous les trois. Nous allions souvent en Belgique où une association, l'APIAW, était très active. Elle avait été fondée à la Libération par l'un des grands collectionneurs belges, Fernand Graindorge, avec pour objectif « le progrès intellectuel et artistique de la Wallonie ». On aurait pu y ajouter : le sauvetage du marché de l'art en France. Comment les galeries parisiennes auraient-elles survécu s'il n'y avait pas eu, dans les décennies qui suivirent la guerre, les collectionneurs belges ? De ce voyage, Daniel et moi avons gardé la vision indélébile de Debré assis sur un talus au bord de la route. Je suis presque certaine qu'il portait ce jour-là comme toujours un pull-over couleur d'herbe givrée. À la faveur d'un arrêt pipi, il avait ouvert le coffre de la voiture, sorti plusieurs toiles de tout petit format, des tubes de couleur, et il peignait, sur le motif. Il avait l'habitude de travailler en plein air. Son atelier à Cachan se prolongeait dans le jardin où l'herbe et les feuilles au sol étaient maculées de peinture.

À l'opposé, Martin Barré était foncièrement un citadin qui observait paresseusement le monde depuis la terrasse des cafés parisiens. Il habitait rue du Montparnasse un minuscule appartement où il y avait à peine la place de se retourner et où il avait construit lui-même cloisons et placards. Barré gagnait sa vie en aménageant des galeries ou des appartements pour des particuliers, mais dans mon esprit ce décor évoquait surtout l'atelier de Mondrian, tel qu'on le voit sur des photographies, qui se trouvait justement à Montparnasse. Parfois, je me demande si je n'ai pas rêvé la visite d'une de ses expositions, tellement les tableaux qui étaient accrochés, leur blancheur et le contraste des zébrures noires qui les traversaient, paraissaient irréels, incongrus, dans l'ambiance sombre de la galerie. Or ces tableaux sont devenus mythiques. Mais non, Barré avait bien commencé à montrer ses tableaux exécutés à l'aide d'une bombe aérosol en 1963, et sa galerie, Arnaud, sur le boulevard Saint-Germain, était l'une de celles que nous fréquentions le plus. L'espace de la galerie avait été conçu dans le style moderniste par l'architecte André Wogenscky, beaucoup d'éléments étaient en acier ou en bois, la poignée de la porte d'entrée était une sculpture de sa femme, Marta Pan, certains murs et un gros pilier central étaient peints en noir. Les tableaux de Barré étaient des tableaux gestuels comme le voulait la ligne de la galerie, mais d'une simplicité inédite et désarmante, dotés d'une sorte d'humour pop, tout en restant strictement abstraits, qui faisaient un pied de nez à ce qui était autour. En 1969, Barré quitta la galerie de Jean-Robert Arnaud pour la galerie Daniel Templon afin de montrer les photographies encore plus déroutantes des « Objets décrochés ». Puis il revint à la peinture, restant chez Daniel. Une peinture à la fois méditée et se livrant de façon tellement immédiate qu'on pouvait y voir une projection de sa personne physique : Martin avait le corps sec, la chevelure blanche ébouriffée et l'œil noir, direct et tranquille, il était sérieux et il était malicieux.

Au printemps 1967, Marcelin Pleynet avait publié dans *Les Lettres françaises* une série d'articles sur ces peintres américains dont les gestes étaient si libres et si larges qu'ils se prolongeaient au-delà des bords de leurs toiles pourtant immenses, et dont étaient issues, paradoxalement, des avant-gardes tellement économes dans leurs moyens. Quand Daniel envisagea d'organiser sa première exposition d'art conceptuel, nous n'avons pas douté que Pleynet s'intéresserait à un mouvement qui avait des prétentions aussi théoriques que *Tel Quel* et nous avons traversé le boulevard Saint-Germain pour lui rendre visite aux éditions du Seuil, dans le sombre bureau qu'occupait la revue au 27, rue Jacob. Il nous écouta sans broncher présenter avec enthousiasme le travail de Kosuth et de Art & Language, ne fit aucun commentaire, ne posa aucune question, et puis il parla de Claude Viallat et de Marc Devade. Nous étions tombés au moment où se formait le groupe Support-Surface. Claude Viallat faisait déjà partie de l'équipe de la galerie Jean Fournier, Marc Devade, également poète et membre du comité de rédaction de *Tel Quel*, avait exposé à la galerie du Haut-Pavé. Nous faisions confiance, Daniel décida donc, peu après, d'exposer Louis Cane qui venait de rejoindre le groupe. Celui-ci juxtaposait des champs de couleur sur des toiles qui n'étaient pas montées sur des châssis et dont il découpait les bords qu'il rabattait. Cela signifiait que le « cadre » était prélevé dans la toile elle-même, et qu'il s'en émancipait. C'était plastiquement efficace et original.

D'avoir fréquenté l'École de Paris déclinante tout en regardant en direction des avant-gardes new-yorkaises nous avait mis dans les meilleures dispositions à l'égard d'une jeune génération de peintres français, plus radicalement abstraits que la génération précédente de leurs compatriotes, et aussi doctrinaires que les artistes conceptuels anglo-saxons. Nous n'y voyions pas de contradiction. Les artistes, si. J'ai dit que j'avais fait mes humanités avec l'art conceptuel, je peux dire que j'ai fait mes classes avec Support-Surface.

L'exposition des toiles découpées de Louis Cane ouvrit le 23 février 1971. J'arrivai au vernissage en retard, il y avait peu de monde dans la galerie et je me dirigeai vers le bureau-réduit où j'eus à peine le temps d'entrapercevoir Daniel, assis, les bras croisés haut sur la poitrine, le regard rivé sur le mur à cinquante centimètres de lui : Cane m'avait glissé un papier sous les yeux. Ça s'intitulait : « L'art conceptuel se meurt tout seul, nous n'avons pas besoin de son cadavre. » Le prétexte était un article que je venais de publier dans *Les Lettres françaises* contre l'artiste Alain Kirili, celui qui avait « volé » le tableau d'Olivier Mosset chez Jean Larcade, celui qui avait participé à *Concept-Théorie* trois mois auparavant et qui tout à coup se démarquait des conceptuels et les attaquait. J'avais ma morale à moi et déjà de la fidélité, j'avais répliqué sévèrement. Sans vraiment défendre Kirili, Cane profitait de l'occasion pour dénoncer à son tour « l'inénarrable exposition pseudo-concept », et opposer aux théories de l'art conceptuel « le matérialisme historique et le matérialisme dialectique » sur lesquels s'appuyait Support-Surface. Et il s'expliquait (il s'était senti obligé de le faire) sur le fait de présenter son travail dans un lieu voué à « la reproduction des moyens de production de l'idéologie dominante ». Je n'oserais pas dire que je lus le tract, je le survolai. Je le rendis machinalement à Cane un peu interdit qui le reprit et dit avec un accent d'amusement quelque chose comme : « C'est tout l'effet que ça te fait ? » Il y avait de l'amitié entre nous, il est possible qu'il m'attribuât dans la foulée cette sorte de surnom dont le moins que l'on puisse dire est qu'il était immérité et dont il usa par la suite presque affectueusement à mon égard de « premier prix de surdétermination économique ». Oui, c'était tout l'effet que ça me faisait. Le réflexe s'était déclenché qui, en certaines circonstances, me fait quitter intérieurement la scène, mouvement automatique de bascule qui fait de moi la spectatrice des péripéties de ma vie. Dans ces circonstances, un avatar tient mon rôle qui, héros de fiction, possède toutes les qualités pour bien le tenir, pour bien se tenir, tant et si bien qu'il contamine la scène entière de son irréalité et qu'entre la vie, ma vraie vie, et moi se déplie un tapis d'indifférence. Je n'étais préoccupée que pour Daniel, la galerie.

Le marchand et sa complice passèrent le reste de la soirée à se demander comment réagir. Le matin du 24 février, Daniel décrochait les toiles de Cane et décidait de diffuser une réponse. Je me chargeais de l'écrire, long texte didactique qui démontrait en quoi l'art conceptuel et Support-Surface s'inscrivaient à la suite d'une même histoire, celle de la grande abstraction américaine, chacun de ces mouvements ayant son apport et ses limites à l'horizon de l'histoire progressiste qui était notre perspective. Une pétition dénonçant « l'inadmissible répression exercée » par Daniel Templon et son « mépris de la liberté d'expression » circula aussitôt, parée de signatures, parmi lesquelles de fameuses. Dans *Les Lettres françaises*, Georges Boudaille nous apporta son soutien tandis que dans *L'Art vivant* Marcelin Pleynet qualifia Daniel de « petit propriétaire marchand de concept ». Dans la distinguée revue suisse *Art international*, Jacques Henric, qui de façon éphémère y tint la chronique parisienne, condamna de la même façon la censure. Jacques Henric, dont la voix posée, au timbre clair, que l'on avait entendue résonner dans l'espace de l'exposition *Concept-Théorie*, m'avait émue avec la même intensité qu'aurait produite l'apparition d'un visage ; visage que j'avais découvert lorsque, en tête-à-tête, nous avions ajouté tous les « t » manquant à « Guyotat ». Henric qui m'avait emmenée dîner chez un écrivain dont les livres ressemblaient – en plus tragiques et en plus drôles – à des œuvres d'art conceptuel, Henric que j'avais suivi après dîner dans le studio qu'il habitait dans le 14e arrondissement et où, depuis, j'étais retournée. Peut-être Daniel s'est-il moqué de moi et de mes relations peu fiables en cette occasion, mais je n'en suis pas sûre, peut-être me suis-je dit que ce Jacques Henric aurait pu se dispenser d'écrire son article, mais je n'ai pas le souvenir de lui en avoir fait le reproche. Ce qui est certain, c'est que je ne me suis pas attardée à cette pensée et qu'il n'y eut pas grand-chose de changé dans nos relations. Sans doute son article n'avait-il pas non plus tourmenté la conscience de Jacques Henric. Ainsi vivions-nous, vivions-nous tous, nous faufilant avec l'inconstance de nos états d'âme dans l'entremêlement des idées qui nous gouvernaient et des pulsions du corps qui nous bousculaient.

Car la vie allait son cours rapide. Dès le mois d'avril suivant, Cane montrait ses toiles chez Françoise Lambert à Milan ; en juin 1972, chez Yvon Lambert à Paris, exactement en même temps que son ami Marc Devade, avec qui il venait de fonder la revue *Peinture-Cahiers théoriques*, exposait, lui, chez Daniel Templon ; indigné, un autre cofondateur de la revue, Daniel Dezeuze, en démissionnait, dénonçant l'opportunisme de Devade, mais Dezeuze ne crut pas utile de se manifester à nouveau lorsque, en janvier 1973, Cane se retrouva exposer chez Templon, cette fois sans accroc ni décrochage. (Des trois, Daniel Dezeuze est aujourd'hui le seul à être représenté par la galerie Daniel Templon.)

Entre-temps, j'avais en parfaite inconscience apporté aux *Lettres françaises* une interview commune de Dezeuze et de Cane. J'apercevais parfois Pierre Daix à la rédaction du journal, le plus souvent à travers une des parois vitrées qui compartimentaient les bureaux, il ne m'accordait pas beaucoup d'attention. L'interview me valut d'entendre pour la première fois au téléphone l'inexorable débit de son admirable voix grave. J'étais assise sur le bord du lit comme lorsque j'écoutais ma mère et je n'ai pas bien mesuré la portée de ses propos. Puisque j'avais réalisé cette interview, on la publierait, on ne pouvait pas faire autrement, mais il était préférable que, en ce qui me concernait, je me tienne éloignée du journal pendant quelque temps…

Le Mouvement de juin 1971 était passé par là. Ce micromouvement maoïste, en complet décalage temporel par rapport aux autres mouvements mao, avait été lancé par Sollers et Pleynet, avec en arrière-plan un intérêt certain pour la tradition de la culture chinoise et en surface un style qui n'en scandait pas moins la langue de bois de la Révolution culturelle. Le bulletin de *Tel-Quel-Mouvement-de-juin-71-Informations*, comme *Peinture-Cahiers théoriques* qui s'était aligné, se déchaînait contre le « torchon aragonien » tandis que le directeur de ce torchon n'était plus désigné que par l'amalgame « le fantoche Aragon-Cardin ». Afin de donner un aperçu complet de *Peinture-Cahiers théoriques*, il convient d'ajouter que ce n'était pas là la seule thématique abordée dans ses pages où l'on pouvait lire également, traduits par Devade, des essais de Clement Greenberg sur Picasso et sur Léger qui faisaient autorité…

« Que cent fleurs s'épanouissent », avait déclamé le président Mao ; eh bien, la Révolution culturelle chinoise gagna le Parc floral de Vincennes. Quelques mois après l'affaire de l'exposition décrochée, je croisai à nouveau Louis Cane et ses camarades de Support-Surface plus que jamais en lutte. C'était en septembre, au milieu d'une forêt de piliers en fonte, celle d'une grande halle qui ressemblait aux halles de Baltard qu'on était en train de détruire au centre de Paris. Cane, Devade et Dezeuze avaient installé là une longue table pour y vendre des livres, tandis que moi, quelques mètres plus loin, je m'évertuais à accrocher une exposition sur des murs de parpaings sommairement recouverts de stratifié. La halle était celle de la Cartoucherie du Parc floral de Vincennes qui accueillait la septième édition de la Biennale des Jeunes de Paris ; Support-Surface y était invité et les trois peintres avaient décidé d'y vendre un ouvrage qui venait d'être interdit à la Fête de l'Huma, *De la Chine*, en dépit du fait que son auteur, Maria Antonietta Macciocchi, était une grande figure du Parti communiste italien, amie de Pasolini et de Malaparte ; quant à moi, je faisais partie avec Daniel Abadie et Alfred Pacquement (celui-ci, qui avait le même âge que moi, entré depuis six mois comme documentaliste au Cnac) du commissariat de cette Biennale. Il va sans dire que ce n'était pas en tant que libraires que les membres de Support-Surface avaient été invités, et la table installée en plein milieu, face à l'entrée, rencontra de sérieuses résistances de la part des organisateurs. Simultanément, Viallat, qui venait de quitter Support-Surface, marquant son désaccord avec la nouvelle orientation politique, avait décidé de déployer à proximité de l'étal militant une immense toile de quinze ou vingt mètres, histoire de rappeler qu'on était là pour regarder de la peinture, pas pour faire de la propagande maoïste. Ça bardait, mais cette fois ce n'était pas mon affaire ! Le délégué général de la biennale n'était autre que Georges Boudaille, comme on sait responsable de la rubrique Arts d'un « hebdomadaire ultra-révisionniste ». Le réviso Boudaille était un libéral, les contestataires obtinrent finalement gain de cause et, le matin de l'inauguration, ils accueillirent le ministre des Affaires culturelles, Jacques Duhamel, à leur « stand ».

Moi aussi, je reçus le ministre, non pas avec une poignée de main provocatrice à la manière de Cane, mais par un geste subtil destiné à infléchir le parcours dans l'exposition de cet homme affable chez qui l'on devinait, comme chez toute personnalité officielle dans ces circonstances, un soupçon de résignation d'autant plus compréhensible chez lui qu'il se déplaçait péniblement à l'aide d'une canne. Mon geste n'était en rien politique, il était circonspect. Dans la section « Concept », dont Alfred et moi étions responsables, un « blow up » de Venet ou de Kosuth était tombé pendant la nuit et nous n'avions pas eu le temps de le raccrocher. Ce qu'on appelle un

« blow up » est un agrandissement photographique contrecollé sur un panneau de bois, c'est de l'art conceptuel qui pèse lourd. Il valait mieux cacher ce désordre au ministre en évitant qu'il ne s'y prenne les pieds.

La halle était tout à fait inadaptée à la présentation d'œuvres d'art, y compris d'avant-garde, ce qui ne scandalisait personne puisqu'il était admis que les musées, émanations du pouvoir politique, n'étaient pas plus appropriés. La biennale de 1969, qui s'était tenue au musée d'Art moderne de la Ville de Paris, avait suscité des échauffourées entre contestataires et CRS, et une salle du Palais Galliera, juste en face, avait été saccagée. En Italie, au contraire, c'est parce que l'institution était déficiente qu'on s'enthousiasma d'admirer des chefs-d'œuvre de Barnett Newman, Yves Klein, Robert Morris, Frank Stella, Pino Pascali et bien d'autres, installés comme on avait pu et éclairés n'importe comment dans un parking souterrain, qui était tout de même celui de la Villa Borghese à Rome. L'exposition *Contemporanea* a fait date (1973) et celui qui l'avait conçue, Achille Bonito Oliva, devint une star de la critique d'art.

À la Cartoucherie où la Biennale de Paris avait trouvé refuge parce que le musée de l'avenue du Président-Wilson était en travaux, les jeunes architectes, Jean Nouvel et François Seigneur, à qui Boudaille avait confié l'aménagement, avaient mis en place une solution aussi astucieuse que le budget misérable dont ils disposaient le leur permettait.

Ils avaient tendu entre les piliers des câbles supportant les éclairages et de la toile de bâche qui structurait l'espace, et là où c'était nécessaire monté des murs en parpaings. Tout était bon pour essayer de faire tenir les œuvres sur ces cimaises de fortune, clous, tringles, crochets ; comme la toile ne descendait pas jusqu'au sol, on voyait par endroits le dos d'un châssis dépasser sous les tableaux qu'on était en train d'admirer. Le sol était bosselé, taché, il avait par endroits gardé le carrelage ou les rails d'origine. Jean-Marc Poinsot, à qui était confiée une section consacrée aux œuvres censées se passer du musée, puisque diffusées par voie postale, le Mail Art, eut moins de soucis pour la mettre en place. Pour la section « Hyperréalisme » dont il était le commissaire, Daniel Abadie avait eu de la chance, une partie de l'espace de la Cartoucherie qui disposait de vrais murs avait été attribuée aux grands et très grands tableaux dont il avait obtenu le prêt.

Il y avait aussi une section « Interventions », des projets d'architecture, des dessins et des maquettes de scénographies, des dessins de presse, enfin une large partie fourre-tout où figuraient des œuvres venues du monde entier, envoyées directement par les services culturels des pays, selon les règlements d'origine de la biennale. Elle en était devenue la mauvaise conscience en raison de son incohérence, de sa disparité. On pouvait voir des films de toutes sortes, y compris des films « d'artistes » choisis par Alfred, car les plasticiens commençaient à s'emparer du médium, ou écouter de la musique, vautrés sur des matelas et des coussins, ce qui deviendra un modèle d'auditorium pour les années à venir.

Avec l'hyperréalisme et l'art conceptuel, la Biennale réunissait pour la première fois en France, à destination d'un grand public, des ensembles conséquents de deux courants majeurs contemporains et qui ne pouvaient pas apparaître plus antagonistes. Les commissaires formaient néanmoins une bonne et joyeuse équipe. Daniel conduisait un cabriolet Karmann, il nous récupérait très tôt, Alfred et moi, à l'angle de la rue Bonaparte et du boulevard Saint-Germain et comme il conduisait vite, nous n'avions pas beaucoup de temps avant Vincennes pour débattre de questions esthétiques en dépit de la fraîcheur matutinale qui caressait nos crânes. Le reste de la journée, nous étions manœuvres. Si nous avions eu l'envie de nous y attarder, peut-être aurions-nous découvert plus de points de comparaison qu'il n'y paraissait entre les Hyperréalistes qui exacerbaient l'image et les Conceptuels qui l'escamotaient : dans la distanciation, l'objectivation que les uns et les autres opéraient, dans l'exhibition de leurs procédés, mais nous nous contentions tacitement d'admettre que, depuis le chamboulement opéré par les avant-gardes du début du siècle, l'Art, le Grand Art s'était fractionné en plaques tectoniques, appelées « avant-gardes », qui s'entrechoquaient. Ça n'entamait pas nos convictions.

Nos seules contraintes étaient matérielles, nous travaillions hors de toute hiérarchie, Boudaille nous fichait la paix. Il devait être bien content de nous avoir trouvés pour sauver sa biennale, la première dont il était responsable et qui avait failli sombrer dans le chaos alors qu'il avait la mission de la sauver.

La Biennale avait été créée en 1959 à l'instigation d'un « inspecteur général des Beaux-Arts », Raymond Cogniat, qui n'en pouvait plus de voir, d'édition de la Biennale de Venise en édition de la Biennale de Venise, la représentation de son pays de plus en plus dédaignée, pour ne pas dire méprisée, enfermé qu'il était dans sa gloire passée. Il avait alors imposé l'idée que la France se devait d'avoir elle aussi une grande manifestation artistique internationale et, pour s'assurer l'avenir, il avait proposé qu'elle soit consacrée à des artistes de moins de trente-cinq ans. Hélas ! la manifestation n'avait jamais acquis la réputation ni de Venise, ni de Cassel, ni de São Paulo. Si bien qu'il fallut rajeunir la Biennale des Jeunes. On nomma à sa tête quelqu'un qui n'appartenait pas à l'administration et qui était connu pour son esprit ouvert, Georges Boudaille, qui s'entoura aussitôt d'un groupe de critiques ayant l'âge des artistes qui devraient être choisis. Outre le travail de sélection, il leur demandait de contribuer à repenser son organisation. Au sein de ce groupe, je retrouvai donc Daniel Abadie et, de façon inattendue, Patrick.

Je n'ai gardé aucune image de Patrick dans le bureau de la rue Berryer où cette commission de réflexion se réunit à deux reprises, aucune parole qu'il aurait prononcée. Peut-on ne conserver dans sa mémoire que la sensation d'une présence, d'une évanescence, parce que le sentiment que cette présence pourrait rejoindre est si enfoui que seule l'onde qui en émane, la plus faible, subliminale, l'atteint. L'échange de regards dans ce moment n'est même pas celui que l'on aurait avec un étranger, chargé d'attente et de curiosité. C'est un échange de regards entendus qui disent précisément cela, de façon plus elliptique que je ne peux l'écrire : nous nous connaissons, tout est en ordre, voyons ailleurs. Sorte de courtoise complicité dans l'indifférence mutuelle. Je n'étais certainement plus celle qui attendait Patrick à la terrasse de l'Oasis et je n'avais pas même été attentive à des articles sur l'art qu'il avait publiés à droite et à gauche. J'avais tout le recul des trois années passées depuis la dernière fois que je l'avais rencontré, des années au cours desquelles la précipitation de ma vie nouvelle avait enterré les expectatives de ma vie de Bois-Colombes. Trois ans, c'était largement suffisant pour que les sentiments les plus intenses soient totalement oubliés car, alors que nos cerveaux sont encore neufs mais déjà assaillis par tant de faits nouveaux, nous traversons une réelle période d'amnésie. Le jeune adulte a besoin de se dégager de la chrysalide tissée par la mémoire juvénile. Mais trois ans, ce n'était pas assez non plus pour que cette mémoire revienne, grâce à laquelle j'aurais pu rattacher aux anciennes images de nouvelles images (ne portait-il pas une gabardine de couleur claire lorsqu'il est venu à ces réunions ?) qui auraient ainsi formé de nouveaux souvenirs.

Toujours est-il qu'au cours de ces deux réunions, deux clans s'opposèrent violemment, et que de voir

Patrick prendre le parti adverse de celui de Daniel et moi ne m'émut pas plus que son fantôme de présence. La majorité des participants, entraînée par l'un d'entre eux, Michel Claura, fit une proposition radicale, à savoir supprimer toute sélection, ouvrir la biennale à tout artiste qui se présenterait jusqu'à saturation des possibilités d'exposition. Cela ressemblait à une revendication de démocratisation tous azimuts typique de l'après-68 et dissimulait à peine la volonté de sabotage de l'institution. Cela devait plaire à Patrick qui aimait bien les coups d'éclat et qui commençait de toute façon à s'éloigner du milieu artistique. J'avais de mon côté quelques raisons d'y voir une manœuvre propre à susciter l'impression que l'art d'avant-garde n'était qu'un vaste atelier de bricolage, un champ de confusion. Je savais que pour Claura une seule personnalité se distinguait, seule capable de rompre avec la notion d'art, puisque tel était le but : Daniel Buren. Boudaille publiait régulièrement de longs articles de Claura, démonstrations brillantes dans lesquelles il passait en revue les artistes minimalistes et conceptuels. Il les jugeait en fonction de leur plus ou moins grande faculté à « rompre avec l'art ». Lawrence Weiner avait réussi trois fois. Sol LeWitt, deux fois seulement. Ceux qui s'en tiraient le mieux étaient Carl Andre et Daniel Buren, Buren surtout. Bref, comme il n'écrivait sur rien d'autre, il passait surtout pour le thuriféraire de Buren, et comme le bruit courait qu'ils étaient frères ou demi-frères et qu'ils le cachaient, son exclusivisme faisait sourire et agaçait tout en même temps.

Le clan des radicaux tenta le putsch en court-circuitant Boudaille pour s'adresser directement au conseil d'administration de la biennale et annonça une conférence de presse. Cogniat fit savoir à Boudaille qu'il était temps de revenir aux choses sérieuses et le Délégué général suspendit le groupe de réflexion, remercia les partisans de la table rase par explosion du nombre de candidatures et, pour compléter l'équipe restante, réduite à Daniel et moi, sollicita alors Alfred Pacquement et Jean-Marc Poinsot. Ensemble, nous avons donc mené à bien cette biennale et les réactions de la presse furent aussi contrastées qu'avaient été les débats préliminaires. Les critiques de *L'Humanité* et du *Figaro* firent preuve d'une honnête attention, ceux du *Monde*, décidément, n'étaient pas disposés à faire le moindre effort de compréhension. Dans *Flash Art*, mon cher Giancarlo ne put s'empêcher de titrer « *La Biennale dei bambini (idioti)* », et accabla sa collaboratrice d'autant plus de reproches (« compromissions politiques », trahison de la définition stricte de l'art conceptuel défendu jusque-là, etc.) qu'elle écrivait par ailleurs des textes si clairs, si rigoureux...

À la lecture de ces péripéties, du détail de ces affrontements qui nous mobilisaient si totalement et que nous oubliions si vite, de ces partis pris qui passaient outre aux relations les plus intimes et qui transperçaient l'enveloppe des amours et des amitiés les plus sincères sans répandre des flots d'amertume ni laisser de blessure cuisante, le lecteur, s'il n'est pas découragé, esquisse, je l'imagine, un sourire. Et moi aussi, je m'amuse à m'en souvenir. Ici, je ne demande pas que l'on juge avec trop de sérieux ces rebondissements en marge de l'histoire, mais que l'on prenne en compte qu'ils manifestent le meilleur de la nature humaine : sa faculté de vivre dans les contradictions sans obligation de les résoudre. Il est heureux que les jeunes adultes soient des personnes superficielles, qu'ils aient le bonheur de traiter avec désinvolture les sentiments qui les tourmentent profondément, qu'ils défendent avec conviction des causes graves dont ils sont incapables de mesurer les enjeux et les conséquences qu'ils ne prennent même pas la peine de considérer. Grâce à quoi ils maintiennent en eux ces tiraillements, s'autorisent des volte-face mal argumentées et s'épanouissent pleinement dans ces contradictions qui traduisent l'ouverture à la vérité complexe du monde, l'infinité de ses voies d'accès, et que la maturité leur imposera d'enfouir ou d'aplanir pour afficher de soi une image de cohérence, paraît-il.

Tel est l'objet de ce récit : exposer cette période si brève de la vie, prise entre le temps long de l'enfance, temps lent, plein de profondeurs qui sont celles des lectures et des images, des rêves de vies futures, des ressources imaginatives au travers desquelles sont perçus les signaux envoyés par le monde, et l'autre temps long, celui dans lequel pénètre le très jeune adulte quand s'étoffent son savoir et son expérience, qu'il commence à se retourner sur son passé et à l'interpréter, tandis que face à son avenir il entreprend de le prévoir et de l'organiser avec déjà une conscience de la mort, dont l'échéance cependant est si lointaine que si le temps qui l'en sépare n'est pas infini, il est toutefois délicieusement étirable. Entre les deux, il y a ce laps de temps où, faisant son « entrée dans la vie », le très jeune adulte rencontre le mur rugueux du réel sans avoir, lui, plus de consistance qu'une figurine en papier sortie d'une planche de découpage.

Destins

À l'occasion de l'ouverture de la Biennale, j'ai donné avec mes compagnons de probatoire ma première interview télévisée. Comme décidément les gens qui m'aimaient ne me passaient rien, Roger, qui avait vu l'émission, me glissa d'un ton neutre qu'on voyait que je n'étais pas à l'aise. Je n'avais pas répondu, sans nier pour autant. La journaliste, une femme d'allure bourgeoise, avenante et distinguée, nous regardait avec l'attention fixe et discrètement amusée qu'un aîné accorde à une jeune personne qui fait montre de sa science toute fraîche. Mais de hauts fonctionnaires des Affaires culturelles avaient accepté de confier à ces très jeunes gens la responsabilité d'une vaste exposition internationale pour présenter des formes d'art inconnues de la plus grande partie du public, c'était un état de fait qui était pris en considération.

Dans une France en rénovation, une génération qui n'était embarrassée ni d'un passé douloureux ni de culpabilité, et qui venait de manifester sa volonté de mettre « l'imagination au pouvoir », fut accueillie avec bienveillance, avec espérance. Il se produisit un renversement de l'autorité ; les plus âgés, meurtris, ou fatigués, ou déçus, trahis, ou impuissants cherchaient moins à transmettre qu'ils ne demandaient aux plus jeunes de leur indiquer une voie. Boudaille était un homme de quarante-cinq ans quand il s'était vu confier la biennale et, après tout, il aurait pu en assumer la mutation, assisté d'un ou deux collaborateurs, qu'avait-il besoin de solliciter des jeunes gens dont certains avaient à peine plus de vingt ans ? D'ailleurs, au cours des débats plus ou moins houleux, la question revenait sans cesse dans leurs bouches : qu'attends-tu de nous ? Le délégué général ne le savait pas trop lui-même et ce fut sans doute ce qui encouragea les « putschistes » ; les autres n'en firent pas moins exactement ce qu'ils avaient envie de faire dans la plus parfaite liberté.

Nous bénéficions d'une confiance quasi aveugle. Quand j'avais tenté d'expliquer à Boudaille le projet de Bertrand Lavier que je souhaitais faire inviter dans la section « Interventions », il m'avait d'abord regardée avec incrédulité, et puis l'idée de suspendre de grandes bâches numérotées sur les monuments de Paris qui ponctuaient le parcours des Bateaux-Mouches, cela pour faire prendre conscience aux touristes d'un « troisième degré de perception », lui parut tellement farfelue qu'il accepta avec bonne humeur. Cette participation à la biennale fut la toute première manifestation publique de Bertrand. J'avais fait sa connaissance quelques mois auparavant, un beau matin clair et doux, à la terrasse encore déserte des Deux Magots. Comme Jean-Pierre Raynaud quelques années avant lui, Bertrand étudiait l'horticulture, et comme lui, il avait compris en contemplant une vitrine de magasin qu'une autre façon d'occuper sa vie pouvait consister à fabriquer des objets improbables. Comme Daniel et moi, il habitait une chambre de bonne rue Bonaparte et c'était en passant quotidiennement devant la devanture de la galerie Daniel Templon qu'il avait fait cette découverte décisive. Pour une raison mystérieuse, il n'avait pas franchi la porte de la galerie. Il s'était souvenu d'une émission de télévision où un certain Pierre Restany débattait avec le célèbre peintre Bernard Buffet. L'annuaire lui avait fourni le numéro de téléphone du passionné et volubile critique d'art, et il s'était présenté au rendez-vous aussitôt accordé muni d'un « cahier d'idées à réaliser ». Il n'avait pas d'œuvre, juste des idées. Devant ce cahier, Restany s'était dit que ça ressemblait à de l'art conceptuel et il lui avait conseillé de me rencontrer. Après la biennale, d'autres opportunités d'exposer se présentèrent à Bertrand, moins nombreuses néanmoins qu'elles ne le seraient aujourd'hui. Denyse et Philippe Durand-Ruel acquirent une œuvre : une exploration systématique et comparative, à travers les photographies de leurs façades, lits, murs de papier peint et bidets, de ces « Hôtel des voyageurs » qui, dans les villes de la province française, font immanquablement face à la gare. En 1975, Pontus Hultén, l'homme qui en 1969 avait exposé Raynaud au Moderna Museet de Stockholm, et qui avait été appelé pour diriger le Musée national d'Art moderne du Centre Pompidou alors en chantier, invita Bertrand à présenter son travail au Cnac. La salle était petite, dans un coin du bâtiment, mais le Cnac accueillait pour la première fois un artiste quasiment inconnu, et cela avait marqué les esprits. Ainsi pouvait commencer une vie d'artiste au début des années 1970. D'une certaine façon, l'exposition au Cnac fut la première des expositions que le Musée national d'Art moderne devait par la suite lui consacrer.

Je n'écris pas ce livre recluse dans ma seule mémoire. Je sollicite celle de Daniel Templon, bien sûr, j'interroge des amis, des femmes des amis qui sont morts et qui sont mes amies, je recoupe leurs souvenirs avec les miens. J'enrichis un portrait, je complète ou corrige une anecdote, je vérifie une date. On me dit : « Peu importe que tu te trompes d'un an, personne n'ira vérifier ! » Je sais bien, mais je m'obstine. Le récit est une forme de rêve et même lorsqu'il est autobiographique, il appartient plus au genre du roman qu'il ne transcrit le réel à la façon d'un rapport de police, mais justement, je veux faire rentrer la vérité du réel dans le rêve, je veux pouvoir me dire si j'ai le temps avant de mourir : c'était un rêve. L'un des premiers dont j'ai recueilli les souvenirs a été Jean Frémon. Comme il évoquait les premiers contacts que ses amis de *Strophes* et lui avaient eus dans le milieu intellectuel, au détour d'une phrase, il a fait cette remarque : « Nous étions conscients d'être des objets d'observation. » Je l'ai notée sans utilité immédiate. Maintenant, après avoir reparcouru huit petites années serrées comme une boule de papier dans le poing, je comprends que l'attention portée à notre génération était aussi une attente. Nous étions attendus. J'ai dit que Daniel Abadie avait été présenté à Jean Cassou par Charles Lapicque, puis qu'il avait été immédiatement engagé au Cnac par Blaise Gautier ; il me faut préciser que c'est Jean Hélion qui l'avait envoyé à ce dernier. Il suffisait d'une rencontre et les autres s'ensuivaient. « On a perdu la fluidité des relations », regrette aujourd'hui Daniel. Quand le Cnac se métamorphosa en musée au sein du Centre Georges-Pompidou, Daniel, ainsi qu'Alfred d'ailleurs, se virent confier d'emblée par Pontus Hultén le commissariat d'expositions importantes. L'un et l'autre sont restés au centre de longues années. Daniel y a réalisé des expositions mémorables, notamment de Salvador Dalí et de Jackson Pollock, puis il a dirigé le Jeu de Paume où il a succédé à Alfred. Alfred lui aussi s'était éloigné du Centre Pompidou pour aller diriger d'autres institutions, puis il y est revenu pour un long mandat de directeur du Musée national d'Art moderne.

Le destin voulut que Jean, qui avait fait ses débuts chez Jean-Jacques Pauvert, rejoigne à son tour le monde de l'art. Alors qu'ils étaient encore lycéens, Patrick lui avait offert un livre de poésie de Jacques Dupin, *L'Épervier*, qui l'avait à ce point touché qu'il était allé sonner à la porte du poète. Celui-ci l'avait reçu et, de même que le poète Jacques Dupin était entré à la Galerie Maeght recommandé par René Char auprès d'Aimé Maeght, de même est-ce lui, Dupin, qui y fit entrer le poète Jean Frémon en 1973. Jean est aujourd'hui le directeur de la galerie Lelong & Co qui poursuit les activités de la galerie d'Aimé Maeght, et ses romans et récits, il les publie chez P.O.L, la maison d'édition fondée par son ami du temps de la fac d'Assas, le très regretté Paul Otchakovsky-Laurens.

Après notre non-rencontre à l'occasion de la biennale, je n'ai plus revu Patrick pendant longtemps. C'est à peine si nous nous sommes croisés à une fête campagnarde que donnait Daniel Abadie avec qui il entretint toujours un lien d'amitié. Il faisait froid ce jour de juin pluvieux, tous les invités s'étaient mobilisés pour mettre à l'abri les tables qui avaient été dressées dans le jardin, l'ambiance n'était pas au laisser-aller de retrouvailles. Je savais qu'il travaillait dans le domaine des relations publiques, j'ignorais qu'en 1976 il avait fondé une société de communication, Francom, qui fut l'une des plus prestigieuses de France. Le plus entreprenant et le plus charmeur du groupe, celui grâce à qui nos destins s'étaient précisés, croisés, noués pour Daniel et moi, s'était orienté dans une voie qui n'avait plus vraiment à voir avec la littérature ni avec l'art, mais il avait conservé pour cette carrière le nom qu'il s'était choisi comme poète. Puis il se passa encore de longues années avant que je ne le revoie à nouveau. Il parut soudain devant moi, les yeux farceurs, riant de la surprise qu'il me faisait alors que je signais des livres chez Mollat, le libraire de Bordeaux. Je ne sais sur quoi j'appuyais l'intuition que ça n'allait peut-être plus si bien. C'est Daniel Templon qui m'apprit sa mort en 2010, incidemment, parce qu'il me parlait de cet ancien copain qu'il avait perdu de vue et qui lui avait rendu visite à la galerie, sans raison précise, peu de temps auparavant.

Mon avenir professionnel me fut assigné un soir de 1972. Nous dînions Daniel et moi avec un jeune collectionneur, Jean-François Bentz. Celui-ci avait acheté une œuvre de Jean Le Gac, et comme Le Gac fut un des premiers artistes à exposer, au mois de juin, dans la nouvelle galerie que Daniel venait d'ouvrir au 30, rue Beaubourg, au moment même où commençaient, tout près, les travaux d'excavation d'où ne sortirait que cinq ans plus tard l'énorme hybride encore désigné comme « Centre Beaubourg », je situe ce dîner au printemps, peu de temps avant les vacances. C'était donc pendant le déroulement de l'exposition *72, douze ans d'art contemporain en France*, critiquée, attaquée et par là même plus connue sous le nom d'Expo-Pompidou. Voulue par le président de la République comme un événement annonciateur du Centre, elle devait témoigner de la créativité des avant-gardes en France – et de leur reconnaissance officielle. La sélection était exemplaire et, à la différence de notre biennale pauvre l'année précédente, la présentation dans les salles du Grand Palais était soignée. Ce sont néanmoins des photographies de presse qui l'ont inscrite dans la mémoire collective : foule de manifestants envahissant le perron du Grand Palais le matin de l'inauguration, invités empêchés d'entrer, charge brutale de la police – on parla de femmes piétinées –, sortie ostentatoire du groupe d'artistes Les Malassis qui décrochèrent leurs tableaux en signe de protestation. Parmi les personnages rencontrés au cours de ce récit étaient présents sur place Jean Clair et Alfred Pacquement, qui faisaient partie du comité d'organisation auprès du commissaire général François Mathey ; Louis Cane, Marc Devade et Jacques Henric, qui se trouvaient parmi les contestataires, aux côtés de Michel Foucault, Gilles Deleuze, Pierre Bourgeade, Pierre Guyotat, bien d'autres… ; à l'intérieur, Daniel Templon et Catherine Millet, qui attendaient que ça se calme en compagnie des artistes de la galerie qui exposaient, Ben, Le Gac, Venet, Titus-Carmel. Un tract circulait dénonçant la « supercherie » de l'exposition, dont on peut dire que toute l'intelligentsia l'avait signé : Foucault, Deleuze, Cixous, Duras, Godard, Guyotat, Jouffroy, Kristeva, Pleynet, Sartre, Sollers… et bien sûr Cane, Devade, Henric. Dès qu'elle avait été annoncée, l'exposition avait soulevé des protestations et le futé Jean Clair avait cru y parer en publiant un numéro de *L'Art vivant* qui s'annonçait en couverture « Explosif ! ». Je cite quelques titres : « Une Avant-Garde massacrée », « L'avant-garde, réalité et imposture », « Exécution pour une avant-garde », « Une Avant-Garde les pieds en l'air », ma contribution personnelle s'intitulait « Les Falsificateurs de l'avant-garde ». Aucun de ceux qui contribuèrent à ce dossier, parmi lesquels Restany et Szeemann, ne mettaient en cause la notion d'avant-garde, mais plutôt défendaient *leur* avant-garde contre une autre, ou regrettaient les dérives de celle qu'ils avaient défendue, ou ses compromissions, ou son échec politique, ou bien préféraient repérer quelques artistes singuliers plutôt que tout un mouvement… L'expression était libre, la critique radicale (beaucoup trop, je l'avoue, en ce qui concernait mon article !), la lecture en était jubilatoire.

Le contexte, c'est-à-dire l'apparition de l'art d'avant-garde au sein des institutions françaises et par conséquent dans la conscience d'un public élargi, explique que nous avons dû rebattre les oreilles de Jean-François Bentz avec la nécessité de sortir de cette confusion, de mettre en avant les artistes qui comptaient vraiment, et pour cela d'avoir un magazine qui fasse un travail d'information sérieux, si bien qu'à un moment donné il nous a spontanément proposé d'aider à lancer ce journal, il était prêt à mettre un peu d'argent. Il s'intéressait également de près au design et il avait contribué au financement du magazine *Créé*. Il y mettait toutefois une condition : que nous trouvions d'autres partenaires.

Il n'y en avait qu'un seul à qui nous pouvions nous adresser, un autre collectionneur, grand amateur de la peinture de Marc Devade, Hubert Goldet. Nous avions avec lui des relations plus fréquentes, plus directes, il était très disponible. Avec notre projet, nous lui avons apporté l'occasion de sortir de son « antre », un appartement en rez-de-chaussée avenue Pierre Ier-de-Serbie où il vivait volets fermés. Il était solitaire, secret, oisif, balzacien, mal à l'aise par rapport à ses origines non parce qu'elles étaient modestes mais parce qu'il était au contraire très riche et que, s'il avait de l'ambition, il ne savait pas sur quoi la faire porter. Ses manières étaient parfaites, « vieille France » comme on dit, qu'il cassait avec brusquerie par une parole, un rire nerveux qui contenait une sorte de provocation dont on ne se formalisait pas parce qu'il était évident que c'était sa propre vérité qu'il cherchait ainsi chez son interlocuteur. Il avait le même âge que Daniel et il était rentier. Tout de suite, Hubert a dit qu'il était d'accord pour faire cette revue avec nous, mais lui voulait être seul à financer. Il se chargerait de trouver de la publicité auprès des galeries où il était connu, et il l'était déjà auprès des galeries d'art moderne qui vendaient des Picasso et des Miró et de celles qui vendaient des œuvres d'art primitif ; il laissa en dation certaines des plus belles œuvres de la collection du musée du Quai Branly. Il va sans dire qu'il n'avait pas plus que Daniel d'expérience dans la presse et la mienne était embryonnaire. C'est encore Roger qui apportait le plus de maîtrise dans la conception graphique de la revue à laquelle je décidai de donner le nom de ses deux attributs, *art press*. J'appliquai la méthode Tallon. Nous n'avions qu'une préoccupation, le contenu des pages et leur présentation, le reste irait de soi, il n'y avait pas d'autre futur que de réussir à faire ce qu'on s'était promis pour le lendemain.

L'été arrivait et Daniel loua une villa dans un lotissement à Vence. Des amis sont venus pour de courts séjours, la seule image qui me reste de ces vacances est celle de la cuisine de la villa où je m'appliquais à préparer les repas pour des tablées nombreuses. Ma mère ne m'avait rien appris dans ce domaine mais j'avais envie de bien recevoir, d'être complimentée pour cela. Si je ne revois pas la configuration de la maison, il me reste en revanche l'impression qu'elle n'était pas si grande, que j'y étais à l'étroit, entravée, que nous vivions dans l'obscurité, alors que je n'éprouvais pas cette sensation dans le studio avec son unique fenêtre ! J'étais accablée par les appels téléphoniques de ma mère qui, quand elle ne geignait pas, minaudait d'une manière fausse que je trouvais obscène. J'étais de plus en plus attachée à Jacques et avant le départ, je m'étais sentie désemparée par la perspective de la séparation. N'était-ce pas absurde pour seulement deux mois ? Je lui adressais lettre sur lettre où se manifestaient une exaspération grandissante et simultanément une imagination pornographique qui servait d'exutoire. Je souffrais d'insomnies et de maux de tête. Je voulais fuir, mais je n'avais pas d'argent, je me disais que peut-être Roger m'en prêterait.

Et j'affrontais de plus en plus Daniel, un Daniel qui de son côté portait son poids de soucis. Il s'était rendu pour la première fois à New York où il était allé naturellement se présenter chez Leo Castelli. Castelli, qui avait brièvement ouvert une galerie à Paris en 1939 et qui était francophile, connaissait trop bien la méfiance qu'une grande partie du milieu artistique français entretenait à l'encontre de l'art américain pour ne pas regarder avec intérêt, et sympathie, ce jeune marchand qui n'apportait que la garantie de son énergie et sa vision pionnière. Il s'apprêtait en effet à ouvrir, dans un quartier qui avait des chances de devenir un centre artistique, un espace d'exposition qui ressemblait à ceux de SoHo. Il donna son accord pour une exposition de Donald Judd chez Daniel avant la fin de l'année. L'enjeu commercial, en plus du loyer et des lourds travaux d'aménagement du nouvel espace, n'était pas le même que lorsqu'il s'agissait de vendre une pièce qui tenait facilement dans le coffre d'une voiture.

Nous étions à peine de retour à Paris que je retrouvai Jacques à qui des amis prêtaient pour quelques jours une maison en Charente, près de la mer, au milieu des pins. Il me proposa de l'accompagner. Je laissai une lettre à Daniel comme j'avais sept ans auparavant laissé une lettre à mes parents avant de m'enfuir avec lui. Mais cette lettre-ci n'était pas agressive, elle faisait le constat de notre dépendance névrotique l'un par rapport à l'autre, de la nécessité dans laquelle je me trouvais de ne compter que sur lui pour me maintenir dans un monde où je me sentais si peu sûre de moi, je déplorais son incapacité à écouter mes angoisses. J'ajoutais que le projet de la revue était une chance pour moi de les surmonter, mais la revue, je m'en plaignais, nous n'avions même pas pris le temps d'en discuter ensemble.

Nous étions à Ronce-les-Bains depuis deux jours peut-être, nous roulions au milieu de la forêt quand Jacques s'aperçut en regardant dans le rétroviseur que nous étions suivis. C'était une Renault, de couleur verte, la voiture de Daniel. La veille, je n'avais pas pu m'empêcher de lui téléphoner depuis un bureau de poste. Il avait aussitôt agi à la manière d'un détective, avait trouvé le lieu d'origine de l'appel, roulé la nuit et il rôdait aux alentours. Comme lorsqu'il était venu me chercher à Lyon, je suis remontée à Paris avec lui. Un détail me revient, distinct au milieu du brouillard de culpabilité dans lequel je fus plongée les jours suivants, à l'égard de Jacques, à l'égard de Daniel. J'étais partie sans rien, à l'exception d'une jolie boîte en métal décorée dans laquelle je rangeais mes trésors : des broches et des breloques en Bakélite, en plastique, en métal argenté ou laqué, de petits sujets, personnages, animaux, objets curieux ou amusants, qui avaient remplacé les fétiches d'adolescente que j'avais collectionnés avec mon amie Martine ; Kosuth qui les avait remarqués au revers de mes cols s'était moqué de moi en suggérant que j'exprimais là un goût que je refoulais dans mes choix artistiques. J'avais oublié la boîte en abandonnant Jacques et quand je revis celui-ci quelques jours plus tard, il me raconta que dans sa solitude il l'avait ouverte et avait passé un moment à regarder et retourner toutes ces babioles.

Les semaines suivantes ont été consacrées à la préparation du premier numéro *d'art press*. Son sommaire est un précipité de ce qu'avait été notre parcours initiatique les trois années précédentes : *Art after philosophy* de Joseph Kosuth, qu'une amie s'était chargée de traduire ; le résultat d'une enquête menée par Hans Haacke sur les lieux de naissance et lieux de résidence des visiteurs d'une galerie où il avait exposé, des photographies sur lesquelles on ne voyait pas grand-chose de plaques d'aluminium disposées au sol par Carl Andre, un entretien avec Marcelin Pleynet qui se livrait à une relecture critique de Marcel Duchamp, un article enfin que j'avais écrit en catastrophe sur Barnett Newman dont le Cnac présentait une exposition au Grand Palais. *Art press* entendait s'intéresser à toutes les formes d'art, mon collègue à *L'Art vivant*, Philippe du Vignal, avait recueilli les propos de John Cage ; grâce à l'intermédiaire de Roger nous avions une étude sur le fondateur du Bauhaus, Walter Gropius, par un ancien de l'École d'Ulm qui en était l'héritière, Claude Schnaidt ; Jacques avait demandé un extrait d'un livre en cours à son ami Denis Roche ainsi qu'un poème d'Ezra Pound que celui-ci avait traduit.

J'engageai une secrétaire, Wanda, à qui j'avais donné rendez-vous dans un café du boulevard Saint-Germain parce que je ne pouvais décemment pas la recevoir dans le studio, mais son premier travail fut de m'accompagner à la visite avec un entrepreneur du grand appartement bourgeois où nous nous apprêtions à emménager, 203, rue Saint-Martin, à trois cents mètres de la galerie, à cinquante du local où nous avions installé le bureau de la revue, 43, rue de Montmorency. Le numéro 1 d'*art press* parut en décembre. Deux mois auparavant, en octobre, *Les Lettres françaises* avaient cessé de paraître, saignées des abonnements que lui assurait l'URSS, le « parti frère » ne tolérant plus les prises de position du journal depuis que celui-ci avait condamné l'intervention des chars dans Prague. Je n'étais jamais retournée rue du Faubourg-Poissonnière.

Daniel et moi avons habité quatre ans ensemble rue Saint-Martin. Pendant ces années, Daniel tomba amoureux d'une jeune femme très jolie qui gagnait sa vie en posant pour les magazines. Preuve de son attachement, il l'emmena assister au Festival de Bayreuth, il avait délaissé Cecil Taylor pour Richard Wagner. Je n'étais plus jalouse. Je retrouvais régulièrement Roger qui se chargeait de la mise en page d'*art press* et avec qui je vivais toujours des aventures nocturnes qui n'étaient jamais les mêmes. Je passais mon temps à demander pardon à Jacques d'être aussi inconstante et je tentais de m'en expliquer par mon inconsistance. Sa fréquentation réveillait en moi des désirs de lectures ; j'étais à l'aise dans le mode de vie simple qui était le sien et celui de ses amis écrivains, tandis que les mondanités auxquelles m'obligeait de plus en plus le développement de la galerie me pesaient. Pour autant, je ne doutais pas que mon destin fût lié à tout jamais à celui de Daniel, nous étions deux éléments solidaires d'une mécanique supérieure, nous avions tellement œuvré ensemble, et il restait tant à accomplir. Jusqu'à ce que, après une dispute un peu plus violente que d'habitude au sujet d'*art press*, je décide de partir pour de bon.

Chaque été, Daniel louait sur la Côte d'Azur une villa dont le standing s'élevant marquait notre « ascension sociale ». En arrivant, nous allions faire des provisions à Cap 3000, de quoi nourrir une colonie de vacances. L'été 1974 se passa dans un grand mas en contrebas de la route de La Colle qui mène à Saint-Paul-de-Vence. La piscine avait une forme originale, constituée d'un bassin circulaire que prolongeait un rectangle long et proportionnellement étroit. Elle faisait rire tous les amis qui passaient. On y menait une vie qui dissipait les appréhensions, les incertitudes, le poids des engagements pris pour la rentrée de ces vies hésitantes, de ces carrières débutantes. Olivier Mosset était là avec qui je partageais jeux idiots et conversations semi-sérieuses. Ainsi, dans le petit salon de musique que possédait la maison, nous nous livrions au « jeu des mouches » qui consistait à s'asseoir de telle façon que les murs faisaient office de sol et de plafond et le sol (le sol seulement !) de mur. Nous écoutions toutes sortes de musiques et nous parlions. *Art press* venait de publier un article teinté d'ironie de Otto Hahn sur le groupe que Mosset formait avec Buren, Parmentier et Toroni.

Philippe, mon frère Philippe, qui était si costaud et riait si fort de sa grande bouche et de ses yeux fendus, avait été tué dans un accident de voiture l'année précédente, en avril, me laissant seule avec notre enfance. Je continuais de pleurer doucement la nuit, enfouie sous les draps. Quand l'accident s'était produit, je travaillais à un article sur Ad Reinhardt qui devait paraître dans le quatrième numéro d'*art press*. Je l'avais terminé le jour de l'enterrement, non sans y laisser passer une énorme bévue. Philippe était blond comme j'étais brune, entier comme j'étais toujours déchirée, j'avais parfois imaginé que je vivrais au travers de lui une seconde vie, qu'il ferait des choses que je ne savais pas faire, qu'il aurait des enfants. Mosset me faisait raconter et, tout à coup, j'avais improvisé : puisque Philippe était mort, il restait à moi seule de faire vivre le nom de Millet. Je ne me serais pas vantée par la suite d'avoir eu recours à un tel cliché, mais après avoir connu d'autres douleurs, j'ai compris à quel point les lieux communs nous étaient utiles, ce sont des bouées auxquelles se raccrocher pour rester à la surface, précisément, du grand bain commun.

Le comble, c'est que je n'ai jamais aussi bien mis en avant ce nom, ce nom si banal, que lorsque, ayant atteint le double des années que j'avais alors, je n'en ai gardé, dans le titre d'un livre, que l'initiale !

Table

NORD COMPO
multimédia

Composition et mise en pages
Nord Compo à Villeneuve-d'Ascq

CET OUVRAGE
A ÉTÉ ACHEVÉ D'IMPRIMER
SUR ROTO-PAGE
PAR L'IMPRIMERIE FLOCH
À MAYENNE EN AOÛT 2022

N° d'édition : 436502-0. N° d'impression : 100856
Dépôt légal : août 2022
(Imprimé en France)